新潮文庫

いちばん長い夜に

乃南アサ著

新潮社版

10186

目次

いちばん長い夜に

犬も歩けば

1

　横断歩道の手前に差しかかったところで、歩行者用の信号が青の点滅に変わった。一瞬あっと思ったが、とてもではないが走る気にはなれない。小森谷《こもりや》芭子《はこ》はほぼ真上から降りそそいでくる強烈な陽射《ひざ》しに顔をしかめながら「渡らないよ」と呟《つぶや》いた。

「もちろん。いいよ、渡らなくて。急いでるわけでもないんだしさ」

　隣から、いかにもうんざりした声が返ってくる。そして、芭子の横を歩いていた江《え》口《ぐち》綾香《あやか》は横断歩道の手前で立ち止まるなり、いつも背負っているリュックを降ろして、手に持っていたブルゾンをリュックに押し込み始めた。

「持ってるだけで腕に汗かくわ。何ていう暑さなんだろう」

　リュックのファスナーを閉めたところで、彼女は抜けるような青空を見上げ、「まったく」としかめっ面《つら》になった。

「やっと晴れてくれたのは有り難いけどさあ、程度問題だと思わない？　いきなりこれじゃあ、身体《からだ》がついていかないよ」

綾香の言う通りだった。昨日までの数日間といったら、五月とも思えないほど冷たい雨が降り続いて、家にいるときはコタツのスイッチを入れていたくらいなのだ。それなのに夜が明けた途端、見事な快晴になった。気温もぐんぐん上がっているし、昨日までの雨が都会の埃《ほこり》を洗い流したせいだろうか、空気は澄み渡って、陽射しが眩《まぶ》しくてたまらない。湿度こそ大したことはないが、それにしたって急にこんな暑さになったら、たしかに適応出来そうな気がしなかった。

「芭子ちゃんなんか、まだ若いからいいけどさあ。年とってきたら、たまんない」

「そんな年じゃないでしょう。第一、私だってキツいもん」

実際、二時間ほどかけて日暮里《にっぽり》の繊維街を歩き回っていたお蔭《かげ》で、芭子もすっかり疲れていた。

「こんなに暑くなるって分かってたら、何か飲み物でも持ってきたのにさあ」

「じゃあ、いっそコンビニで買う？　何か、冷たいもの」

わざと試すように言ってみる。すると案の定、綾香は口元をきゅっと引き締めて
「まさか」と首を振った。

「水一杯に、いくら払おうっていうのよ」

超緊縮財政で暮らしている綾香の返事は、予想通りのものだ。芭子は、つい小さく苦笑しながら、それでもわざと「あーあ」と空を仰いだ。

「熱中症になったら、治療費だ何だで、もっとお金が出ていくのに」

だが、再びリュックを背負い直して、ふう、と息を吐き出していた綾香は、「そんなヤワじゃないって」と不敵に笑う。

「大体さあ、あんた。芭子ちゃん。覚えてないの？　とんでもない炎天下に草むしりさせられたってさあ、あそこじゃあ――」

反射的に「綾さんっ」と言葉を遮ろうとしたとき、そのまま続きを言ってしまうと思った綾香が、ふいに口を噤《つぐ》んだ。そのまま、どこか一点を見つめている。思わず拍子抜けしそうになりながら彼女の視線をたどって、芭子は横断歩道の向こうを見た。

「ねえ、あれさ――」

信号が青に変わった。綾香が僅《わず》かに声を落として呟いた言葉に、芭子も「うん」と小声で応《こた》えた。

「そうだと思う。私も」

「それから、ほら、その向かいの角にも」

「ああ、そうだわね。あっちも、間違いないだろうな」

芭子たちが並んで歩くほぼ正面の、駅に向かう道に沿って建つコンビニエンスストアの前に、地味なスーツ姿の男が立っていた。さらに、その斜向《はすむ》かいにある立ち食いそば店の角にも、似たような姿の男が一人。それぞれに携帯電話を耳に当てたり、ナイロン製のビジネスバッグを手に、誰かを待っているような格好だ。いかにも何気ない様子を装《よそお》って、街に溶け込んでいるつもりなのだろう。だが、それでも芭子たちには分かった。理屈ではない。一目見て、感じるのだ。彼らは警察の人間だ。おそらく。間違いなく。

「何かあったのかな」

無意識のうちに互いの距離を縮めて、寄り添うように歩きながら、芭子は彼らから眼を離さずに口を開いた。必要以上に警戒心を露《あら》わにしてはいけない。何気なく通り過ぎればいいだけのことだ。分かっていながらも、横断歩道を渡り終えて彼らに近づくにつれ、どうしても妙に身体が強《こわ》ばって、姿勢がよくなってしまう。

「ほら、あれだよ、あれ」

「あれ――あれって？」

男たちは芭子たちの方など気にする素振りも見せていない。それでも、まるで度胸試しでもしている気分で、神経をぴりぴりさせながら、芭子は彼らの前を通り過ぎた。

「今朝のニュースでやってたじゃん。見てない？　ほら、谷中霊園の」

そういえば、今朝のニュースで報じていたことを思い出し、ちょうど男たちの前を無事に通り過ぎたことも手伝って、芭子は思わず「あれかあ」と大きな声を出してしまった。慌《あわ》てて振り向いたが、男たちは相変わらずよそを向いたままだ。ほうっ、と背中から力が抜けた。

「そうそう、あれね。そうか、だからね」

谷中霊園にある元首相の墓石に、何ものかによって塗料をかけられているのが、今日の早朝に発見されたのだそうだ。そういうことなら、芭子たちとは何の関係もない。いや、別段そういうことでなくたって、今の芭子たちは警察とはまったく無縁に暮らしている、単なる一般市民に過ぎなかった。それなのに、どういうわけだか少しでも警察らしい気配を感じると、敏感に反応してしまうのだ。これればかりは、どうすることも出来なかった。

谷中霊園は、日暮里駅を挟んだ向こう側の高台に広がっている。広大な敷地内に政治家や文化人など多くの有名人の墓があることで知られ、また、桜の名所としても有名な場所だ。ゆったりしていて緑も多いことから、この地域に住む人たちにとっては格好の散歩コースになっているし、歴史ファンや下町愛好家らしい人たちを見かけることも少なくない。そして芭子たちにとっては、谷中霊園は自宅のある根津から日暮里方面に来るときの、ちょうどいい抜け道だった。

「ねえねえ、私たちも、ちょっと見ていこうか」

JRの線路を越えたところで、綾香が言い始めた。芭子は「ちょっと」と眉をひそめて見せた。

「やめようよ。そういうの」

「何でよ。ちょっと面白そうじゃない？」

綾香は小さく肩をすくめながら、もう「にひひ」と笑っている。小柄で丸っこい体型の綾香は、パーマもかけていなければ化粧気もなく、いつでもジーパンに綿シャツといったカジュアルな服装のせいもあってか、こういう笑い方をすると中学生のようでも、オトナ子どものようでもあり、まるっきり年齢不詳に見えた。だが実際にはもう四十を過ぎている。それなのに、本当に呆《あき》れる。塗料で汚された墓なんか見て、何が面白いというのだろうか。第一、その元首相という人の名を、芭子はまるで記憶していない。いや、最初から知らないと思う。きっと、うんと昔の人のはずだ。

「綾さんって、そういうとこ、本当にミーハーだよね」

「そりゃ、そうよ。自分の周りで起こってることに鈍感になったら老《ふ》け込むに決まってんだから。それに、マスコミとかも集まってるかも知れないじゃん？」

「その代わり、警察も出てるのよ」

「そんなの、構いやしないってば」

「野次馬の写真を隠し撮りしてるかも」

「撮られたって、べつにいいじゃん。私らは何の関係もない、ただの通りすがりなんだから。いい？　芭子ちゃん、こうやって少しずつでも度胸をつけていかなきゃ駄目なんだわよ。私服の刑事を見かけたくらいでビビッてて、どうすんの」

「——ああ、暑いなあ。本気で喉《のど》が渇いてきた」

こんな日は、アスファルトの照り返しが厳しい道路より、せめて少しでも木陰のあるところを歩きたいことは確かだ。

「チラッとでもさあ、見ていこうよ、ね？　事件の現場ってヤツを」

結局は芭子も「わかったわかった」と諦《あきら》め半分に応えた。綾香ほどには興味もないが、どうせ近所で起こったことなら、見ておいても損はない。そのまま霊園前まで差しかかったところで、道ばたに大きなバンが停まっているのに気がついた。肌色の地味な車体の片隅に「ＮＨＫ」という文字だけが入っている。

「へえっ、テレビ局まで来てるわよ、ちょっと芭子ちゃん」

綾香が、それは嬉《うれ》しそうな声を上げる。芭子もつい、通りすがりに運転席に乗っている人の顔をしげしげと眺めてしまった。マスコミの人と聞いただけで、自分とはまるで別世界の存在に思える。しかもＮＨＫだなんて。

「何だ。普通の人だね」

もう少し違って見えるかと思ったのに。

「つまんないの」

がっかりして呟くと、綾香は「あんたってば」と、今度は呆れたような顔になった。

「いくら別世界の人だからって、一目見て分かるくらい変わって見えたら、どうすんのよ。そんなことになったら、私たちだってさ、見る人によっちゃあ、一目ですぐに分かっちゃうってことになるんだから――」

「また、もう。そういう言い方、しないでってば」

暑いのと疲れたのとで、歩きながらでも大きなあくびが出てくる。休日といえば休日らしい、気持ちのいい日だ。

「おそうめんでも食べたい日だね」

「そうしようか。お昼。ね。途中で買って帰る？」

歴史を感じさせる数々の墓石の間を抜けていくうち、大きくカーブする道に何台もの車が停まっているのが視界に入ってきた。数台の軽トラックの他、黒塗りの車やタクシーまで混ざっている。カーブに沿って進むにつれて、その先に人だかりが見えてきた。繁《しげ》みの向こうにはブルーシートがかけられている一角がある。年齢といい雰囲気といい、見るからに地位のあるらしい男性を取り囲んで、記者たちが質問を浴びせかけていた。色々な人が混ざり合っている中には案の定、数人の制服警察官の姿も見える。この陽気のせいだろう、警察官たちは誰もがワイシャツ姿で、その白が木漏れ日の下で輝いて見えた。さらに、それらの人々を遠巻きにして近所の住人らしい野次馬が、二人、三人と立ち話をしているといった具合だ。

——へえ。

なるほど、まるで絵に描いたような、またはテレビドラマで見る事件現場そっくりのシーンが展開されている。だが、その割には何となくのどかな空気が流れているようだ。少し考えて、すぐに気がついた。要するに、事件とはいっても生身の人間が殺されたり、血なまぐさいことが起きたというわけでもないから、どこか緊迫感がないのに違いない。

「物々しいって感じでも、ないね」

「誰も殺気立ってないしね」

それでも今、ブルーシートの中では、汚された墓石が修復されているのだろう。時折、地下足袋《じかたび》姿の職人が出たり入ったりしている。

「お墓の汚れを取るときって、どういう人が呼ばれるんだろう。石屋さんかな」

「お掃除業者じゃないの？」

「まさか。でも、あの人、植木屋さんみたいな感じじゃない？」

自分たちも木陰に立って、小声でやりとりをしながら眺めているうち、少し離れたところにいた警察官が、ふいにこちらを向いた。しまった、と思ったときには、向こうはもう歩き始めている。芭子は思わず綾香の腕を突いた。

「ほら。だからやめようって言ったのに」

芭子が横目で睨《にら》みつけ、綾香が小さく肩をすくめている間に、相手はもう芭子たちのすぐ傍まで来ていた。

「芭子さんたちも、見にきたんスか」

帽子のつばに手をあてて軽く挨拶《あいさつ》する真似《まね》をした後、若い警察官は「物好きだなあ」と必要以上に人なつこい笑みを浮かべる。高木聖大《たかぎせいだい》という警察官は、相当に鈍感なタイプらしかった。芭子がこれほど避け続けていることにまるで勘づかないらしく、こうしてどこで会っても、それは嬉しそうに話しかけてくるのだ。綾香は、それは彼が芭子に好意を寄せているせいだと言うが、ありがた迷惑以外の何ものでもなかった。

「結構、ミーハーなんですね」

「――いえ、私たちは、そのう」

「たまたま、たまたまたまなんですよ。日暮里に買い物にいった帰りなんです。人が大勢いるから、何だろうと思って見てるうちに、『そういえば』って、今朝のニュースを思い出してたところ」

綾香が如才なく応えると、高木は「そうですか」と頷《うなず》いて、それからブルーシートの方を振り向き、大きなため息とともに肩を上下させた。

「馬鹿《ばか》なことをするヤツがいるもんですよ。お蔭で朝からてんやわんやっス。どう思います、芭子さん」

「――どうって――た、大変ですね」

でも、それがあなた方の仕事でしょう、などとは言えるわけがない。苛立《いらだ》ちを堪《こら》えながら、芭子としては、かなりわざとらしい口調で「ご苦労様です」と言ってやった。だが、高木巡査は、「いやあ」と笑うばかりだ。

「自分たちは事件を選べないんでね。まあ、しょうがないっス」

それから彼はふと思い出したように「だけど」と真顔に戻った。

「芭子さんたちも気をつけてくださいよね」

警察官は、この霊園周辺も最近は少し物騒になってきているのだと言った。

「最近、置き引き被害が続いてるし、変なゴミを捨ててったりするヤツとかが、いるんスよね。それから、明らかに虐待《ぎゃくたい》されたと思われるイヌとかネコとか、そんなのの死体が遺棄されてることもあったりしてね」

それには思わず、綾香と顔を見合わせてしまった。以前からこの界隈《かいわい》では、よく「猫を捜しています」などといった手製のポスターを見かける。ペットがいなくなってしまうケースが、意外に少なくないのだろうかとは思っていたが、それが、場合によっては動物虐待につながっていたらと想像すると、正直なところ、ぞっとした。

「そんなことする人が、この辺にいるのかしらねえ」

綾香も薄気味の悪そうな顔になった。高木巡査は「いや」と、いつになく真面目《まじめ》そうな顔つきで首を振る。

「この辺りの人とは、限りませんけどね。何しろほら、ここも半分は観光地みたいなもんだし」

「ああ、じゃあ、よそから来る人たちが」

「とも限らないけど。ここまでわざわざ、イヌネコの死骸《しがい》を捨てに来んのかよってことにもなるし。ペットのトラブルなんか、どこにでもある話じゃないスか」

「でも、この辺りっていったら前から野良猫《のら》が多くて、その猫たちもみんな、のんびりしてるっていう印象がありません？」

こんな相手と長話などする必要はないと思うのに、綾香は次から次へと話をすすめる。芭子はソワソワしながら、どうやったら少しでも早くこの警察官から離れられるかということばかり考えていた。だが、そういう気配に気づく高木巡査ではない。

「そりゃ、確かに野良猫は多いですよ。だけどねえ、ちょっと見はみんなで可愛《かわい》がってるみたいな感じでも、実は、中にはネコなんか大っ嫌いだっていう人も、必ずいるわけですよ。ただ近所中で可愛がってるから、はっきり口に出しては言えないだけでね、自分ん家《ち》の敷地とかには、絶対に入ってもらっちゃ困る、とかさ」

ふん、ふん、と頷いて警察官の話を聞いていた綾香が、さらに何か言いかけたとき、少し離れたところから「おーい！」と呼ぶ声が聞こえた。高木巡査は「いけねえ」と言って、腰のあたりにつけている装備をガチャガチャといわせながら走っていった。

「だてに制服着てるわけでも、ないんだね。たまにはまともなことも言うじゃない」

警察官の後ろ姿を見送りながら、綾香が妙に感心したように言う。芭子は、つん、と横を向いて「そりゃ、そうでしょうよ」と応えた。

「いくら何だって、本物の馬鹿じゃあ、さすがに務まりっこないんだろうし」

事件の現場から少しでも離れてしまえば、辺りには普段とまるで変わらない静かな霊園が広がるばかりだ。

「どうってことなかったね」

「あんなもんでしょう」

「そう考えてみたらさあ、私の時なんか、きっとまるで比べものにならないくらい、もう大変なことになってた——」

「またっ、綾さん！」

「——と。ごめん」

「もうっ！　第一、そんなの自慢できることじゃないんだからっ」

いきなり、何ということを言い出すのだ。再び陽の当たる道に出たところで、芭子は目をむいて綾香を睨みつけた。「つい、さ」と肩をすくめて小さく舌を出している綾香は、少し老け顔の悪戯《いたずら》小僧みたいに見えた。

2

芭子が、どうしても高木巡査を好きになれず、また、綾香の発言に対して常に神経質にならざるを得ないのには、それなりの理由がある。警察官ならば、その気になればいとも簡単に芭子の過去を洗える立場にあるに違いないし、また、綾香がうっかり口にしたひと言から、芭子たちの素性が世間にばれてしまう心配があると思うからだ。どちらの場合も、もしも現実になったら、芭子たちはもう、この町では暮らしていかれなくなる。それだけは避けたかった。いや、避けなければならないと思っている。せっかくこの町で暮らすようになって、ようやく三年が過ぎたのだ。

「そう怒んなさんなって、ねえ、芭子ちゃんってばさ」

商店街に続く夕やけだんだんに向かって歩く間も、綾香は何とか芭子の機嫌をとろうとする。芭子は、そんな綾香を再び横目で睨みつけて「まったく」とさらに表情を険しくした。

「本っ当、信じられないよ、綾さんって。どうして平気であんなことが言えるわけ？」

「だから、ごめんって。つい、さ――」

「つい？　つい、つい、あんなことが言えちゃうわけ？　まったく、どういう神経してるのっ。それも、あんな場所で」

芭子がいくら注意しても、綾香はついつい、さっきのようなことを口走るのだ。「あそこ」にいたときのことや、そこで一緒だった女の話などを、ぽろりと口にする。それも、人が行き来するような往来で。二人きりでいるときならいざ知らず。その都度、芭子は髪の毛が逆立つほど慌てて、もう口が酸《す》っぱくなるほど綾香をたしなめてきた。それなのに、この癖が直らない。いつも「うっかり」とか「つい」などと言っては、笑ってごまかすばかりだ。

「そんなに油断ばっかりしてたら、そのうち冗談じゃなく、自分で自分の首を絞めることになるんだからねっ」

この町で暮らすようになって以来、綾香はいつか独立出来る日を夢見て、毎日夜明け前から起き出し、パン職人になる修業を続けている。もしも自分たちの過去が知れたら、そんな夢さえ捨てざるを得なくなるというのに、呑気《のんき》なのか無神経なのか、こういう発言が直らない。芭子にはまるで理解出来ない点だった。綾香という人とつき合っていく上での、最大の苛立ちの原因になっている。

「大丈夫だってば。周りに人なんて、いなかったじゃないよ」

「何が大丈夫なのっ。知らないからね、本当に、取り返しのつかないことになったって！」

「分かった分かった。分かったから。ごめんなさい。ね、ね、ね？」

「もうっ――余計に喉が渇いちゃったじゃないよ」

かつて祖母が暮らしていた家で生活している芭子について、隣近所の人たちは、二十代の大半を留学先で過ごしていたと信じている。他方、パート先には同じ期間、地方で結婚生活を送っていたが、離婚して東京に戻ってきたと説明してあった。本当のところは、その期間、芭子は刑務所で過ごしていた。綾香とは、その塀の中で知り合った。つまり、同房だったという縁だ。

前科《マエ》持ち。

それが、芭子と綾香の素性だった。罪状に関しては、芭子は昏酔《こんすい》強盗罪、綾香の方は殺人の罪で裁かれたという違いがある。もともと生い立ちも性格も、年齢も大きく違う。それでも四年あまりの年月を、朝から晩までずっと一緒に過ごすうち、互いにもっとも大切な存在になった。

二人にはマエ持ちという以外にも共通点がある。犯した罪のために、家族との縁が切れて天涯孤独の身の上になったということだ。芭子は家族から一方的に、戸籍上でもその手続きをとられた。綾香の場合は殺害した相手が自分の夫であり、犯行直後に、当時生まれて間もなかった我が子を姑《しゅうとめ》に託した上で自首したという経緯もあって、自分からすべてとの連絡を絶った。つまり、今の芭子たちは、お互いの存在のみがこの世で唯一《ゆいいつ》つながっている、また、何の隠し事もせずに済む相手だった。

「ぽっち、ただぁいま」

ぷりぷりしながら、それでも途中でそうめんとだしつゆとを買い、ようやく家に帰り着くと、芭子は少しでも苛立ちを落ち着かせようと、真っ先に家中の窓を開け放って歩いた。茶の間に置かれた鳥かごの中ではセキセイインコの「ぽっち」がピチュ、クチュチュ、と機嫌のいい声を出している。二階の窓も開けようと階段を上り始めたとき、一緒に帰ってきた綾香の「やれやれ」という声が聞こえた。

「ぽっちゃ、おばちゃんですよぉ。あのねえ、おばちゃんねえ、またまた芭子ちゃんに怒られちゃったでちゅよぉ。おぉ、怖いでちゅねえ、あんたんとこの芭子ちゃんは――」

だだだっと音を立てて階段を駆け下り、芭子は再び「綾さんっ」と声を荒らげて茶の間の入口に立った。鳥かごの前で手を膝《ひざ》について腰を屈《かが》めていた綾香が、きょとんとした顔で振り返る。

「分かってる？　今、家中の窓を全開にしてるんだからね。つまり、外にいるのと同じってことなんだからっ」

綾香は、半ばうんざりした表情になって「分かってるってば」と大きなため息をついた。

「ぽっちを出したりしないし――」

「そのことじゃなくて！」

「だから、分かってるって！　何も申しません。余計なことは、なーんにも！」

口にチャックをする真似をしたかと思ったら、もう歯をむき出しにして「うひひひ」と肩をすくめている綾香をもうひと睨みしてから、芭子は改めて二階へ駆け上がり、それぞれの部屋の窓を開け放った。家が古いせいで、どこも建てつけが悪くなっているが、あちこちにちょっとした小窓や掃き出し窓などがあるお蔭で、それらすべてを開け放つと、意外なほど気持ちのいい風が通る。その風に吹かれながら、芭子は大きく深呼吸をした。

――本当にもう。

階下に戻ると、綾香はもう台所に立って、大きな鍋《なべ》に湯を沸かし始めていた。

「芭子ちゃん。薬味にするもの、何がある？」

「小ネギでしょう？　ショウガと、白ごまと梅干し——ああ、大葉もある。ダイコンおろしも用意しようか」

冷蔵庫を覗《のぞ》きこんで応えながら、芭子はふと、こういう暮らしになる前はそうめんさえ茹《ゆ》でたこともなかったのだと思い出した。幼い頃から母の手伝いなどほとんどしたこともなかったし、自宅から大学に通っていて、卒業する前に「あそこ」に入ることになったから、自炊の経験もゼロだった。だから、ようやく出所して祖母の遺《のこ》してくれたこの家で暮らすようになった当初といったら、コンビニ弁当やカップ麺《めん》ばかりという、実に好《い》い加減な食生活だったものだ。それでも「あそこ」では食べられないものばかりだったから、それなりに嬉しくて満足はしていたのだが、今から思えば、どう考えても健康的な食生活ではなかったし、あのまま続けていたらじきに飽きるか、または体調を崩すのは時間の問題だったに違いない。

「ちょっとバランスがとれてないかなあ。よし、じゃあ、ゆで卵でも添えようかね」

そんな芭子に、米の研ぎ方から始まって、だしの取り方や味噌汁《みそしる》の作り方まで、一つ一つを教えてくれたのは、他ならぬ綾香だ。必ず会いに来てねという、獄中で交わした約束を忘れずに、芭子より三カ月ほど遅れてこの町にやってきて、自分でもアパートを借りた綾香は、さすがに十年も主婦をやっていただけのことはあって、芭子がこの家で暮らしていくために必要なすべてを教え込んでくれた。お蔭で今、芭子は自分でも意外なほどこまめに家の掃除をし、洗濯ものもため込まず、台所にも立つようになっている。食生活では、多少なりとも栄養のバランスを考えているつもりだし、時には綾香から教わった料理で「美味《おい》しい」と褒めてもらえるようにもなった。

「あ、ちりめんじゃこもあるよ」

「そう？　じゃあ、おじゃこと大葉入りの卵焼きでも作ろうかね」

手際《てぎわ》よく動く綾香を見ているうち、今さっきまでの怒りなどきれいさっぱり流れ去っていった。彼女がいてくれなかったら、今ごろはどんな生活を送っていたかと考えただけで背筋が寒くなる。「あそこ」にいた時から今日に至るまで、ちょうどひと回り年下になる芭子を、綾香はどれほど支えてくれているか分からないのだ。芭子にとって彼女は、文字通りかけがえのない存在だった。こうして二人で台所に立ち、一緒に食卓につけることが、何よりの幸せだった。

「そういえばさ、芭子ちゃん今度、『八代目東雲庵《しののめあん》』の仕事を引き受けたって言ってたよね」

真冬と変わらず布団《ふとん》がかかったままのコタツに足を入れて、ようやく休日らしい気分で遅い昼食をとり始めたところで、綾香が思い出したようにこちらを見た。

「正確には、東雲庵の息子さんの、そのまた奥さんから、だけどね」

「息子って、どの？」

「ほら、東雲庵の脇《わき》っていうか、店の一部を使って『谷中ボオール』っていうの売り始めたじゃない」

綾香は「ああ」と小さな眼を精一杯に見開いて、大きく頷いた。

「末っ子の方か。三番目ね」

そこまで細かいことは、芭子は知らない。ただ、「八代目東雲庵」といったら、この辺りでもそれなりに名前の通った和菓子の老舗《しにせ》なことは確かだった。今回、その息子夫婦が、芭子に愛犬用のドレスを注文してきたのだ。

少し前から、芭子は犬の服をデザイン製作してペットショップに卸し、また個人的にも注文服を引き受けるという仕事をしている。最初はパート先のペットショップから勧められて、おっかなびっくりで始めたものだが、意外なくらいに売れ行きがよくて次第に顧客もつくようになり、そのうち個別にオリジナルのドレスを頼まれるまでになった。

「何、作って欲しいんだって？」

「ウェディングドレスとタキシード。セットで」

「予算は？」

「両方合わせて三十万くらいかなあって」

ひゃあ、というような声を上げて、綾香は心底呆れた表情になり、次には憮然《ぶぜん》とした顔つきに変わって「世も末だわ」と口をへの字に曲げた。

「こっちが月々いくらで暮らしてると思ってんのよ。まったく」

当初はパートの片手間に、多少なりとも小遣い稼ぎになればいいと思って始めたことだったが、注文が増えるにつれてだんだん本腰を入れなければならなくなってきて、今はペットショップのパートは週三回に減らし、あとの三日は家で針仕事をして、綾香が休日になる木曜日だけ、共に休むというのが芭子の生活パターンになっている。

「そんな馬鹿な注文する嫁さんって、どんな女よ」

「まだほんの子どもみたいに見える子。二十一歳だって」

綾香はそうめんをすすりながら「そんなに若いんだ」と眼だけ丸くしている。

「そういえば、あそこん家は三男だって、まだ二十代のはずだもんね。すごいなあ。要するに甲斐性《かいしょう》があるっていうことなのかなあ」

「『谷中ボオール』なんていうの作って、見事に当てたわけだしね」

「だけど、私が親だったらさあ、いくら儲《もう》かってるからって、犬の服に三十万なんて。そういうお金の使い方はさせないけどなあ」

大葉とちりめんじゃこの入った卵焼きを頬張りながら、芭子は改めて「東雲庵」の建物を思い出していた。一階に店舗が入っている建物は、何階建てなのかは正確に把握していないが、とにかくマンションタイプのビルだ。今回、連絡先として「谷中ボオール」の名刺を渡されて初めて、芭子はあの建物が「しののめビル」という名称であることを知った。つまり、あのビル全体が「東雲庵」の持ち物なのだ。あの家の人たちは、老舗の暖簾《のれん》を守り続けているのと同時に、資産家でもあるということになる。そういう家の息子や嫁だから、ペットにどれほどのお金をかけようと、きっと大したことではないのに違いない。

正直なところ、芭子だって「あそこ」に行く前は、現在の金銭感覚とはまったく違っていた。端的に言えば「欲しいものは買えばいい」という価値観だったと思う。母は躾《しつけ》と教育には厳しい人だったが、その一方では、やはり苦労知らずで育っただけあって、こと経済的なことに関しては、取り立てて細かいことを言わなかった。むしろ、妙な安物を買うくらいなら一流のもの、一番高価なものを選びなさいと言うタイプだった。だから芭子は、逮捕される直前の大学生の頃でも、アルバイトもしていなければ、決まった額の小遣いをもらっていたわけでもなく、財布の中身が少なくなればその都度もらい、買い物はクレジットカードの家族カードで支払を済ませていた。

当時のことを考えると、今、どんなささやかなものを欲しいと思っても、綾香から「我慢しなさい」「どうしても必要か考えなさい」と言われる生活は、何とも味気なくて、つまらない。だが、学ぶことも多かった。要するに、お金は使えばなくなるのだという、そんな簡単なことさえ、以前の芭子は実感としては理解していなかったのだ。元を正せば単なるムショ仲間でしかない自分に、そこまで言ってくれる綾香は、やはり有り難い存在だった。

「今度、あそこの家に打ち合わせに行くことになってるから、その時にでも一度、谷中ボオールって、買ってみようか」

「本当に？　実は私もさあ、一度くらいは食べてみたいと思ってたんだよね。だけど、何だか知らないけど年がら年中、若い子ばっかりの行列が出来てるじゃない？　いくら何でもそんな子たちに混ざって、並んでまで食べたいとは思わないし――」

「食べなくたって生きていけるから、でしょう？」

綾香の口癖を先回りして言ってみた。綾香は「そうそう」と半ば得意げに頷いて、残りのそうめんを綺麗《きれい》に平らげると、「ああ、食った食った」と満足そうに自分の腹をさすって笑った。

3

次の週末、芭子は初めて「しののめビル」の中に足を踏み入れることになった。その前に一階の「谷中ボオール」を覗いてみると、数人の客が行列を作る先で、頭にバンダナを巻いて働いている「東雲庵」の三男が見えた。他にも似たような格好の店員が二人ばかりいて、互いにすれ違うのも窮屈に見える狭い厨房《ちゅうぼう》で「一人前六個入り三百八十円」の谷中ボオールを作り続けている。

もともと隣の「東雲庵」の一角を簡単に仕切って無理矢理作った店だから、猫の額ほどのスペースしかない。その壁には『谷中ボオールは三種類！』と書かれた貼《は》り紙がしてあって、「チーズ」「トマト」「チョコクリーム」の三つがイラスト入りで紹介されていた。貼られた写真を見ると、タコ焼きのようにも見えなくはない。脇に掛けられた『トッピングソースも選べます！』というホワイトボードの文字の下には、「明太子マヨネーズ」「味噌マヨネーズ」「七味マヨネーズ」「醤油《しょうゆ》マヨネーズ」「ガーリックマヨネーズ」「わさびマヨネーズ」「ごま味噌」「ケチャップ味噌」などといった名前が、ずらりと並んで書かれている。

実のところ谷中ボオールの実体さえ知らないままの芭子は、それらを読んだだけで思わず胸焼けを覚える気がした。それに、改めて眺めれば綾香が言っていた通り、並んでいる客は大半が十代か二十代に見える若者ばかりで、しかも地元の人たちという感じがしない。彼らが手にしているのは紙製のカップに入れられた、小ぶりのタコ焼き風のものだ。それに、数種類のこってりしたソースをかけるらしい。店主に声をかけてみようかとも思ったが、その勇気は出なかった。

「なんだ、下から呼んでもらえばよかったのに。こっちと、インターホンでつながってるんですよ」

目指す夫婦の住まいは、建物の三階にあった。いかにも新婚らしいというか、まるでままごとでもしているかのように可愛らしく飾りつけられている広々とした空間に通されて、芭子は、思わず自分の方が照れてしまいそうになりながら、三男の妻の出してくれた飲み物に口をつけた。

「あ——」

一口飲んで、つい「コーラだ」と言いそうになるのを呑み込んだ。さほど泡立っているようにも見えなかったから、てっきりアイスコーヒーかと思ったのだ。すると、自分で自分を「かほ」と呼ぶ癖があるらしい新妻は、緩くウェーブしている茶色い髪を揺らして、おそらくつけまつげに違いないが、とにかくやたらと濃くて長いまつげをパチパチさせながら「えへへ」と笑う。

「花穂ねえ、コーラって大好きなんですよぉ。初めてこの家に来た時はね、お義母《かあ》さんに『和菓子屋のお嫁さんになるのにコーラなんて』とかって嫌な顔されたんだけど、そんなん、関係ないじゃないですかねえ」

それは、その通りだと思った。だが、相手の好みも聞かないまま、初めての来客にコーラを出すという感覚も少しばかり奇抜過ぎはしないかと、つい苦笑したくなる。図らずも学生のとき以来、ほとんど十年ぶりくらいで味わうことになって、ひどく新鮮には感じるが。

「そうだ。まずはウチの子たちを見てもらおうかな」

ショートパンツから出ている素足で、花穂はぴょんと立ち上がった。

「蘭丸《らんまる》ぅ、サナギちゃあん！」

声を張り上げながら、バタバタと走り出して隣室のドアに向かう。彼女がドアを開けた途端、二匹のトイプードルが弾むように転がり出てきた。花穂は二匹のペットを同時に抱きかかえて、それは嬉しそうな顔で頬ずりをしている。

「わあ、すごい、可愛いですねえ！」

　これは、芭子にしては上出来の、いわゆる営業トークだ。こうしてペットに対面するときには、まず一番にペットを褒める。それが飼い主とのやり取りを円滑にして、場合によっては財布のひもを少しばかり緩めさせることにつながる。もちろん、そういうことを考え出したのは、芭子ではなくて綾香だ。最初は何となく抵抗があったのだが、まずペットを褒めてやると、飼い主が早く打ち解けてくれることだけは確かだったから、芭子もそこだけは忘れまいと肝に銘じている。

「こっちの白い子が、蘭丸くん。で、この赤毛ちゃんが、サナギちゃんですぅ。二人合わせていくらしたと思います？　どっちが高く見える？」

「え——さあ——」

「あのねえ、蘭丸くんが六十万でしょ、で、サナギちゃんが六十五万。二人合わせて百二十五万円したんですよぉ」

「——それくらいは、しますよね」

　こういうときに「高いですね」と言うのと「安かったじゃないですか」と応えるの の、どちらがいいかは判断の難しいところだ。芭子だってペットショップで働いているのだから、おおよその相場くらいは分かっている。この種のイヌの場合、ことに最近は極小サイズのティーカッププードルというのが人気で、小さければ小さいほど高値で売れていることも知っていた。それなりの血統で、しかも両手のひらで包み込めるほど小さいティーカッププードルの仔《こ》になると、取り扱う店によっては、軽く二百万以上もするくらいだ。

それにしても、愛犬を披露するとき真っ先に値段を言う飼い主というのも、そう多くはないと思う。だが、まあ、そういう飼い主だからこそ、こんな小さな生きものに何十万もする服を着せたいなどと考えるのかも知れなかった。

「花穂がねえ、ここにお嫁さんに来て最初に喧嘩《けんか》したとき、ゴメンネのしるしに彼が蘭丸を買ってくれたんですよね。で、それから少しして、今度はディズニーランドに行く約束が駄目んなっちゃったときに、サナギちゃんを買ってくれたんです」

ああ、こういう人生もあるのだなと、密《ひそ》かにため息が出た。だが、今の芭子は、こういう姿を見ても別段羨《うらや》ましいとも思わない。ただ、自分とはあまりにも無縁だと思うばかりだ。

愛犬の披露が終わったところで、改めて芭子が持参してきたデザインブックや、これまでに作った作品のアルバムなどを広げ始めると、花穂は「可愛い〜」を連発して、夢中で愛犬のドレス選びを始めた。ページをめくるたびに「あ、これもイイ！」などと、すっかりはしゃいでいる。

「こういう感じにアレンジを加えてもらうことも、出来るんですか？」

「もちろんです。ワンちゃんの種類や大きさによっても違ってきますから。蘭丸くんたちは特に小さいので、あまり重たい飾りなんかは、可哀想《かわいそう》ですよね」

「そっかあ――あーん、迷っちゃうなあ」

　蘭丸とサナギを膝の上にのせたままでデザインブックにひと通り眼を通し終えた上で、また最初からページをめくり始めた花穂が、困ったような笑顔になったとき、玄関チャイムが鳴った。

「アックんかも！」

　ぱっと表情を変え、愛してやまないはずの二匹を膝から振り落として、花穂はバタバタと玄関へ駆けていく。三男が現れるのかと少し緊張していたら、程なくして「すいませんでした」という花穂の声が聞こえてきた。どうやら「アックん」とは異なる人物が登場したらしいと思っている芭子の耳に、女性の声がぼそぼそと聞こえてきた。それに応える花穂の声も抑え気味だ。

「……そんなわけじゃないけど……、あ、でも、いま、お客さんが……、そうじゃなくて……、だから、蘭丸とサナギのことで……」

切れ切れに聞こえてくる声を聞くでもなく聞いていたら、突然ドアが開いて六十代半ばに見える女が姿を現した。見るからに険しい表情で、最初からこちらを睨みつけてくる。芭子は飛び上がるようにして椅子《いす》から立つと、まず丁寧に頭を下げた。心臓がバクバクしてくる。必死で「落ち着け」と自分に言い聞かせた。

「何ですって？　この家のイヌのことですって？」

「あ――はい。あの、ご注文をいただきました」

「注文？　注文って、何のですか？　この人が、またイヌなんかにお金をかけようとしてるの？」

背は低くなかったが、ずい分と痩《や》せているせいか、どこか貧相に見える人だった。化粧だけはしっかりして、ことに唇は必要以上に派手に塗っている。その額に血管が浮いて見えた。

「だから、お義母さん――」

花穂が、すっかり膨れっ面《つら》になって駄々っ子のような口調になっている。お義母さんか、なるほど。するとこの人が「東雲庵」の女将《おかみ》らしいと思っている間に、その女性はぱっと花穂を振り返った。

「言ったでしょう？　隣近所のもの笑いの種になるようなことはしないでねって。イヌなんかにかまってる暇があったら、どうして店の前に打ち水の一つもしておかないのっ」

後ろ手を組んで、身体《からだ》をくねらせながら、花穂は「だから」と唇を尖《とが》らせる。

「ちゃんと撒《ま》いたって、言ってるじゃないですかぁ」

「あんたが撒いたっていうのは、自分たちの店の前だけでしょうが」

「だって——」

「人の軒先を借りて商売してるんなら、どうして親の店の前まで綺麗に掃き清めるくらいの気持ちにならないのっ！」

こちらの神経がびりびりと震えるような声だった。ところが、怒られている当の花穂はといえば、しごく落ち着いたもので、「ええ〜」などと言いながら、身体を揺すばかりだ。

「それだって、朝に一度、やったって言ってるじゃないですかぁ。第一、私だって、ここの家政婦じゃないんだし——」

「あんたみたいな家政婦が、いるわけがないでしょうっ。それで、どうしてそうやって、お金を使うことばっかり考えてるのっ」

「そぉんなこと、ないですってば——」

「そうじゃなかったら何なのっ。いつまで続くか分からないような好い加減な商売やって、馬鹿みたいなことに贅沢《ぜいたく》して——」

「もうっ、何で人ん家《ち》までずかずか入ってきて、文句ばっか言うんですかっ、いつもいつも！　超ムカつくんですけどぉっ！」

これには芭子も呆気《あつけ》にとられた。相手は姑だというのに、よくもここまで口答えをするものだ。芭子の眼の前で、姑の青筋立った手がきつい握り拳《こぶし》になった。

「人ん家、ですって？　あんた、ここは——」

「だって、そうでしょ！　アッくんの家っていうことは、花穂ん家でもあるんだからっ！　もう、何回も言ってるけど、親子だって、そういうとこ、けじめつけてくださいよねっ」

姑が唇を引き結んだ。芭子は怖《おそ》ろしくなって、つい身体を縮め、テーブルの下に敷かれているラグマットの、ディズニーキャラクターを見つめているしかなかった。

「まったく、ああ言えばこう言う——そんなことばっかり言ってるんだったら、知らないから。あんた方夫婦だけで好き勝手にすればいいじゃないのっ」

最後に姑の捨て台詞《ぜりふ》が聞こえて、次いでバタン、とドアの閉まる音が聞こえた。ようやく顔を上げたときには、花穂はもう、閉められたドアの傍に駆け寄って、インターホンの受話器を取り上げていた。

「アッくん！　もうヤダ、あたし！」

その場に立ち尽くしたまま、芭子はただ呆気にとられているばかりだった。

「違うよ、お義母さん！　今、お客さんだって言ってんのに、ここまで乗り込んできて、ギャーギャーギャーギャーギャー、嫌みばっか言ってさあ！」

それだけ言って、叩《たた》きつけるように受話器を戻すと、花穂は芭子の前まで戻ってきて椅子の背もたれに手を置いたまま、見るからに苛立った表情で、芭子が立ったままであることにも気づかない様子だ。さて、困ったことになったと思っていたら、また玄関チャイムが鳴って、今度はようやく「アッくん」こと東雲庵の三男坊が帰ってきた。さっき、下の店で見かけたのと同じ、バンダナを頭に巻いた格好だったが、顔つきの方はすっかり違っていて、愛想のいい笑顔の代わりに眉間《みけん》に皺《しわ》を寄せて眼はつり上がっている。

「またかよ。ったくもう——おふくろ、今度は何だって？」

「もう、わけ分かんない！」

「だから、最初は何だったんだよ」

「だから、えっと——海苔《のり》屋のおばさんに挨拶しなかったのはどういうわけだとか

――海苔屋だか何だか知らないけど、面倒だから『すいませんでした』って、一応は謝ったのにさあ、そしたら今度は蘭丸たちのことを言い出しちゃって、『あんなイヌっころにいくらかける気なのっ』とか言い出して」

他人が見ているということを、この家の人たちはみんな忘れているのだろうか。芭子は、つい「もしもし」と声の一つもかけたい気持ちになりながら、仕方がないからそろそろと椅子に腰を下ろし、目立たないように荷物を片づけ始めた。

「水まきのこととか、店の前を掃けとか、何だかわけ分かんないこと、ごちゃごちゃ言ってさあ。何なの、あのオバサン！」

ここまでまくし立てられたら、どんなに優しい夫でもうんざりするに違いないと思っていたのに、「アッくん」という人は、ちっと舌打ちをしたかと思ったら、苦虫を嚙《か》みつぶしたような顔で「あのババア」と呟《つぶや》いた。芭子はまた密かに眼を丸くした。

「てめえが親父《おやじ》に大事にされたこともなくて、ずっと店に出なきゃならないからって、おまえに嫌み言ってんだ。ったく、しょうがねえな」

いかにも憎々しげに呟くと、アッくんはさっと手を伸ばして「よしよし」と花穂の頭を撫《な》で、それからようやく思い出したように芭子の方を見た。

「すいませんね、取り込んじゃって。とにかく、こいつと蘭丸たちが喜びそうな服、作ってやってくださいよね。金ならいくらでも出しますから、他の奴《やつ》らが絶対に真似出来ないような、めっちゃイケてる服、頼んますよ」

小さく頭を下げるときだけ、店で見せるのと同じ愛想のいい笑顔になったと思ったら、アッくんはさっと踵《きびす》を返す。

「ちょっと、おふくろんとこ、行ってくっから」

フローリングの床を荒々しく踏み鳴らして歩いて行く夫を、花穂は「いってらっしゃあい」と明るく手を振って送り出した。そして、玄関の扉が閉まる音を聞いたところで、初めて芭子に「ごめんね」と笑いかけてきた。

「びっくりしたでしょ」

「あ——ええ、ちょっと」

「ちょっとヤバイかも。これでまた、始まっちゃうな」

「——また？」

「東雲庵バトルロイヤル」

まるで楽しんでいるような顔つきになって、テーブルに頬杖《ほおづえ》をついている若妻を眺めながら、芭子は「バトル、ロイヤル」と呟いた。「あそこ」にいた頃に、聞いたことのある言葉だ。確か、中学生の頃から暴走族に入っていて、いわゆる「レディース」という女子ばかりの組織を率いていたことがあるという女が、当時の思い出を語るときに、よく口にしていた。

何ていったっけ、彼女の名前。

つい、昔のことを考えそうになるのを急いで切り替え、芭子は「じゃあ」と腰を浮かせた。本当にバトルロイヤルなどというものが始まるのなら、その前に退散した方がいいに決まっていた。

4

「へえ、そんなに仲が悪いんだ」

次の水曜日、行きつけの居酒屋で綾香と乾杯をした後、芭子は早速「東雲庵バトルロイヤル」の話を始めた。いつもは真っ暗いうちから起き出して職場に向かうために、どんなに遅くとも九時前には寝ることにしている綾香も、休みの前日は夜更《よふ》かしが出来る。だから、この日だけは「おりょう」という土佐料理を出す居酒屋に来るのが、芭子たちにとっての唯一の贅沢だ。

「びっくりしちゃった。もうねえ、行くたんびにその調子。いつでも喧嘩してるんだから」

　芭子はこの数日の間に目撃したことを改めて思い出した。結局、最初に訪ねたときはペットの採寸も出来なかったから、翌日、出直すことにしたのだが、その時にはアッくんが長兄と大喧嘩の真っ最中だった。またもや日を改めて出向いたところ、今度は長兄の嫁と花穂とが激しく言い争う場面に遭遇してしまったというわけだ。

「私もちょっと聞いてみたんだけど、要するにあの家の中ではね、三男夫婦だけが浮いてるんだって話だわよ」

　お通しに出されたゴボウとこんにゃくの利休和《あ》えをつまみながら、綾香もわずかに身を乗り出して声をひそめる。

「ところでさ、芭子ちゃん、例の『谷中ボオール』って食べてみた？」

　芭子は生ビールのグラスをテーブルに戻しながら、小さく首を振った。

「本当に食べたい？　正直、それほど食べる気がしないっていうか、どうもよく分からない感じの食べ物だけど。見た目は小ぶりのタコ焼きみたいで」

　ちょうどゴリの唐揚げと土佐ちくわが運ばれてきたから、互いの前に取り皿を置きながら、綾香も「らしいね」と頷《うなず》く。

「アレなんだってさ。実は、あの『谷中ボオール』っていうのは、もともとは『東雲庵』で使ってる材料の、まあ、簡単に言っちゃえば残り物を使って作ってるようなものなんだって」

芭子は「そうなの？」と綾香を見つめた。もともとアッくんこと「東雲庵」の三男というのは、プロのバリスタになりたいとかパティシエになりたいなどと言っては、一時は実際に有名店にも修業に出ていたそうだが、結局はものにならずに帰ってきてしまった。そして、父や兄から尻《しり》を叩かれ、嫌々ながら店を手伝っていたある日、遊び半分で店の残った餅《もち》を使って団子みたいなものを作り、油で揚げたものを友だちに食べさせたのだそうだ。それが意外に好評だったことから「谷中ボオール」が生まれたという話を、綾香はまるで自分の眼で見てきたかのように生き生きと語ってくれた。わずか一週間の間に、よくもそこまで情報を集めたものだと、芭子はそのことにも感心した。綾香は得意げに「まあね」と胸を反らして笑っている。

「もともと、あの家は息子ばっかり三人いるんだって。長男は店を継いで、三男が『谷中ボオール』でしょ。で、真ん中だけが家から出たわけだ。そうは言っても、やっぱりこの近所の洋品店の娘と一緒になってるんだよね。その、次男の嫁っていうのが、まあ、それはお喋《しゃべ》りなわけよ。特に、ダンナの実家のこととなると、もうペラッペラッ、ペラッペラッ、すごいんだ」

その次男の嫁が隣近所で油を売ってばかりいるものだから、自然にみんながあの家のことについて詳しくなっているのだそうだ。しかも、綾香の勤め先の奥さんも、かなりの話し好きなお蔭《かげ》で、結局は綾香もこのあたりの噂《うわさ》に詳しくなるらしかった。

「最初は、そんな残り物で作った揚げ団子なんかで商売出来るもんかって、家族全員で馬鹿《ばか》にしてたらしいんだ。『家の恥だ』とか言って。だから、三男が店を出したいって言い出したときも、お父さんも長男も大反対だったんだって。だけど、お母さんだけが味方についたんだよね」

「えっ、そうなの？」

つい、箸《はし》を止めて綾香を見てしまった。これまで、他人の家の事情になど、さして興味を持ったことはなかったが、今回ばかりは事情が違う。

アッくんの両親と長男とは、おそらく常日頃からアッくん夫婦の金遣いの荒さを不愉快に思ってきたのだろうと思う。その上今回はイヌの服などをオーダーして、しかも何十万円もかけようとしていることに我慢がならないのだ。つまり、話の展開によっては、芭子が受けた注文も取り消されかねないという状況にある。上等な材料を買い込むだけ買い込んだ後にキャンセルなどされたのではたまったものではないから、どうしたって興味を持たざるを得なかった。

「そんな感じじゃなかったけどなあ。窓を開けっ放しにして怒鳴ってるから、下から響いてきたけど、アッくんが『クソババア』って怒鳴り散らせば、お母さんの方だって負けてなくて、『成金趣味の馬鹿息子』とか、すごい剣幕で言い返してたし」

芭子が首を傾《かし》げている間に、鰹《かつお》のたたきを頬張っていた綾香が、「そこよ、そこ」と手をひらひらとさせた。

「嫁さんよ、つまり。アレを連れてきたことで、母親と息子の関係がすっかり変わったらしいんだわ。それまでは、とにかく猫っ可愛《かわい》がりで、それこそ長男や次男が焼き餅焼くくらいに、べったべたに甘やかしてたのが、『あんな小娘を連れてきて、裏切られた』って、大泣きしたんだって」

ははあ、と口をあんぐりさせたまま、芭子は綾香の話に聞き入った。

「男なんてさあ、結局は女房次第でどうにでも変わるっていうしね」

「――なるほどねえ」

芭子から見て、花穂という人は自分とイヌを飾り立てることにしか興味がないような、要するにまだまだ幼稚な女の子だ。ネイルアートに凝っているとかで、手にも足の爪《つめ》にも綺麗な色を施して、キラキラ光る石のようなものを貼りつけては喜んでいる。何回か会った結果、芭子は、彼女のことをわがままで無神経なタイプだと判断していた。一方、老舗の妻として生きてきたアッくんの母親は、目元には険があるし、常にピリピリしているような感じの人だ。要するに、水と油に見える二人が嫁と姑になっているのだから、衝突するのも無理もないのかも知れない。

「で、そこに頑固一徹の親父と、もともと末っ子を快く思ってない長男と、そのまた女房までが絡《から》んでくるわけだ。長男の嫁っていうのがねえ、これがまた、ただでさえキツい、人らしいんだわ。義弟の商売がうまくいき始めてからは余計に面白くないみたいだしね」

さらにその上、最近は近所の人間までが口を出し始めているらしい、と綾香はいかにも大切な話をするように声をひそめた。芭子もつい、引きずられるように身を乗り出した。

「なんで、人の家のことに近所の人までが口出しするの？」

綾香は「そりゃあさ」と言って、にやりと笑う。

「出る杭《くい》は打たれるっていうか、さ。急に目立つ店が出来て、一人勝ちみたいな格好になってるのを、面白くなく思う人もいるってことじゃないの？」

まず問題にされたのは匂《にお》いのことらしい。「谷中ボオール」は油を使う。そのために隣近所から「油の匂いが自分の店の商品につく」「一日中で気分が悪くなる」などと苦情を言われ始めているということだった。

「ああ、それは長男も言ってた。これまで何十年も、本当に綺麗な商売をやってきて、材料のことでもゴミ処理のことでも、よそ様から文句を言われたことなんか、ただの一度もなかったのにって」

「まあ、和菓子屋さんっていったら、そうだろうけど」

「それなのに、薄い壁一枚隔てただけのところで、悪い油の匂いなんかさせられてたら、こっちの商売にだって影響が出るとも言ってたわ」

「確かに本当のことを言ってるのかも知れないけど、やっかみに聞こえなくもないよね。とにかくさあ、面白くないわけよ。いきなり成功した弟のことが」

「身内なのに？」

「身内だから、余計に」

ため息が出た。せっかく立派なビルまで建てて、一家で住んでいられるのだから、こんなに幸せな話はないと思うのに、フタを開けてみればそんなものか。

「嫌だなあ、何だか私が悪者にされそうで」

「まさか。何だって芭子ちゃんが悪者になるのよ」

「だって、今だってあそこのお母さんとか、長男のお嫁さんとばったり出くわしたりすると、本当に嫌な目つきでねえ、こう、チローッて見られるんだから」

ビールから焼酎《しょうちゅう》に切り替えて、薄いお湯割りをすすりながら、芭子は肩を落とした。いっそキャンセルされた方が楽なような気がしてきた。つい弱音を吐くと、綾香は両頬を震わせるように首を振りながら「また」と眉《まゆ》をひそめる。

「そんな弱気なことで、どうすんの。それより芭子ちゃん、早くちゃんとした注文票でも作ってさあ、内金だけでも入れてもらいなさいよ」

「内金かあ――」

「それで、この先、むこうの都合でキャンセルになっても、費用は払ってもらうっていうことを、口でもちゃんと言って、伝票にも書いてさ」

またため息が出た。そういう話をするのが、一番の苦手なのだ。値段の交渉とか、支払が云々《うんぬん》などは、出来ることならもっとも避けたい話題の一つだった。だが、ままごと程度でも自分でものを作って自分で売るという仕事を続けるためには、少しくらいはそういうやりとりも出来るようにならなければいけないということも、芭子なりには理解している。

「それにしたってさあ、そんな小さいイヌだったら、布地だってほとんど使わないでしょう？　どこにお金かけるの」

ほどほどに飲んで食べて、「おりょう」を出て歩き始めたところで、綾香が聞いてきた。

「デザインと素材に凝ることと、あとは、手間と飾りかなあ」

「手間と飾り？」

「細かい刺繍《ししゆう》をするとか、スパンコールやビーズを縫いつけていくとかね。とにかく贅沢にしたいっていうんなら、スワロフスキーを使ったり、メレダイヤを一粒か二粒でも、あしらってみたり」

ほろ酔い加減でゆったりと歩きながら、綾香は「あーあ」と声を上げている。自分で聞いておきながら、その馬鹿馬鹿しさに呆《あき》れているのだ。芭子だって同じ思いだった。ことに身体が小さくて抵抗力の弱い超小型犬が、保温や汚れ防止のために服を着せられることに関しては、それなりに理屈も通っているし、芭子も抵抗は感じていない。そこに愛犬を可愛く飾りたい気持ちが働くことも理解出来る。それでも、やれウエディングドレスだ、タキシードだなどと言われると、やはり考えさせられてしまう。まるで着せ替え人形と同じ感覚なのではないかと思う。

「いいのかなあ、こんな仕事を引き受けて」

「悪いってことはないよ。こんなブームなんて、いつまでも続くか分からないわけだしさ。今は、芭子ちゃんなりに一生懸命やってるんだから、ある程度、流れに身を任せることじゃない？」

気をつけるべきなのは、金儲けに走る余り、派手にエスカレートしないことだと、大きなあくびをしながら綾香は言った。その通りだと、芭子も自分に言い聞かせた。

その後も何回か「東雲庵」の建物を訪ねる度に、芭子は家族の誰かが怒鳴り合い、喧嘩している場面に遭遇した。それでもようやくデザインを決めるところまでこぎつけて、正式に注文書を書いてもらい、内金を受け取ったときには、心の底からほっとした。

「仮縫いが出来たらご連絡しますね。一度、試着していただいて、全体のバランスなども確かめた方がいいと思いますから」

「うわあっ、本格的ぃ！」

飛び上がりそうな勢いで喜んでいる花穂を眺めて、やはりため息が出た。舅《しゅうと》や姑からさんざん反対された上に、矢面に立つアッくんは親子喧嘩を繰り返し、自分だって何度も嫌みを言われているにもかかわらず、ここまで無邪気に喜んでいられる神経というのも、実に大したものだと思った。

5

ペットショップのパートに出る日は、家にいて少しでも自分の仕事をはかどらせたいなどと思うくせに、家で仕事をしていれば、外の空気を吸いたいと思う。それに、家で仕事をする日は、下手をするとただの一度も人と会話しないままで終わってしまうことがあった。まだぽっちがいてくれるから、多少は救われているものの、だからといってセキセイインコと会話が成立するわけもない。この頃、芭子はそんな日々を味気なく思うことがあった。せめてふた言でも三言でも、人と話がしたい。綾香以外に親しく言葉を交わす相手がいないことが、時折、何とも心もとない。

「ねえ、ぽっち。ちょっと、買い物にでも行ってこようかな」

鳥かごを覗《のぞ》いて話しかけても、ぽっちの答えは「綾さんってば」とか「芭子ちゃん」などというものばかりだ。あとは雨戸を閉める音とか、携帯の着信音のような真《ま》似《ね》ばかり覚えてしまっている。

「決めた。行ってこよう。息抜きだって必要だし、見たいものもあるし」

考えてみれば、ちょっとした買い物をするのさえ、いつでも綾香が休みになる日を待つ癖がついている。芭子の方でも、綾香がパン屋の食べ歩きをするのにはいつもつき合っているが、それが嫌でないのは、自分も食べる楽しみがあるからだ。だが、芭子が仕事に使う布や毛糸などを、綾香が見ていて楽しいとは思えなかった。ただ芭子のために我慢してくれているのだ。そういう迷惑は、出来るだけかけないようにした方がいい。

簡単に身支度をして家を出ると、それだけで気持ちが清々してきた。少し前まで目にしみるほど鮮やかに見えた緑も色濃くなって、初夏らしい陽射《ひざ》しに輝いて見える。スズメがチュンチュンとさえずり、どこかで工事をしている音がコーン、コーンと響いていた。そういう音を聞くだけで、何とも長閑《のどか》な気分になった。

——意外にストレスがたまってたのかな。

特に自覚はなかったが、こんなささやかなことで気分が変わるのは、要するにそういうことなのかも知れないと、歩きながら気がついた。考えてみれば無理もないのだ。この頃はかなり根を詰めて小さな服作りばかりしている。ペットショップに卸している分だけでも手一杯だというのに、そこへきて「谷中ボオール」の仕事を引き受けてしまったのだから、仕方がなかった。頭の中では常に次の段取りを考えているし、一日にこなさなければならない分量が気になってたまらない。

稼ぐために働くということは、そういうことなのだと、改めて思う。「あそこ」での暮らしのように規律で縛られているわけでもないのに、自分で生活を管理しながら、飽きずに働き続け、それに対して幾ばくかでも対価を支払ってもらうということは、実に大変なことだ。普通は社会人になれば、すぐに学ぶことなのだろうが、芭子はそれを三十も過ぎてやっと学んだことになる。

今さらながら、二十代のうちの七年間を失うということが、どれほど大きなことなのかを痛感するのは、こんな時だった。日々の暮らしには、出所直後ほど戸惑うこともなくなったものの、きっとあらゆる点で、芭子はまだまだ他の人よりも遅れているのだろうと思っている。日常生活の中で自然に身につけているはずのことを知らない。学んでいない。たとえ罪を償ったとはいえ、こんな形でいつまでも後悔し、ハンデを背負うことになると分かっていたら、あんな馬鹿なことはしなかった。

「あれ」

自分の足下を見つめながら、のろのろと坂道を上っていたら、聞き覚えのある声が耳に届いた。何気なく顔を上げて、芭子はまたため息をついてしまった。せっかく気分転換に出てきたというのに、どうして一番会いたくない人に出くわすのだろう。

「今日は一人っスか」

坂の上から自転車のブレーキを握りながら歩いてくるのは、例によってあの警察官だ。本当に間が悪い。綾香と一緒のときなら、彼女に喋ってもらえばいいが、一対一では逃げることも出来ないではないか。本当に面倒なことだと思いながら、次第に近づいてくる高木巡査を眺めるうちに、ふと気がついた。いつも白い自転車の荷台に固定されていて、何が入っているのだろうかと不思議に思っていた白い箱のふたが開けられている。そして、その箱の中で何かが動いているのが見えてきた。小さな白いイヌが、賢そうに箱の中で伏せているのだ。赤い舌がちろちろと見えた。

「どうしたんですか、その子」

つい、自分から話しかけた。高木という警官は苦笑混じりに谷中霊園で保護したのだと言った。

「ほら、前にも言ったでしょう。最近はあの辺に色んなものが捨ててあるって。これも、スーパーの袋に入れられて、袋の口を縛った状態で置かれてるって、通報があったんです。下手すりゃあ、ゴミと間違えて捨てられちゃうか、窒息死でもしてたかも知れません」

まあ、と息を呑《の》むようにしながら、丸い目をきょろりとさせている小さなプードルを眺めているうち、まさかという思いが閃《ひらめ》いた。

「――蘭丸？」

試しに名前を呼んだ途端、小さなイヌはぱっと立ち上がり、高木巡査が引く自転車の上でぴょんぴょんと飛び跳ねようとした。芭子は驚いてそのイヌを抱き上げた。

「知ってるイヌですか」

「多分、蘭丸だと思います。名前を呼んで、これだけ反応してますし」

ああ、よかった、と若い警察官がにっこり笑う。芭子はプードルを抱いたままで自分の携帯電話を取り出し、「東雲庵」の花穂から教えられた携帯電話の番号を鳴らしてみた。だが、電話は留守番電話につながってしまう。仕方がないので「蘭丸くんは無事ですか」とメッセージを残した。

「どこのイヌです」

「商店街に『東雲庵』という和菓子屋さんがあるんですが――」

「ああ、『八代目東雲庵』ね。あそこのイヌですか」

「正確には、あそこの三男さんなんですが。『谷中ボオール』をやってる」

坂道の途中で立ち止まって喋っている間に、握ったままだった携帯電話が鳴った。

「もしもしっ、もしもしっ？　ああ、花穂ですけど、蘭丸のこと、どうして知ってるんですか。蘭丸ねえ、昨夜《ゆうべ》、いなくなっちゃったんですよお！」

あまりの声の大きさに、電話を少し耳から離しながら、高木巡査に目顔で頷いて見せる。すると高木の方でも、肩の辺りに引っかけていたマイクのようなものを握って、どこかに連絡を入れ始めた。芭子も携帯電話に向かって、蘭丸なら今、一緒にいると伝えた。

「小森谷さんが？　何でっ、どうして！」

「たった今、偶然顔見知りのお巡《まわ》りさんと会ったら、そのお巡りさんが保護したイヌを連れてたんですけど、名前を呼んだら尻尾《しっぽ》を振って喜んでるんです。蘭丸くんじゃないかと思って」

「まじっ？　まじで、蘭丸？」

こちらが話している間に、高木の方は無線連絡を終えたらしく、芭子に向かって「これから、自分が連れていきますよ」と言った。そのままを花穂に伝えると、花穂は「まじっ」と言った後でまだ何かキャアキャアと騒いでいる。芭子は、「とにかく待っててくださいね」と言ってようやく電話を切った。

「さすが、芭子さんですね。こんなイヌのことまで知ってるなんて」

「たまたまです。じゃあ、私はここで——」

蘭丸を自転車の荷台に戻し、軽く会釈《えしゃく》をして離れようとしたら、すぐに「ちょっと待ってくださいよ」と引き留められた。

「一緒に行ってくれないんですか」

「私が？　どうしてですか」

「だって知り合いなんでしょう？　それに、ちょっと聞きたいこともあるし」

こめかみのあたりがひやりとなった。思わず「聞きたいことって」と身構えると、高木巡査は「こいつのことです」と荷台の蘭丸の小さな頭を撫でる。

「どんな飼い方してるんですか。こんなチビが簡単に逃げ出すようじゃあ、飼い方も注意してもらわなきゃならないし」

話しながら、彼はもう歩き始める。芭子は仕方なく、上ってきた坂道を引き返す格好で、白い自転車を挟んで歩き始めた。ああ、何ということだろう。警察官と並んで歩くなんて。この制服に、こんなに近づくなんて。

「あのお宅は——普通に考えたら、逃げ出すとは思えないんですけど」

荷台の蘭丸を撫でながら、芭子は改めて「東雲庵」の建物を思い浮かべた。建物の入口は部外者が勝手に入り込めないようにオートロックのドアがついている。非常階段を兼ねた外階段にも、蘭丸がすり抜けられないくらいの幅の格子《こうし》の入った鉄製の扉がついていた。しかも三男夫婦の住まいは建物の三階だ。こんなイヌが窓から飛び降りるということも、普通は考えられない。その説明をすると、高木は「ふうん」と頷いて、首を傾げた。

「じゃあ、やっぱり誰かが連れ出したって考えた方がいいのかな。スーパーの袋なんかに入れられてたわけだし」

「ですから、部外者は――」

言いかけて、はっとなった。記憶の片隅に残っている光景や言葉の断片が、頭の中でいっぺんに舞い上がったように感じられた。ペットのトラブル、面白く思わない人、イヌやネコを捨てる人――気がつけば、自転車を挟んで隣を歩く警察官が、何か言いたげな表情でこちらを見ている。芭子は「そんな」と呟いた。

「まさか、ご家族の誰かが?」

「あそこの家が何人家族か、知ってますか」

「――それぞれ違う階に住んでらっしゃるんです。『東雲庵』のご主人夫婦と、ご長男夫婦と三人のお子さんと、それから三男のご夫婦と」

高木巡査は「なるほど」と興味深げに頷いて、その後は口を噤《つぐ》んで真《ま》っ直《す》ぐに歩いていく。考えてみれば、この警察官の横顔を見るのも、初めてだ。何だか妙な感じだった。

「東雲庵」に着いてインターホンを押すと、道路まで飛び出して来た花穂は蘭丸を抱きしめて、その場でおいおいと泣き始めた。次いで、今日は珍しく行列の出来ていない「谷中ボオール」からはアッくんが、「東雲庵」からは女将に加えて長男の嫁までが出てきて、店先はちょっとした騒ぎになった。何度も頭を下げられて、芭子が何とも面映《おもは》ゆい気持ちになっているときに、高木巡査が「それで、ですね」と口を開いた。

「ちょっと、お話を聞かせてもらえないですかね。道ばたじゃあ、アレだから——」

道ばたで、家族はそれぞれに顔を見合わせている。蘭丸を抱いた花穂が「うちに来ますか」と言ったが、高木巡査は「いや」と真面目《まじめ》くさった顔で首を振った。

「簡単に聞かせてもらうだけですから、どっちかのお店にでも、ちょっと寄らせてもらうんじゃあ駄目ですかね」

アッくんと母親が互いに顔を見合わせている間に、兄嫁が「じゃあ」と口を開いた。

「そっちの、揚げ物屋に行ってもらえます？　うちは、お店の中にお巡りさんなんかいたりすると、お客さまがぎょっとなさるかも知れないし、何しろそっちの飼い犬のことですから」

その途端、アッくんの表情がさっと変わった。ところが今回も、高木巡査は「いや」と首を振った。

「出来れば家族のみなさんに揃《そろ》ってもらいたいんでね。こっちの店じゃあ、ちょっと狭いんじゃないですかね」

兄嫁が、それは不愉快そうな顔になっている。ようやく女将である母親が「どうぞ」と言いかけて、ふと花穂を見た。

「あんたは、やめてよね。イヌを抱いたままで、食べ物を扱う店になんか、入れるわけないんだから」

まだ眼を潤《うる》ませている花穂の口元にぎゅっと力が入る。芭子はいたたまれない気持ちになって「じゃあ」と誰にともなく口を開いた。

「私は、これで」

花穂とアッくんが何か言いたげな顔になったが、その二人にも軽く会釈をしただけで、芭子は踵を返した。いつもの調子で警察官から「芭子さんも入りましょうよ」とでも声をかけられたらどうしようかと思ったが、さすがの高木巡査にも、ある程度の良識はあるらしい。それきり誰からも引き留められることもなかった。改めて買い物に行く気力は、とっくに失《う》せている。やはり、綾香の休日を待って、またつき合ってもらおうと考え直し、すごすごと家に戻ることにした。

それにしても後味が悪いというか、奇妙に気持ちのざらつく出来事だった。もしも、袋に入れられた蘭丸に誰も気づかず、警察に届けることもしなかったら。そして、芭子が買い物に行こうなどと思いつかず、坂道の途中で嫌いな警察官と行き合わなかったら。考えただけでぞっとする。あんなに小さなイヌのことだ。ちょっとしたことでも、いとも簡単に死んでいただろう。または、死ぬことはなかったにせよ、他の誰かに拾われて、二度と花穂の手元に戻って来なかったかも知れない。

——家族の誰かが。

いくら気に入らないと言っても、ひどい話ではないか。だが、その可能性はないとはいえない。

「見つかってよかったじゃないのよ、ちょっと、芭子ちゃん。そうじゃなかったら、せっかくの商売が台無しになるとこだったわ」

その晩、電話でことの顚末《てんまつ》を話して聞かせると、綾香はまず、そのことを喜んでくれた。「綾さんってば」と言いながら、実のところ芭子自身も密《ひそ》かに胸を撫で下ろしていた。キャンセルされる痛手そのものよりも、愛犬が消えてしまった嘆きを聞かされたり、飼い主の傷ついた姿を見せられたり、またキャンセル料金その他についてのやり取りをしなければならない、そういう憂鬱《ゆううつ》な思いをせずに済んだことが、何よりありがたかった。

6

二週間ほどして、ようやく蘭丸とサナギの仮縫いの日がやってきた。二匹分のドレスとティアラや蝶《ちょう》ネクタイなどの小物類、裁縫道具などを抱えて「しののめビル」を訪ねると、少し会わない間に髪の色がすっかり変わっていた花穂が、妙にびっくりしたような顔で芭子を出迎えた。

「——何か？」

玄関先で、つい首を傾げている間に、どこからともなく「ざけんなよっ！」という怒鳴り声が聞こえてくる。芭子は目を丸くして花穂と顔を見合わせた。

「ちょうどね、今、始まっちゃったとこ」

「あら、じゃあ——」

また出直しましょうと言いかけたとき、花穂に、すがりつくように腕を摑《つか》まれた。

「いいから、入って。いつものことだから、気にすることなんかないんだから。それよりねえ、すごいことが分かったの。その話もしたかったんだ」

腕まで摑まれては、芭子もそれを振り切って帰るわけにいかない。それに、こう何度も出直してばかりでは、正直なところ他の仕事にも差し障《さわ》りが出るというものだった。出来ることなら今日、簡単に仮縫いを済ませて、あとは納品するだけというところまでこぎ着けたい。

もうすっかり見慣れた感のあるリビングルームに通されても、怒鳴り合いの声は聞こえていた。例によって二人分のコーラをテーブルの上に置いた後、花穂が「あのねえ」とこちらを見た。

「この前のこと。蘭丸のね」

花穂は、口元にぎゅっと力を込める。

「どうやら、お義姉《ねえ》さんの仕業だったらしいんだよね」

ストローに口をつけようとしていた芭子は、思わず目をみはった。やっぱり、という思いと、そんな、まさかという思いが、いっぺんに渦巻く。どちらかといったら美人の部類には入るだろうが、少しばかり顎《あご》の尖《とが》った、いかにもきつい顔立ちの兄嫁が、闇《やみ》の中であたりに気を配りながら、スーパーの袋に入れられた蘭丸を墓地の片隅に置く姿が、いとも容易《たやす》く思い浮かんでしまった。

「あの日、お巡りさんが『蘭丸が自分から逃げ出すはずがないとしたら、誰かが持ち出した可能性もありますね』って言ったのね。そうじゃなかったら、泥棒が入ったことになるけど、他に何か盗《と》られたりした形跡はありませんかって。そんなの、どの階にもないわけ。あの前の晩は、アッくんは友だちと呑みに行ってて、花穂は九時過ぎにお風呂《ふろ》入ってたんだけど、その間に蘭丸がいなくなったんだよね」

高木巡査は、もしも外部から誰かが侵入した恐れがあるなら、警察の方できちんと調べると言ったのだそうだ。そうでないなら、今後このようなことが起きないように、家族でよく話し合って欲しいとも言って帰っていったらしい。

「もう、アッくんが怒ってさあ、みんなに自分たちのアリバイを証明しろとか言い出して。そうしたらお義兄《にい》さんは『家族を疑うのか』って怒鳴り出すし、お義父《とう》さんも『そんな人でなしは家にはいない』とか言って、もうすごいことになったの」

結局、一つの家族の中で犯人捜しのような真似をしては、家族に亀裂《きれつ》が入ってしまうと、それ以上の追及を許さなかったのは「東雲庵」の八代目である父親だという。だからみんなが心にわだかまりを抱きながらも、一旦《いったん》は口を噤むより他なかった。それでも、もとは家族なのだから、日がたてば少しずつ話もする。それらの情報を総合すると、どうしても犯人は義姉以外には考えられないということになってしまうようだった。

「それから、アッくんが余計に、お義兄さんと喧嘩《けんか》するようになってさあ」

言っている傍から「そうじゃねえかよっ」などという怒鳴り声が聞こえてきた。

「だったら、言ってみろよっ。他の誰が、そんなことすると思うんだよっ。所詮《しょせん》は他人なんだぞっ！」

「他人だとっ！」

「そうじゃねえか！　兄貴がもともと、そういう女なんかと一緒になるから、家《うち》ん中がゴタゴタするようになったんじゃねえのかよっ」

さすがに来る度にこういう声を聞かされては、度胸も据わるというものだ。芭子は一つ深呼吸をした上で、「じゃあ」と姿勢を変えた。

「始めちゃいましょうか」

もともと無神経な花穂は「はーい」と席を立ち、いかにも浮き浮きした様子で隣の部屋から蘭丸とサナギを連れてくる。上階からの声さえ聞こえていなかったら、何ともいえず長閑な風景だ。

「きゃあ、可愛いっ！」

ドレスや小物類をテーブルの上に並べていくと、花穂は子どものような歓声を上げた。芭子は、花穂にイヌを抱いてもらい、手際《てぎわ》よく服を着せていった。

「いやだあ、ヤバい！　すごい似合うぅ！　めっちゃ可愛い！」

睡眠時間を削ってまで縫った服を喜んでもらえたら、こんなに嬉《うれ》しいことはない。これで酬《むく》われるというものだと思いながら、芭子は丁寧に、イヌが窮屈な思いをしていないか、動きやすさは阻害されていないかなどを確認していった。

「これで、いつ完成ですか？」

「この後、本縫いをした後にレースやビーズを縫いつけたりして、まだ細かい仕事がありますから、一週間か十日くらい——」

話しながら、イヌたちに着せた服を脱がせて、丁寧に畳んでしまい込もうとしていたときだった。ばん、と玄関ドアの開く音がして、花穂の兄嫁が血相を変えて飛び込んできた。彼女は、まず芭子を睨《にら》みつけ、いきなり「あんたのせいよっ！」と金切り声を上げた。

「何だっていうのよっ！」

芭子は身動きも出来なくなった。

「ちょっとおっ！　この人は関係ないでしょっ。いきなり人ん家《ち》に入ってくんなっ」

花穂が身体《からだ》を捻《ひね》って、兄嫁を迎え撃つ姿勢を見せる。すると兄嫁は、今度は花穂の真向かいに立ち、肩で息をしながら目をむいた。

「小生意気なガキの癖に——証拠があるんなら、言ってみなさいよ」

「だから、何の話よ」

「何もかにもないでしょうっ！　証拠を見せろって言ってんのよっ、私が犯人だっていう証拠を！」

「知らないよ、そんなの」

「知らないで、人を犯人扱いすんのかっ」

「誰がそんなこと言ったんだよっ」

「昭由《あきよし》が怒鳴ってるじゃないっ！　上で！　うちの人にっ！」

あまりにも凄《すさ》まじい言葉の応酬に、芭子は動けないままでいた。二人の女は向かい合い、しきりに金切り声を上げている。どうしたものかと思った矢先、突然「てめえっ」という声がして、アッくんが参戦してきた。花穂をかばうように兄嫁との間に立つと、突き飛ばしそうな勢いで「何しにきたっ」とまた声を荒らげた。

「誰に向かって怒鳴ってるのっ！」

「何、偉そうにほざいてんだっ！　じゃあ、言ってやろうかっ。人ん家に勝手に入り込んで、蘭丸を殺そうとした女にだよっ！」

激しい応酬とその勢いに、芭子は息を呑むばかりだった。ただおろおろしていたら、ついに長男までが「よせっ」と声を上げて入ってきた。服装だけは職人らしく丈の短い白衣姿だが、すっかり殺気立った顔つきで、額には血管が浮いている。ははあ、こんなところが母親譲りなのかと、妙なことに感心しながらも、芭子は広々としたリビングの片隅に逃げ込むことにした。すると、蘭丸とサナギまでが芭子の後についてきて、小さく震えながら芭子の足下にうずくまった。

「馬鹿なんじゃねえか、兄貴は！　こんな女に丸め込まれて——」

「おまえにそんなこと言う資格が、どこにあるっ。おまえこそ、その、口の利《き》き方一つ知らないガキを、どう教育するつもりだっ」

「誰がガキだっていうんだよっ！　そっちのクソババアより、ずっとましだよ」

「誰がクソババアなのよっ！」

二組の夫婦が互いの妻、互いの夫を罵《のの》り、可愛らしく飾られている部屋の空気も、芭子の鼓膜もビリビリと震わせていた。もはやそれぞれの発言すら正確に聞き分けられないくらいだ。どうなってしまうんだろう、このままいつまで続くのだろうと思っていたら、突然、「やめんかあっ！」という新たな声が加わった。首を伸ばして覗いてみると、ここにいる全員の中で一番小柄な「東雲庵」の主人が、目をむいて全員を睨みつけている。

「好《い》い加減にしろっ！　お前たち、少しは恥ずかしいと思わんのかっ！　外まで聞こえてるんだぞっ！」

「構うもんかっ。本当のことを言ってるだけじゃねえかっ」

すかさずアッくんが言い返した。

「もとはと言えば、父さんが悪いんだからなっ」

「な――何がだっ」

「ハッキリさせねえからだよっ！」

「だから、何を！」

「誰が蘭丸を殺そうとしたかだっ！」

その途端、父親の顔色がすっと変わった。

「おい、昭由、人聞きの悪い――」

「他の奴《やつ》らにとっちゃあ、ただのイヌかも知んねえけど、俺と花穂にとっちゃ、立派な家族なんだよっ！　それが殺されそうになったっていうのは、俺らにとっちゃあ、人殺しと一緒なんだっ！」

「だから、知らないって言ってんだろうっ」

また長兄の怒鳴り声が重なる。

「兄貴は知らなくたって、その女は知ってんじゃねえのかっ」

「だから――」

長兄が言いかけたとき、兄嫁がだっと駆け出してキッチンに向かったと思ったら、その手に包丁を握りしめて戻ってきた。

「何なのよ――何だっていうのよ――」

兄嫁は肩で息をしながら、身体の前で包丁を構えている。家族全員が、ぴたりと動かなくなった。

――まずい。まずいよ。綾さん！

足が震えて、その場にへたり込みそうだ。心臓も口から出かかっている。芭子は震える手で携帯電話を取り出した。束ねられているカーテンにくるまるようにして、とにかく必死で綾香の携帯電話を鳴らす。その間にも背後からは「その目は何だって言ってんのよおっ！」という兄嫁の金切り声が聞こえていた。

〈芭子ちゃん？　ごめん、今ちょっと忙しくてさあ――〉

「綾さん、綾さん、大変なの！」

必死で声を押し殺し、電話に口を近づけて、芭子は「どうしよう」と救いを求めた。

「ねえ、綾さん、大変！　人が殺されるかも知れないのっ」

〈なんでっ。そこ、どこっ〉

「東雲庵で、また大喧嘩になって。包丁を持ち出しちゃってるの！」

〈馬鹿だねっ、芭子ちゃん！　私じゃなくて一一〇番だよ〉

そのとき、背後で悲鳴が上がった。反射的にカーテンから顔を出した芭子の目に飛び込んできたのは、腕を押さえてうずくまる父親の姿と、包丁を持ったまま立ち尽くしている長男の嫁の姿だ。芭子は再び「綾さんっ」と電話に囁《ささや》きかけた。

「やっちゃった！　斬《き》りつけちゃった！」

〈やばいっ。じゃあ、一一九番しなさい。いいね！　すぐに呼ぶの！　こんなことしてる間に！〉

言うなり向こうから電話を切られた。もう迷っている暇はなかった。芭子は震える手で一一九番に通報した。その間にも、室内にはまだ悲鳴が上がり続けている。

〈東京消防庁、一一九番です。火災ですか、救急ですか〉

「き――救急車、お願いします！」

〈落ち着いて応《こた》えてください。救急車の要請ですね。患者さんは、病気ですか怪我《けが》ですか〉

「怪我です。人が、人が刺されました。包丁で斬りつけて――血が、血が出てます」

〈人が包丁で斬りつけられて、出血しているんですね。救急車を向かわせます。そち

らの住所か目印となるものは分かりますか〉

やたらと落ち着いた声の男性に、芭子は必死で「和菓子の東雲庵」という言葉を繰り返した。その間にも「死んでやる」「人殺し」「馬鹿なことを」などという声が入り乱れて聞こえてくる。電話を切った後、芭子ははっと我に返り、別の部屋を抜けて玄関に向かうことにした。何回か訪ねている間に、おおよその間取りは頭に入っていたからだ。これ以上、人の家庭の問題に巻き込まれて、警察から事情聴取など受けるようになったのでは、たまったものではない。テーブルの上には作りかけのドレスなどが置いたままになっているが、これはまた後日引き取りにくるより他ない。

ついてこようとする蘭丸とサナギを押しとどめ、足音を忍ばせて玄関から外に出て、そのまま階段を駆け下りた頃、遠くからサイレンの音が聞こえてきた。少し離れた物陰から見ていたら、驚いたことに、救急車よりも早く自転車に乗った数人の警察官が駆けつけてくる。その中に、高木巡査もいた。「東雲庵」の前には、見る間に人だかりが出来ていく。ずっと店番をしていたらしい姑《しゅうとめ》が、慌《あわ》てた様子で店のシャッターを下ろした。

「何があったんだって？」

「何だろう。さっきまでまた怒鳴りあってたのが聞こえたけど」

「ちょっと、度が過ぎたんじゃないの」

集まった人たちが口々に囁きあっているのを聞いているうち、背中をとん、と叩《たた》かれた。飛び上がるほど驚いて振り向いたところに、白衣姿の綾香がいた。芭子の肩越しに救急車の方を見て、目顔で頷《うなず》いて寄越す。

「間一髪」

他の人に聞かれないように、芭子は小さく囁いた。綾香はもう一度、今度は大きく頷いて、芭子の二の腕のあたりをぽんぽん、と叩いてくれた。

7

芭子の自宅を刑事が訪ねてきたのは、その翌日のことだ。玄関の扉を開けて、目の前に男女二人の私服警察官が立っていたときは、まるでデジャヴのような感覚に陥った。実際には、芭子が逮捕されたのは夜中だし、帰宅したところを待ち伏せされていたという状況だったから、こんな光景は目にしたことがないはずだ。それなのに、警察手帳を見せられた途端、またも背中から力が抜けていくような気分になった。

「お忙しいところ、すいません」

髪を七三に分けた男の刑事が、馬鹿《ばか》に真面目くさった顔つきで警察手帳を提示する。その隣に立つ、芭子と同年代に見える女性刑事は、地味なスーツ姿のまるで保険の外交員のような雰囲気で、僅《わず》かに微笑《ほほえ》んだ。

「警察の方が——何でしょうか」

言いながら、喉《のど》の奥が貼《は》りつきそうになる。動揺していると思われたら、かえって身元を洗われたりして面倒なことになると思うから、可能な限り平静を装《よそお》わなければと自分に言い聞かせたが、それでも脇《わき》の下にびっしょりと汗をかき始めた。

「昨日の、『東雲庵』さんの一件なんですが。聞いたところでは、救急車を呼ばれたのは、お宅ではなかったかと」

「あ——はい。そうです」

「その場に、いたんですよね」

「はい」

「では、どうして誰にも知らせずに帰ったんですか」

「どうしてって——」

まるで自分に何かの嫌疑でもかけられているような気分になった。芭子は自分でも一瞬、表情が険しくなるのを感じながら「いけませんでしたか」と刑事を見てしまった。すると、特に女性の方の刑事が、「そうではないんです」と柔らかい笑みを浮かべた。

「いけないなんていうことは、ありません。ただ、どうしてお帰りになったのかなあって」

「――家族のもめ事に、赤の他人が口を挟むみたいなことになっては申し訳ないと思いましたから」

すっと視線を外し、無表情のままで応えた。視界の片隅で、女性の刑事がメモをとっているのが見えた。

「なるほど。でも、目撃はしているんですよね」

男の刑事が聞いてくる。芭子は、改めて彼の方を見て、「まあ、そうですけど」と軽く自分の髪を撫《な》でつけるふりをして横を向いた。

「どう思いましたか。長男のお嫁さんには、殺意があったように見えましたか」

「まさか！」

思わず刑事の顔を見つめた。

「あそこのお宅は普段から皆さん、血の気が多いっていうか、言い争いになることがあるんです。今度はそれが少しエスカレートしただけだと思います」

ふうん、と頷く刑事は、次いで蘭丸が捨てられた件にも触れてきた。さすがというか、当然というか、芭子が蘭丸発見にひと役買ったことも承知している様子だ。

「そんなことになるまでの経緯は――」

「そういうことまでは分かりません。私は今回たまたま、あそこのワンちゃんの服を作って欲しいと頼まれただけで、それ以上のおつきあいはないんです」

それでも何か言いたげな二人の刑事を見比べて、芭子は「本当に」と念を押すように言った。

「よそ様のお宅のことですから、それ以上のことは分かりません」

女性刑事が、ぱたんと手帳を閉じた。それから、改めて親しみを込めた笑顔になる。

「ところで、高木という交番勤務の警察官をご存じですか」

「え、あ――はい――知っているというほどでは」

彼女は隣の刑事と顔を見合わせ、くすりと笑いながら、若い警察官から、芭子によろしくと伝えて欲しいと言付かったのだと言った。反射的に頰が赤らむのを感じて、そのことに慌ててしまい、芭子は、思わず口ごもった。

「ちょっと、素っ頓狂《すっとんきょう》なところのある警察官ですから、もしかしてご迷惑をおかけしてるんじゃないですか」

「どうやら、向こうは小森谷さんの大ファンなんだそうです。これからも、よろしくお願いします」

しどろもどろの返答になっている間に、刑事たちは「お邪魔しました」と、あっさり帰って行ってしまった。玄関の扉を閉め、ぽっちがさえずる茶の間に戻ってから、芭子はほうっとため息をついてコタツの前にへたり込んだ。

「まったく。何ていう展開なんだろうと思ったわ」

次の水曜日を待って、綾香と「おりょう」に行くと、芭子は慌《あわ》ただしかった一週間の話を聞かせた。ほとんど毎日のように電話で話しているからあらかた聞かせてはいるのだが、やはり顔を見ると最初から話したくなる。

「薄氷を踏む思いとは、このことだわね」

生ビールで乾杯をした後で、綾香も薄く微笑む。

「やっぱり誰とでも関わりを持つのは怖いなあ」

「ま、今回みたいなのは特別でしょう。それでさあ、芭子ちゃん。ドレスの注文は、どうなったの」

唇についたビールの泡を拭《ぬぐ》いながら、芭子は、その点は心配いらないと応えた。そ
「いえ――」

れどころか「東雲庵」からは怪我をした主人の名前で、「お詫《わ》びに」と商品券まで渡された。芭子にしてみれば、ドレスがキャンセルにならなかっただけでも救われたと思っていたのに、思いがけないことだった。

「口止め料の意味もあるんじゃないのかねえ。まあ、いくら芭子ちゃんを口止めしたところで、次男の嫁が全部、喋《しゃべ》っちゃってるんだけど——ああ、そういえば」

刺身を一切れ、口に入れたところで、綾香は手をひらひらとさせた。

「結局どうなったと思う？　長男の嫁」

芭子は、自分も小皿の醤油《しょうゆ》にわさびを溶きながら「どうって」と微《かす》かに首を傾《かし》げた。

「あれだけのことやったんじゃあ、やっぱり、ちょっとは『あそこ』に行くことになるんじゃないの？」

「でしょう？　そう思うでしょ、あんた、芭子ちゃん。それが、違うんだってさ！」

綾香がぐっと身を乗り出してくるから、芭子の方はつい背筋を伸ばした。綾香は小さな目を精一杯に開いて、パチパチと瞬《まばた》きを繰り返しながら「お、と、が、め、なし」と囁いた。

「えっ、どうして？」

「要するに、身内のゴタゴタだからって。生命《いのち》に関わるような怪我でもなかったし、家族全員、処罰を望んでないからって言うんだよね」

そんな、と言ったまま言葉に詰まった。あのとき、芭子は感じたと思うのだ。刑事には言わなかったが、あのとき長男の嫁からは、はっきりと殺気が出ていた。「あそこ」にいたとき、芭子は似たような雰囲気をまとった女を何人か見てきている。綾香も、その一人だった。人が人を殺そうというときに発せられるエネルギーは、おそらく通常には出てこない類《たぐい》の、あまりにも強烈で破壊的なものなのだろう。だから犯行に及んだ後もなお、その人を包み込む炎のように、異様な雰囲気が残る。これこそが「殺気」というものだと、芭子は身をもって学んでいた。だからこそ、長男の嫁のことも分かったのだ。

「本気で殺そうとしてたと思うのに」

「だけど、結果として生命に別状はなかったんだしさ、軽い怪我をしただけで済んだんでしょう？　そういうもんなんだって。よっぽどのことがない限りはね、身内のゴタゴタは、身内で何とかしろっていうのが基本らしいよ」

ジョッキに残っていたビールをひと息に飲み干して、綾香はふう、と大きく息を吐き出している。

「そんなこと言うんならさあ——」

「駄目っ、綾さんっ」

枝豆に伸ばしかけていた手をとめて、芭子は鋭く制した。手のひらで口元を拭いながら、綾香が「何よ」と目を瞬《しばたた》かせる。

「まだ、何も言ってないじゃない」

「いいから。分かってるから」

「何が？」

ゆでたての枝豆のさやを指先で押さえ、ちょうどいい具合にゆであがっている豆の感触と香りとを楽しみながら、芭子は、わずかに顎をしゃくって見せた。

「どうせ、『そんなこと言うんなら、私のときだって』とか、そういうことでしょう」

自分も枝豆を口に運んでいた綾香が、「うふふ」と目を細める。

「まあ、そんなのとは程度が違ってることくらい、分かってるけどね。だからってさあ、ああいう場合、これから先の自分のことなんか考えてる余裕なんか、あるわけないもんねえ。先々のことまで考えたら、中途半端《はんぱ》に生かしておくって方が――」

突然、視界に人影が入ったと思ったら、綾香の背後に顔なじみの店主が立っていた。綾香を黙らせる暇もなかった。芭子は凍りついたように店主を見上げた。

「はい、四万十《しまんと》川の鮎《あゆ》の塩焼きね、おまちどお」

その瞬間、綾香が喉でも詰まらせたようにびくん、と飛び跳ねるのを、芭子は見逃さなかった。そのまま目を白黒させている様子があまりにもおかしくて、芭子は思わず怒るのも忘れて吹き出しそうになった。

「ほら、だから、言わないことじゃない」

　店主が立ち去った後、綾香はようやく少しばかり決まりの悪そうな顔になって「えへへ」と笑い、「聞かれてないよね」と囁いた。芭子は首を捻って、カウンターの向こうの様子をうかがいながら「多分ね」と頷いた。

「くわばらくわばら。今のはさすがに肝を冷やしたわ」

　ほうっと息を吐く綾香を見るうちに、今度は急に切なくなった。綾香だって、本当は十分に気にしているのだ。ただ、こんな人生になったことを嘆き悲しんでばかりもいられないと、自分に言い聞かせているのに違いない。とにかく、生きていかなければならないから。これからも。

「本当はあそこの奥さんもさあ、いっそのこと、一度、入ってみれば、いい薬になったのかも知れないよね」

「薬っていうには、ちょっと効き過ぎかも知れないけどね――ねえ、綾さん」

「うん」

「『くわばらくわばら』って、なあに」

慌てたせいで急に酔いが回ったのだろうか、早くも赤い顔になっている綾香は「え」とこちらを見て、今度は自分の方が笑い出した。

「何よ」

「何でもないよ。お互い、頑張らないとねっていうだけ」

こうやって小さなことでも笑っていたい。そんな毎日を過ごせれば十分だと思いながら、芭子は「何よ」と唇を尖らせて、綾香が笑っているのを見つめていた。

銀杏《ぎんなん》日和《びより》

1

絵に描いたような美しいうろこ雲が、淡い水色の空一面に広がっていた。前カゴに荷物を詰めこみ、両ハンドルにも大きく膨らんでいる手提げ袋を引っかけた自転車を押しながら、ふと空を見上げて、小森谷《こもりや》芭子《はこ》は思わずほうっと息を吐き出した。ああ、本当に夏はいってくれたのだと、初めて実感する気分だ。

——本当に、やっと秋。

何しろ、今年ほど長くて暑い夏も、あったものではなかった。もう金輪際、秋なんか来ないのではないかと思うくらいだった。早朝から三十度を超えているのは当たり前、夜になっても気温は下がらず、来る日も来る日も寝苦しくて、日がな一日全身から汗が吹き出していた。睡眠不足に加えて食欲も落ち、頭はつねにぼんやりして、毎日、息をしているだけでやっとだった。せめて、シャワーくらいつけられないものだろうか、いや、それよりもエアコンをつけたいと、寝ても覚めても、そのことばかり類《たぐい》のものはを考えた夏だった。何しろ祖母が遺《のこ》してくれた家はもう古くて、そういう類のものは何一つとして揃《そろ》っていない。

シャワーに関しては、工事をするとなったら浴室全体を直さなければならない様子だったから、果たしてどの程度の費用がかかるものかも分からなくてすぐに諦《あきら》めたが、エアコン程度なら、その気になればつけられないこともなかった。これで、もしもセキセイインコの「ぽっち」が夏バテでもすれば踏ん切りがつくと思っていたのに、本来、暑さにはそう強くないはずのぽっちは、一日に何度でも水浴びをして、あとは普段通りに元気よく、上機嫌で毎日を過ごしていた。唯一《ゆいいつ》の相談相手である江口綾香《えぐちあやか》は、別段、自分の懐《ふところ》が痛むわけでもないのに「我慢、我慢」と繰り返すばかりだったし、実を言うと芭子自身、密《ひそ》かに考えていることもあって、結局は亡《な》くなった祖母が最晩年に使っていた古い扇風機一つを頼りに、やっとのことで夏を乗り切った。正直なところ、「あそこ」で過ごした夏よりも過酷に思えたほどだった。

そんな夏の記憶さえ一掃してくれそうな空を見上げながら自転車を押していたら、ふいに「ちょっと芭子ちゃん」と呼ぶ声が聞こえた。視線を地上に戻すと、路地の先に小柄な老女の姿が見える。家の斜向《はすむ》かいに住む大石さんのお婆《ばあ》ちゃんだ。近づくにつれ、いかにも何か言いたげな顔つきでこちらを見ていることが分かってくる。

「何、見てたのよ。ぽかんと口あけて。いくら路地だって、危ないよ、あんなよそ見してたら」

「ああ、空を」

そら？　と呟《つぶや》いて、お婆ちゃんは自分も空を仰ぎ見る。

「うろこ雲がね、綺麗《きれい》だなあって」

陽が傾き始めたのだろう。うろこ雲は、その一部を淡い鴇色《ときいろ》に染めつつあった。

「本当だ、こりゃ見事だわねえ」

お婆ちゃんが自分と同じ感想を持ってくれたことが、何となくくすぐったくなるように嬉《うれ》しかった。

「そういえば、おじさん、お加減いかがですか？」

空を見上げるついでに腰を伸ばすような格好になっていたお婆ちゃんは、芭子の質問に顔全体をくしゃりとさせる。

「おかげさんで、もう大概はね。ただねえ、何ていうんだろうか、まだまだ本調子とまでは、いかないみたいなんだわ。変な話、お通じがねえ、なかなか上手に出ないらしいのよね」

芭子は、思わず顎《あご》を引いて、自分よりもかなり小柄なお婆ちゃんの顔に見入った。

「お通じが？」

「どういう案配なのかねえ。要するに内臓の働きが、まだ元通りってわけじゃ、ないっていうことらしいんだけど」

「ずい分、時間がかかるものなんですね」

お婆ちゃんも、への字にまげた口を突き出すようにして「ねえ」とため息をつく。口元から頬の下の辺りに、ぱあっと放射線状の細かい皺《しわ》が広がった。

「若い人だって、下手すりゃ簡単に死んじゃうくらいなんだもの。やっぱり怖いんだわよ、熱中症って。ただ身体《からだ》の中にこもった熱さえ追い出してやれば、それで、はい、元通りってもんでもないってこと、今度のことで、よおっく教えられたわ」

お婆ちゃんの夫である大石老人は、この辺りではちょっとした有名人だ。何しろものすごく気難しい上に、相当な短気と来ている。曲がったことが大嫌いなのは結構だとしても、少しでも意に染まないことがあると、相手が見知らぬ人であろうと誰であろうと、まるでお構いなしに、いきなり怒り出すのだ。その剣幕ときたら。芭子などは、ただ怒鳴り声を聞いているだけでも縮み上がるほど怖《おそ》ろしい。

きっと、どこかに怒りのスイッチが入るボタンがついていて、ボタンが押されると瞬間的に怒り出すのに違いないという意味で、芭子と綾香が密かに「ボタン」とか

「ボタンじいさん」と呼んでいるその老人が、この夏、熱中症で倒れた。日頃あんなに元気なボタンでも、条件さえ揃ってしまえば簡単に罹《かか》るのが熱中症というものだと思い知らされる出来事だった。

「それでも大体、元通りの生活が送れるようになったんだもん、これもみんな芭子ちゃんたちのお蔭《かげ》だわ」

「私は何も――」

「ちょっと、すごい荷物だわね。なに、仕入れ？」

初めて自転車の荷物に気づいたような表情で尋ねられて、芭子は「ええ」と小さく笑って見せた。「仕入れ」などと言われると、いかにも本格的な感じがして、妙に照れくさい。

「もう冬物に取りかからなきゃいけなくて。かさばる生地とか、色々と買いこんだら、こんなことになっちゃいました」

「へえ、馬鹿《ばか》になんないわねえ。ワンちゃんの服にも冬物なんてあるんだ」

「やっぱりお散歩のときに冷えますから、保温性の高いものが必要になりますし、あと、飼い主さんも、自分の犬に暖かそうな格好させたくなるんですよね」

「自転車で行ってきたの？　日暮里《にっぽり》まで？　大したもんだわねえ」

「そんなに遠いわけでもないし、こうやって、荷物も積めるから」

　大石のお婆ちゃんは「ふうん」と、芭子の自転車を眺め回していたが、「そういえば」と、またこちらを見た。

「綾さんは？　このところ、見ないみたいだけど」

「そうですか？　明日の夕方は、うちに来ますよ。木曜日だから」

　芭子の返事に、お婆ちゃんは「ああ」というように大きく頷《うなず》いた。

「そうか。明日は、もう木曜だったっけね」

　お婆ちゃんは細かく頷きながら「じゃあ」と、また顔をくしゃりとさせた。

「明日は栗《くり》ご飯炊《た》いて、持ってってあげようかね」

　芭子は「栗ご飯ですか！」と、思わず両手で祈るような格好になってしまった。

「大好きです、栗ご飯」

「そうお？　綾さんはどうかしらね」

「あの人も、大好きです。炊き込みご飯とか混ぜご飯とか、そういったものは何でも」

　毎朝すぐそこのゴミの集積場に出向いては、分別ゴミの仕分けや整理をして、少しでも間違ったゴミの出し方をする人間を見つけようものなら、その場で怒鳴りつけることを日課としていたボタンが、八月のある朝、そこでうずくまっているのを発見したのは綾香だった。たまたま早朝、芭子の家に寄る用事があって自転車を走らせてきたのだ。彼女は倒れているのがボタンだと分かると、すぐさま芭子に携帯で連絡し、電話を受けた芭子はサンダルをつっかけて家を飛び出した。大石のお婆ちゃんに声をかけ、ゴミ集積場に駆けつける間に、綾香はもう一一九番していた。

それまでも年がら年中、この路地を通って芭子の家に来ていた綾香を、ボタンだって大石のお婆ちゃんだって、顔だけは十分に見知っていたはずだ。だがその日を境に、彼女は単なる見覚えのある顔から、ボタンの生命《いのち》の恩人になった。江口綾香という名前を知り、よみせ通りにある製パン店で働いていることも分かって、以来、彼らは何かというと「綾さん」と彼女の名前を口にする。

「綾さんのことだから、きっと栗ご飯くらい自分でも炊くんだろうけど」

「でも、今は忙しくて、そんな暇もないですから」

「そりゃあ、毎朝三時前から起きてるっていうんじゃあ、ねえ。やっぱり、うちのお父さんの言ってた通りだわ」

熱中症が怖いのは、実はその程度によっては多臓器不全に陥りやすいからなのだという。その上、筋肉もダメージを受けるのだそうだ。最悪の事態こそ免れて、体温は平熱近くまで下がったものの、ボタンはその後、手足にまったく力が入らなくなり、腎臓や消化管の機能も低下してしまった。それで、点滴などの治療を受けるために二週間あまりの入院を余儀なくされた。夫婦には二人の子どもがいるということだが、いずれも離れて住んでいるとかで、お婆ちゃんは「心配かけたくない」と、頑《かたく》なに連絡しようとしなかった。

子どもらに代わって何度か病人を見舞い、また、何くれとなくお婆ちゃんを気遣ってやったのが、綾香だ。普段は一円単位で節約に励んでいる彼女が、病室にちょっとした花まで飾り、薬局に薬を取りに行ったり、担当の医師や看護師から受けた指示や説明の意味を、ボタン本人やお婆ちゃんにも分かりやすいように言い直してやるという、親戚《しんせき》以上の世話の焼きようだった。

——これも何かの縁だしさ。

お婆ちゃんに頼まれたからと、病人の寝間着や下着まで買って届ける綾香に、芭子はつい眉《まゆ》をひそめた。そこまで関わり合うべきではないのではないか、深入りするのは危険ではないかと思ったからだ。自分たちの立場を忘れてはならない。だが綾香は、芭子が渋い表情を見せる度に誤魔化すような笑みを浮かべて「困ったときはお互い様」などと言い、そして、少しだけ遠くを見るような目つきになった。その瞬間、芭子も悟った。大石夫妻の姿は、そのまま綾香自身の両親か、または身近な誰かを思い出させるのに違いない。次の誕生日がくれば四十三になる綾香の親といったら、おそらく七十代か、若くても六十代の後半くらいだろう。ちょうど大石夫妻の世代だ。

——自分の親には、出来ないから。

芭子自身、街を歩いていて自分の両親と似た世代、似た背格好の人を見かけると、ついハッとなることがある。何年、会わずにいようとも、現在の両親の年齢を忘れたことはない。もしかすると、このままもう二度と会えないかも知れない、いや、会えないだろうと自分に言い聞かせていたとしても、だからといって忘れ去ることなど出来るはずもなかった。綾香だって同じに違いない。そう考えると、大石夫妻に対する綾香の親切が、ひどく切ないものに思えてならなかった。

2

年齢もひと回り離れているし、出身も育ち方も性格も、外見だってまったく違う芭子と綾香とが、ときとして人から姉妹に見られるくらいに、いつも一緒にいるのには、それなりの理由がある。

前科《マエ》持ちの刑務所《ムショ》仲間。それが、芭子と綾香の関係だった。犯した罪の内容も、受けた量刑も違う。だが罪の代償として、刑務所《あそこ》に入っただけでなく、それまで住んでいた家、親兄弟、友人知人といったすべてのものを喪《うしな》い、天涯孤独の身の上になった点は同じだった。他に誰一人として頼る相手もいない。だからこそ住まいだけは別だが、二人で文字通り肩を寄せ合い、ひたすら目立たないように、ひっそりと暮らしている。

マエ持ちの自分たちが、これから先、人並みの幸福など、そう容易に得られるとは、まず思えない。芭子自身は、そんな資格もないと自分に言い聞かせている。と、なると、まずは経済的に自立することが必須《ひっす》だ。綾香は出所直後からパン職人になる修業を始めた。なかなか目標が見つからなかった芭子も、最近になってようやくペット用の服を自分でデザイン、作製してショップに卸す仕事を始めた。「あそこ」で叩《たた》き込まれた正確な縫製技術が役に立ったことになる。今はまだペットショップでのパートも続けているが、このままペット服の仕事が順調に続けられそうなら、来年くらいにはパートは辞めて、本格的に専念したいと思っている。そう考えられるところまで、やっとこぎ着けた。

こういう暮らしの中で、芭子がもっともエネルギーを費やしてきたことといったら、とにかく自分たちの過去を世間に知られないようにすることだった。ようやく世間に溶け込んで、普通の生活を築き始めている自分たちに「マエ」があるなどと知れたら、周囲の人達の見る目が変わらないはずがないし、きっとこの町でも暮らしていかれなくなる。

さすがに犯した罪そのものについて口にすることはないにせよ、「あそこ」で身につけた言葉や習慣などが、ひょっとした隙《すき》に出てしまうのではないかというのが、何よりも怖い。何しろ、綾香は五年、芭子に到《いた》っては七年間も「あそこ」に入っていたのだ。自覚する以上に、染《し》み込んでしまっているものがあるのではないかと思うと、結局はボロを出さないために、誰であろうと深く関わらないのが一番に思われた。ことに綾香は、ところをわきまえずにうっかり口を滑らせる不用心さが、常にある。それが、芭子には何よりも心配の種だった。

パート先でも、大石夫妻をはじめとして、亡くなった祖母をよく知る近所の人達とも、出来れば挨拶《あいさつ》程度のつき合いで終わらせたいと思うのは、そのせいだ。それなのに、どうしたものだかこのところ、綾香は至る所で新しい関係を築き始めている。べつに本人から望んでそうなっているわけでもないのだろうが、ボタンの熱中症の件もそうだし、つい二週間ほど前には、根津の赤札堂で万引き犯を捕まえてしまった。

「芭子ちゃん、あのおばさん」

休日、一緒に買い物に行ったときのことだった。二人で一階の食料品売り場を歩き回っている最中に、ふいに芭子の耳元でそう囁《ささや》いたかと思うと、綾香はさっと商品の陳列棚に身をひそませ、陰からじっと一人の中年女を観察し始めたのだ。芭子も、思わずつられて綾香の後ろから、その女を見つめた。芭子たちの視線に気づく気配もなく、彼女は乳製品コーナーを何度も行き来していた。

「やるよ、あの女」

「え、何を――」

「しいっ！」

綾香が鋭く囁いた直後だった。女の手が、冷蔵ケースからとったチーズを、腕にかけていた買い物カゴではなく、さらに肘《ひじ》寄りにぶら下げていたエコバッグの方に、素早く落とし込んだ。

「――見た？」

「うん――見た。確かにやった」

芭子だって、ドキドキしたのは確かだ。だが、だからといって何かの行動を起こそうとまでは考えなかった。ところが綾香は、その後も女の後をつけ続けて店内を歩き回り、途中で商品を棚に並べていた男性店員に素早く耳打ちしたばかりでなく、その直後、万引き犯がついにレジを通らずに店から出た瞬間には、自分まで店から飛び出して、立ち去ろうとする女の腕を摑《つか》んだのだ。テレビなどでよく見る「万引きGメン」そのもののような姿だった。

数日後、綾香の勤める製パン店に赤札堂の店長がやって来て、お礼として商品券を置いていった。住所と氏名を聞かれて、日中はほとんど留守にしているからと、勤め先を教えてきたのだそうだ。店内には客もいたのに、いきなり「この度は」と挨拶されたとかで、綾香の行為は店の主人夫婦や他の従業員、さらには近所の人達にまで知れ渡ってしまった。

「すごい活躍じゃないのよ。大石さんのご主人を助けたかと思ったら、今度は万引き犯まで捕まえるなんて」

綾香はちょっとした時の人になった。以来、芭子と歩いているときでも、彼女は誰彼となく声をかけられては会釈《えしやく》を交わしたりする。綾香の方では知らない相手でも、向こうは綾香を知っているのだ。

「あら、正義の味方がお買い物?」

声をかけられる度に、綾香は「どうもどうも」などと照れ笑いをしてみせる。しかも、ただの町の人ならともかく、以前から芭子が避け続けている交番のお巡《まわ》りさんにまで、「すごいじゃないスか」などと話しかけられるようになってしまった。

「いやあ、心強いなあ」

高木という若い巡査は、いかにも感心したように、市民の協力があってこそ町の治安は保たれるのだとか何だとか、まるで面白味のない演説までしてみせた。

「いいよなあ。パンを焼けば美味《うま》いし、悪いヤツは捕まえるし。アレでしょう？　芭子さん家《ち》の前の、あの爺《じい》ちゃんのことも助けてやったんでしょう？　すげえよ。芭子さんも心強いでしょう、こういう姉貴分が傍にいてくれて」

こともあろうに警察官にまでこうして興味を持たれるのが、何よりも神経を刺激する。その気になれば、芭子たちのマエを調べられる立場にいる連中などと、関わりたいはずがないではないか。それなのに、綾香ときたらすっかり上機嫌になって、立ち去る巡査に「バイバイ」と手まで振る始末だった。

「もう、綾さんってば――」

「いやあ、ひょっとして進む道を間違えたかねえ、私。自分で思ってるより正義感が強いのかしら」

「今さら、何言ってんの」

「捕まえる立場になってたらさ、まさか、捕まるようなことには——」

「またっ！　綾さんってば！」

芭子が慌《あわ》ててとうに見えなくなっている高木巡査を振り返っている間にも、綾香はにこにこ笑っているばかりだ。本当に気が気でない。

「——ねえ、ちょっと、大丈夫？　そんなに目立っちゃって」

いくら正しい行いをした結果とはいえ、こんなにも広く顔を知られるようになっては、逆にどこから災難が降りかかってくるか分からないではないか。そうなれば、芭子だって巻き添えを食う。それを、綾香は分かっているのだろうか。

「本当に心配性だねえ、芭子ちゃんは。考えてもごらんよ、いい？　私らがこの町に来て何年になる？　その間、『あそこ』で一緒だったヤツになんか、一回も会ってないでしょうが」

「だからって、これから先も続くとは限らないじゃない」

「シャバの生活が長くなればなるほど、あそこで一緒だった連中の顔なんか、覚えてるかどうかなんて怪しいもんだよ」

「——そうかなあ」

すると綾香は「ほら」と言いながら、自分の腹をぽんぽんと叩いて見せたものだ。

「大体さあ、今の私を見て、あの頃の私だって気がつく人が、そういると思う？」

そのひと言が、これまでで一番説得力があった。パン屋で働き始めたせいもある。「この仕事は身体が資本だから」と、いつも旺盛《おうせい》な食欲を見せる結果か、または服役中はずっと堪《こら》えていた食欲が、自由になった途端に炸裂《さくれつ》したせいともいえるだろうか。とにかく綾香はこの数年の間に、順調に体重を増やしている。もともとスマートというほどでもなかったが、それでも今よりも二回りは細かった。ことに「あそこ」に来た直後は髪も半分以上が白かったし、頬の肉はそげ落ち、目は落ちくぼんで、五十をいくつか過ぎているくらいに見えていた。あの頃の綾香を知っている人が、現在の綾香を見たところで、確かにそう簡単には、一つに結びつかないに違いない。

「第一、あの頃の知り合いに会いたくないのは、向こうも同じでしょう？　もしも気がついたって、自分の方から隠れるよ」

「——そうかなあ」

「逆の立場で考えてご覧よ。芭子ちゃんがね、もしも今、『あそこ』で一緒だった誰かを見かけたとする。どうする？　咄嗟《とっさ》に」

「咄嗟に——隠れる、かな」

「で、しょう？　まさか、『元気？』なんて声かけや、しないでしょうが。同じことだって」

いくら自信満々に言われても、やはり心の底からは安心など出来ない。二度と思い出したくない、引きずられたくないと思っている過去に、誰かの力によって連れ戻されるなんて、真っ平だからだ。

自分でもよく覚えている。出所直後の芭子は常にオドオドして、何気ない人の視線さえ怖ろしく、家から出るのが嫌で仕方がなかった。仕事も、生きる目標も見つからないまま、ただ過去に囚《とら》われてくよくよしてばかりだった。それが今ではささやかながら夢を持ち、時には「忙しくていやになる」などとため息をつけるところまで来たのだ。やっと。

仕事で必要とあらば、見知らぬ人にも会いに行かれる。夜はちゃんと暗くして眠り、食事や入浴の度に「あそこ」の暮らしを思い出すこともなく、セキセイインコの「ぽっち」という家族も持って、時には一人でテレビを見ながら声を出して笑うことだってある。ささやかでも、毎日を楽しくしたいと思えるようになってきた。まだ綾香には話していないが、これから先、自分なりにどんな生活を築いていきたいかという、ちょっとした青写真のようなものも描き始めたところだ。

つまり、ようやく、それだけの時を経たということだ。何とかここまでこぎ着けた。

それなのに、綾香の不用心な言動から、もしもこの生活が崩れ去ることになったらと考えると、不安で押しつぶされそうになる。一人呑気《のんき》に「あたしって有名人」などと悦に入っている綾香に、つい苛立《いらだ》ちを感じてしまう。喜ぶのはまだ早いと言いたくなるのだ。

「明日、栗ご飯だって？　ああ、いいねえ」

その晩、二人で行きつけにしている「おりょう」という居酒屋で向かい合うと、芭子は早速、大石のお婆ちゃんの話を聞かせた。休みの前日にはここに寄り、ほんの少しの贅沢《ぜいたく》を味わうのが、ここしばらくの芭子と綾香のささやかな楽しみだ。

「そうか、もう栗ご飯の季節か」

生ビールのグラスをテーブルに戻し、煎《い》り銀杏《ぎんなん》に手を伸ばしながら、案の定、綾香はそれは嬉しそうな顔になった。

「やっぱりさあ、年に一回は、食べたくなるもんだねえ。お婆ちゃんの栗ご飯って、いかにも美味《おい》しそうだよね」

「——季節のものだからね」

「これから、いいなあ。キノコご飯でしょう、鮭《さけ》ご飯もいいし、サツマイモご飯ね、それからムカゴご飯も捨てがたいかな。それに、これ、この銀杏も、炊き込みご飯にするとと美味しいんだよ——あっ！」

急に大きな声を出す綾香を、ちろりと見上げて、芭子は「なあに」と、つい浮かない声を出した。気に入らないとまで言うつもりはない。だが、このところの綾香の、このハイテンションが何となく神経に障《さわ》るのだ。そんなに浮かれていて、足下をすくわれたらどうするのだと言いたくなる。

「芭子ちゃん、明日、早起きしてさ、銀杏拾いに行かない？」

「——銀杏？　どこに？」

「あるんだって、いいところが！」

「誰が言ったの」

「え、近所のおばさん」

「だから、誰」

「名前は知らないけど、最近よく話をするようになった——」

まただ。芭子はわずかに背筋を伸ばして綾香を見た。ちょうど、戻り鰹《がつお》の刺身が運ばれてきたから、その間に一つ深呼吸をする。綾香はと言えば、もう料理に気を取られていて、醤油注《しょうゆさ》しに手を伸ばし、芭子の小皿にも醤油を垂らしてくれていた。

「うん——美味しい」

まずはひと口頬張って嬉しそうに目を細めながら、綾香は「それでさ」と、芭子が口を開く前に話し始めた。

「芭子ちゃん、銀杏って知ってる？」

「――銀杏って？　つまり、イチョウの実？　たね？　のことでしょう？」

「だから、だから、見たことある？　採ったことは？」

仕方がないから、自分ものろのろと箸《はし》を動かしながら、芭子は首を左右に振った。正直なところ、銀杏を食べたのも、この「おりょう」に来ることになってからが初めてなのだ。そういえば子どもの頃、秋になると八百屋の店先で白い「たね」を売っているのは見かけた記憶があるけれど、それが何の「たね」なのかは知らなかった。梅干しの種にしては色も違うし、つるんとし過ぎているなと内心で不思議に思っていたくらいのものだ。綾香は「やっぱりね」とにんまり笑った。

「だと思ったんだ。だから、たまたま店にきたお客さんが、うちの奥さんと銀杏拾いの話を始めたのを聞いてて、『それ、どこですか』ってクチバシを挟んだってわけ」

何だ、そういうことかと、芭子は密かに胸を撫《な》で下ろした。危うく文句を言うところだった。どうして最近、どんな相手とでもそう気安く話をするの、少しは気をつけた方がいいんじゃないのと。ちょっと浮かれすぎなんじゃないのとまで、言ってしまいそうだった。

——昼寒し、だわ。

ふと、以前に耳にした言葉が蘇《よみがえ》った。ずっと古い諺《ことわざ》だと思っていたら、誰かの俳句だと教わって、あのときも恥をかいたのだ。しかも、「あそこ」の中で。

「きっと、びっくりすると思うよ、芭子ちゃん」

「——どうして？」

つい首を傾《かし》げると、綾香は丸っこい肩をすくめて「ぐっひひひ」と笑っている。

「きゃあ、とか、うぎゃあ、とか、騒ぐと思うなあ」

「だから、どうして」

「それは、明日になってのお楽しみ。だから、行こうよ、ね？」

四万十川のあおさのりと茸《きのこ》の天ぷらが運ばれてきた。それは幸せそうな顔で、あっちちと言いながら天ぷらにかじりついている綾香を見ていると、つい苦笑するより他なかった。

3

翌朝、芭子たちは数膳《すうぜん》の割り箸とポリ袋数枚、輪ゴム、レジ袋、それにマスクやザルなどを用意して、六時前には家を出た。

「日の出の時刻が遅くなってるんだね」

「そうだわよ。じきに、六時でもまだ暗いようになるよ」

いつも三時過ぎには仕事に出ている綾香には、当たり前の季節の推移なのだろう。だが、ついつい夜なべ仕事をしてしまうたちの芭子にとっては、こんな早起きさえ久しぶりだ。

「もう冬が近いのかあ。やっと秋になったと思ったら」

吹き抜ける風は、冷たいという程でもないが、ひんやりと乾いていた。小さな植え込みや建物の陰などから、控えめなコオロギの声が聞こえてくる。

「ねえ、銀杏でしょう？　イチョウの木になるんでしょう？　どうやって採るの、こんな道具だけで」

「落ちてるのを拾うんだもん」

「何だ、それだけ？　それで、どうしてこんな道具が必要なの？」

並んで自転車を走らせながら、芭子がどんなに尋ねても、綾香は「行けば分かるって」と笑うばかりだ。芭子が首を傾げている間に、やがて着いたのは以前から何度も前を通っている小さな公園だった。その中央あたりに大きなイチョウの木が植わっていて、六十がらみの女性が一人、木の下に屈《かが》み込んでいた。

「ほら、先客だ。私たちも頑張ろう」

綾香に倣《なら》って公園の入口に自転車を止めてから、改めてイチョウの木を見上げる間に、異様な臭《にお》いに気がついた。芭子は、ついしかめっ面《つら》になった。

「何か、臭くない？　この辺り」

綾香が「で、しょう」とにんまりと笑う。

「これがさあ、銀杏の匂《にお》いなわけよ」

「これが？　いやだ！」

思わず声を上げてしまった。綾香はにやにや笑いながら「ほらね」と悪戯《いたずら》っぽい目でこちらを見る。

「そう言うと思った」

「だって、この臭いって、まるっきり――」

その先を口にすることさえためらわれる。だが、綾香の方はといえば、落ち着き払った様子でもう早速、レジ袋や割り箸を取り出し、袖《そで》まくりでもしそうな勢いになっている。

「いい？　芭子ちゃん。銀杏の実に直接触ったら、絶対にダメだよ。臭いが取れなくなるからね。割り箸でつまんで拾うの。で、こっちの袋にせっせと入れる。いいね？」

何も、こんな臭いに耐えてまで銀杏拾いなんかすることもないだろうに。芭子は思わず天を仰いだ。すると、薄水色の空に向かってそそり立つイチョウの枝に、鈴生りになっている銀杏の実が見えた。

――へえ。

まるで金の鈴のように愛らしい。ただ見上げている分には、なかなかいいものではないか。それが、こんなに臭いなんて。

「ほら、芭子ちゃんってば。この東京で、ただで口に入れられるものを拾えることなんて、他にないんだからね。頑張れば美味しい銀杏ご飯が食べられるんだから」

「――本当かなあ」

本当、本当、と答えたのは、先に来ていた見知らぬおばさんだった。もう袋一杯拾ったらしく、よいしょと腰を伸ばすと、おばさんは「お先にね」と帰って行く。その後ろ姿を見送ってから、芭子も仕方なくのろのろと割り箸の先で銀杏をつまみ始めた。それにしても、こんなに臭いとは。

「ねえ、芭子ちゃん、知ってる？　イチョウの木には精霊が宿るんだって」

芭子は、羽織ってきたパーカーの袖で鼻の辺りを押さえながら「精霊？」と綾香を見た。

「昔から、そういうんだよ。イチョウって特別な木なんだって。だから、自分の子孫になる銀杏が、実はすごく美味しいっていうことを隠すために、わざとこんな臭いをさせてるんじゃないかって」

「へえ――誰から聞いたの」

「むかぁしね、お祖父《じい》ちゃんが話してくれた」

ふうん、と言いながら、芭子はせっせと割り箸を使って銀杏を拾い続けている綾香を眺めていた。そういえば芭子にだって綾香にだって、親兄弟がいて、祖父母がいて、親戚がいたのだと、久しぶりにため息が出る。

「ほら、ぼんやりしないで、ちゃっちゃと拾うの。この後が大変なんだから。何ならマスクしたら？」

そうか。そのためのマスクだったかと思い出した。芭子はマスクで顔の下半分を覆《おお》い、ようやく自分も手早く銀杏拾いを始めた。木の枝になっているときには金の鈴のように見えるのに、地面に落ちている銀杏は大して綺麗に見えない。第一、この臭いだ。この実の、しかも種の中身を食べることなんて、一体誰が思いついたのだろうか。世の中にはすごい人がいたものだ。しかも、ただで拾えるとなると、こういうことにも我慢する。あれこれ考えているうちに、ふと思い出した。

「そういえば、ねえ」

「なあに」

「最近、あの人どうした？」

「あの人って？　ああ、耳おじさん？　相変わらず」

綾香が「耳おじさん」と呼んでいるのは、この頃、綾香の勤める製パン店にくる客のことだ。二日か三日に一度やってきては、ビニール袋一杯に詰めて四十円という値で売りに出しているパンの耳を買っていくのだという。年齢は五十がらみ、痩《や》せて小柄な人だが、鼻の下にはヒゲを生やし、いつもパリッとしたスーツ姿なのだそうだ。身なりは悪くないのに、どうしてパンの耳ばかりなのかと、綾香や店主たちはいつもその人の噂《うわさ》をしているらしい。

「なるほど、きっちり通ってきてるんだ」

芭子はマスクから出ている目を「にっ」と細めて見せた。だが綾香は、大して面白くもなさそうな顔で「まあね」と言うばかりだ。

「ケチケチ暮らしてる私が言うのも何だけどさあ、あんなにパンの耳ばっかり食べて
て、飽きないものなのかと思うわ」

「べつに、お金に困ってるっていう感じでも、ないんでしょう？」

「服装だけ見ればね」

「やっぱり、綾さんのことじっと見る？」

喋《しゃべ》りながらも手だけは動かし続けていた綾香が、ついにその手を止めて「それよ」

としかめっ面になった。

「あの狭い店でだよ。私がレジに立つまで、ずっとぐずぐずと帰らずにいるわけよ。

旦那《だんな》さんとか奥さんにしてみれば、用が済んだら早く帰って欲しいわけだからさ、

『ほら、来てるよ』とか言うんだよねえ、最近は」

「それ、やっぱり綾さんに気があるっていうことだよ」

やめてよ、と言いながら、綾香はその場に立ち上がり、とんとんと何回か腰を叩い
た上で、場所を少し変えて再び屈み込んだ。彼女のレジ袋には、もうかなりの銀杏が
たまっている。芭子もせっせと手を動かさないわけにいかなかった。

「好みじゃないもん、あんな人」

「だけど、話し方は紳士的だって言ってたよね？」

「一応ね。礼儀正しい感じでは、あるよ」

「独身なんだよね？」

「らしいけどね。お母さんと二人で住んでるって言ってたから。そのお母さんが、パンの耳が好きなんだって」

「変なお母さん――その人、仕事は何してるんだって？」

「知らないわよ。そんなこと、聞く気にもならない」

「どうして？　聞いてみればいいのに」

薄黄色の銀杏の実をひたすら割り箸でつまみながら「いつも昼間にパンを買いに来るんだから」と芭子が呟いていたら、今度は頭の上から「やめてよ」という声が聞こえた。また綾香が腰を伸ばしている。芭子の方も足が痺《しび》れてきていたから、立ち上がって「どうして？」と繰り返した。

「決まってんじゃないよ。好みじゃないもん」

「顔が？」

「顔も」

同時に屈み込んで、また話し続ける。

「他には？」

「体型も、雰囲気も、声も、爪《つめ》の形も」

「――やっと言い寄ってくれる男が見つかったっていうのに」

「人のことだと思って」

「だって――」

芭子自身は今のところ、出逢《であ》いなど求めてはいなかった。それどころか自分が将来、結婚出来るなどとも、ゆめゆめ考えていない。まず恋愛そのものからして怖ろしい。それというのも「前科」があるからだ。馬鹿な恋をして、相手に貢《みつ》ぎたいばかりに借金を作り、家族の財布からも現金を抜き出し、その挙げ句に昏酔《こんすい》強盗まで働いた。結局それで逮捕され、刑務所にまで入れられて、何もかもを失った。

「見つけたかったんでしょう？　誰か」

だが、男で失敗しているのは綾香だって同じことだった。いや、失敗などと言えるような、そんな生易しいものではない。彼女の場合は相手の生命を奪うところまでいってしまった。しかも、愛し合って一緒になったはずの夫の生命を。原因は相手からの暴力だった。その恐怖と苦痛とに、どれだけの年月、耐えてきたのか分からない。当時、綾香が心身に負った傷は、芭子とは比べものにならないくらいに深かっただろうと思う。それを考えると、今の綾香が年がら年中「誰かいないかなあ」などと言うのが、芭子には半ば羨《うらや》ましくもあり、また嬉《うれ》しくもあった。

「だからって、誰でもいいっていうわけじゃ、ないでしょうが」

尻《しり》ごみしたままの芭子に比べて、綾香の方は積極的だ。自分の犯した行為についても、以前「後悔していない」とはっきり言っていたし、もうすっかり心の整理もついて、立ち直っているのに違いなかった。その証拠に、これまでもちょっと気に入った男性を見つけては、すぐに熱を上げて騒いでいる。それが長続きしないところは少しばかり呆《あき》れるが、その無邪気さというか、あっけらかんとした様子からは、彼女の背負っている過去など微塵《みじん》も感じられないほどだ。

「五十がらみっていうんなら、ちょうどいいんじゃないかなあと思うけど」

芭子がなおも食い下がると、綾香は口をへの字に曲げたままで「そりゃあ、さ」とため息をついた。

「年齢だけ見ればね。私だって胸に手を当てて、よおっく考えては、みたわけだ。一度は。ひょっとすると、いい出逢いなんじゃないのって。だけど、無理だわ。絶対。これだけは譲れない」

「そっか——可哀想《かわいそう》にねえ、耳おじさんも」

「まあ、ウチらみたいなマエ持ちに哀れまれたって——」

「またっ、綾さんってば！」

芭子が慌てて辺りを見回すのと、綾香がちょろりと舌を出すのが同時だった。まったく。ちょっと油断すると、すぐにこれだ。いちいち小言を言うのも嫌になる。芭子が睨《にら》んでいる間に、綾香は「よいしょ」と立ち上がった。

「さて、私の方は袋一杯になったよ。芭子ちゃんも早く。次の作業に移らなきゃ」

「ち、ちょっと待ってよ。もう少し」

レジ袋一杯になった銀杏の悪臭は、強烈を通り越して激烈だ。芭子たちは、今度は公園の片隅にある水場に移動して、銀杏の果肉を潰《つぶ》して種を押し出す作業を始めた。枝から自然に落ちるくらいだから果肉は熟していて柔らかい。指先で潰せば容易に種が飛び出した。その種をザルに移し、ザルの目にこすりつけるようにしながら水を流して、果肉を綺麗に洗い落としていくのだ。どの作業も、とにかく絶対にじかに触らないようにするために、ポリ袋を手袋がわりに使い、マスクをした顔も背けがちに作業する間は、さすがにのんびりとお喋りする気にもなれなかった。

「これ、家の中じゃ絶対に出来ないね」

「風上にいないと、死ぬかも知れないよね」

場所が水場のある公園で、しかも隣が墓地なのは救いだ。だが、水洗いしていくうちに見慣れた銀杏の白い粒が姿を現してくると、俄然《がぜん》、嬉しくなってきた。

「これを天日干ししてカラカラに乾かせば、臭いもしなくなるからね。やれやれ、ひと仕事終わった」

朝食前に、こんなに働くことになろうとは思わなかった。だが今日は、差し当たって他に用事もない。午後には大石のお婆ちゃんが栗ご飯を届けてくれるというのだから、それまでの間、何をして過ごそうかと相談しながら、芭子たちは上機嫌で自転車を漕《こ》ぎ、芭子の家に戻った。

「あ、あれ」

いつもの路地を曲がったところだった。ゴミの集積場に屈み込んでいる人がいる。間違いなく、ボタンだ。芭子が口を開くよりも早く、綾香が「おじさん！」と声を上げた。ボタンの方も、自分を呼んだのが綾香だと分かった途端、滅多に見せないような柔らかい表情を浮かべた。

4

「いいんですか、もうそんなことして」

綾香の問いに、軍手にジャージというゴミ仕分けスタイルのボタンは当然というように頷いた。

「いつまでも病人扱いしてくれるなよ」

「でも、まだ完璧《かんぺき》じゃないんでしょう？」

「そんなにゴロゴロしてたら、逆に体力が落ちるからな」

「それも、そうかな。あんまり甘やかすのも、よくないですよね」

そういうこった、と頷くボタンは、ちらりと一瞬だけ芭子を見て、また綾香の方を向く。芭子よりも綾香との距離がぐっと縮まっていることが、その視線で感じられた。

「いいところで会ったよ。今日、うちの婆《ばあ》さんが栗ご飯を炊くとか言って、張り切っていやがるからさ、その時にでも話そうかと思ってたんだが」

「私に？　なんだろう。何か困ったことでも、ありました？」

「困ったたって言ったって、俺がじかに困ってるってわけでもないんだが、どうにも気になることがあってさ」

「どうしました？」

「すぐ先の、山上《やまがみ》って家のことでさ。かなり入り組んだとこにある家なんだが、行ってみりゃあ、すぐに分かるがね」

ほら、言わないことじゃない。また頼まれごとだ。芭子は密《ひそ》かにため息をついた。こうやって、どんどんしがらみが出来ていくではないか。下手に関わり合いなど持つから。

ちらりと綾香を見てみたが、彼女は真剣そのものの表情でボタンと向き合ったままだ。仕方なく、芭子もその場に立っていた。何しろ、相手はボタンじいさんだ。病み上がりとはいえ、いつどんな拍子にスイッチが入るか分からないと思うと怖《おそ》ろしい。

「まあ、今どきの言い方をするなら、ゴミ屋敷ってヤツでさ」

「その、山上さんの家が、ですか」

「俺だって、人ん家にまでケチつける気は毛頭ないんだが。その、山上って家の場合は、まあ家そのものもオンボロで、いつ崩れ落ちるか分かんねえようなもんなんだが、玄関先から家と塀との隙間まで、ゴミが溢《あふ》れ返ってるっていうより、ギッチリ詰まってるんだ。もう、隣の家が建てた塀まで、乗り越えかねない勢いなんだよ」

「へえ、どこですか、その家」

入り組んだ路地が多いこの界隈《かいわい》には、まだまだ芭子たちが足を踏み入れたことのない一角がたくさんあるのだろう。その路地のどこかに、古いゴミ屋敷の一軒や二軒くらいあっても別段、不思議ではなさそうだ。

「こんな建て込んだ界隈で、そこまでゴミをため込まれてみろよ、地震か火事でも起こった日にゃあ、たまったもんじゃねえ」

「それは、そうですねえ」

もうゴミの仕分けは済んだのだろうか。ボタンはゆっくりと軍手を外しながら、家に向かって歩き始める。それに合わせるように、綾香も、そして彼らの後から芭子も自転車を押して歩いた。

「たまたま、その隣の家とは、古いつき合いがあるんだよ。で、なあ、相談を受けたんだ。この夏なんか、えらい臭いもしたっていうしさ」

「確かに不衛生でもありますよねえ」

「そんで、つい二、三日前に、俺も行ってみたんだ。そうしたら、ゴミの奥から、砂かけババアみたいな婆さんが出てきてさ、てめえじゃあ片づけようにも片づけらんねえって言いやがんだな」

「どうして？」

「自分はすっかり足腰が弱っちまってるし、一人息子がいることたあ、いるんだが、こっちも身体《からだ》が弱いんだとさ」

「そんな、ゴミも捨てられないくらいに？」

ゴミの奥から砂かけババア――その様子を思い描いて、芭子はつい小さく笑いそうになってしまった。見てみるだけなら、面白そうだ。

「で、ババアがな、何とかしたいと思うんなら、勝手に捨ててもらって結構だと、こうなんだ。外に出てる分をさ」

「じゃあ、やっちゃえばいいじゃないですか。バンバン、捨ててやれば」

ボタンの足取りが、ふいに止まった。それに合わせて綾香も立ち止まり、芭子も自然に足を止めることになった。

「だろう？　なあ？　そうしてやりたいんだよ。俺が本調子なら、迷わずすっ飛んでいくんだが、何せまだ、思うように力が入らなくてな」

ああ、いやな予感がする。二人の後ろで、芭子は思わず顔を歪《ゆが》めた。変な安請け合いなんかしないでよと、懸命に綾香の背中に念を送ったつもりだった。だが次の瞬間、綾香の声が「じゃあ、私が行きますよ」と聞こえた。また。もう。本当に。

「どうせなら、これから行って、出せるだけでも出して来ちゃいましょうか。今日、たまたまゴミの日なんだし。この時間なら、収集車もまだだから」

ほとんど悲鳴を上げそうになっていた芭子へ、綾香がくるりと振り向いた。

「芭子ちゃんさ、悪いけど、その銀杏、取りあえず風通しのいいところに干しておいてくれない？」

「え――綾さん、一人で行くの？」

朝食もまだなのにと言いかけて、ボタンの視線に気がついた。次の瞬間、芭子はつい、「私も」と口走ってしまっていた。我ながら、いやになる。

「これ置いて、すぐに行けばいいでしょう？　軍手とか、ゴミ袋とかも、持っていった方がいいかも知れないし」

するとボタンはいかにも嬉しそうな顔になって、そういう類《たぐい》のものならば、自分の家から持っていけばいいと言った。思わずボタンに向かって「ありがとうございます」と頭を下げてしまってから、芭子は心の中で舌打ちをした。まったく。お礼を言われたいのはこっちだ。

結局、二階の物干場に銀杏のザルを置いただけで、芭子たちは再び自転車にまたがっていた。

「本当に人がいいんだから」

「だってさ、ちょっと見てみたいと思わない？　ゴミ屋敷なんて。そういうの一度、見てみたかったんだよね」

「まあ――そこから顔を出すのが砂かけババアだなんて聞いちゃうと、ね」

こうなったからには仕方がなかった。さっさとゴミ屋敷を探し当てて、家の外に溢れているゴミを集積場に運ぶのだ。ボタンが書いてくれた地図を頼りに坂道を上り、路地に入る手前で自転車をとめて、その後は徒歩で何回か路地を曲がったところに、ようやくその家は見つかった。

「なるほどねえ」

人間も容易にすれ違えないほど狭い路地の先に、ゴミ屋敷は建っていた。果たして何十年くらいたっているのだろうか、芭子の住まいよりも、さらに古そうだ。しかも、その小さな古い家を、無数のスーパーのレジ袋が取り巻いている。一見すると人が住んでいるようにも見えないくらいだ。だが、家の周りをぐるりと一周してみたところ、電気のメーターは間違いなく回っていたし、ゴミの向こうに見える、いかにも古ぼけた磨《す》りガラスを通して、電灯の明かりらしいものもぼんやりと見えた。

「じゃ、とにかく片っ端から運んじゃおう。こんな狭いところでゴミの仕分けだなんだ、出来っこないからさ」

ボタンは、住人には声をかけなくても構わないと言っていた。自分の家のゴミを他人様に捨ててもらうのだから、本来なら自分たちから頭の一つも下げるべきだが、そんな常識を持ち合わせているのなら、最初からゴミなど溜《た》めないだろうし、外の気配を感じたら、自分たちから出て来るのが筋というものだと。引き戸になっている古い門をこじ開けて、芭子たちは早速、軍手をはめた両手でゴミ袋を鷲摑《わしづか》みにした。持ってみると、意外に軽いゴミばかりだ。袋の外から眺めてみても、ゴミの大半がカップ麺《めん》や弁当の空容器であることが分かる。

「砂かけババアは、コンビニのご飯で生きてるのかね」

「息子もいるとか、言ってたのに」

銀杏拾いのときには使わなかったのに、今度は綾香もマスクをつけた。今のところは悪臭らしいものは感じない。ただ、どう考えても顔をむき出しのままでするような作業でないことは確かだ。

ガサ、ガサと音を立てては両手に二つか三つずつレジ袋を鷲摑《わしづか》みにして、狭い路地を往復する作業が始まった。瞬《また》く間に身体が熱くなって、額に汗が滲《にじ》んでくる。暑かった夏が思い出されるほどだ。確かに、こういう作業を病み上がりのボタンには、させたくないと思った。

五回、十回と集積場との間を往復するうちに、ようやく玄関先が開けてきた。磨りガラスを通して、引き戸の内側にもゴミ袋が積み上げられているらしいのが見える。本当に、こんなところに人が住んでいるのだろうか。病気にもならずに、暮らしていられるものだろうか。第一、家の出入りはどうしているのだろう。新聞はとっていないのか。不思議なことばかりだ。

「一体、何年くらいかけて、ここまで溜めたんだろうね」

「溜まりだしたら、意外に早いのかも。それにしても、まるで砦《とりで》だわ」

言葉を交わすときも、呼吸が弾み始めている。ゴミで砦を築いて、この家の人達は一体、何から自分たちを守る気になっているのだろう、などと考えながらもゴミを運び続け、もうすぐ隣家の塀を越えそうだった辺りもかなりスッキリしてきたときだった。家の中でごとごとと何か動く気配がしたかと思ったら、玄関ではなく、別の場所の窓が開いた。

「——なに、あんた」

薄暗い室内から声がして、落ちくぼんだ眼がこちらを見据えた。芭子が思わず口ごもっている間に窓はさらに大きく開き、声の主が姿を現した。年の頃は五十代半ばか六十近いだろうか。乱れた頭髪が相当にまばらなせいで、余計に老《ふ》けて見えるのかも知れない。それだけでなく、眉《まゆ》も、鼻の下のヒゲも、まるで細書きのペンで描いたみたいだ。しかも頬の肉はそげ落ちているし、何だかずい分と不健康そうに見える。

「人ん家で、何してる」

「あの——ゴミの整理を」

「だから、何で。ここ、あんたん家じゃないだろうが。誰がそんなことしてくれって頼んだんだ」

こちらだって、好きでこんなことをしているわけがない。こうなった顚末《てんまつ》を、どうすれば出来るだけ簡潔に説明出来るだろうかと考えていたら、背後から「どしたの」という綾香の声が聞こえた。芭子は、すがりつくような気持ちで綾香を振り返った。

「ここのお宅の方が——」

言いかけたところで、綾香が芭子の肩越しに家の方を見る。背後でも、ガラス戸がガタ、と動く音がした。そのとき、綾香のマスクの上からのぞいた小さな目が精一杯に見開かれた。くぐもった声が「あ」と聞こえる。それとほぼ同時に、男の声が「ああ」と聞こえた。ガタガタ、と窓の音がする。

改めて窓の方を振り返ると、さっきよりもなお大きく開かれた窓辺に立って、襟ぐりは伸びきり、無数の毛玉が出来ているグレーのトレーナーに、同じくよれよれのジャージ姿の男が、ものすごく妙な笑顔になっていた。ペン画みたいに見えるヒゲの下の、薄く開かれた口元からは、隙間《すきま》の大きく空いた黄色い前歯が見えた。

「ここの方だったんですか」

綾香が尋ねると、男は小首を傾げてまばらな頭髪を手ぐしで撫でつけるような真似《まね》をしながら「えへへ」と笑った。その瞬間、何を考えるよりも先に、薄ら寒い感覚が芭子の背中を駆け上がった。

——えへへ、だって！

一体この人は誰なのだと考えていたとき、どこからともなく「ようちゃん」という声が聞こえて、今度は男性の背後から影のように小さな老婆が姿を見せた。

——砂かけババア。

大半が白くなっている長いざんばら髪を、ほつれるままにして、段ボールのようにかさついて見える皮膚の老婆は「どうしたの」と嗄《しゃが》れた声を出す。ようちゃんと呼ばれた男性は、まだ頭の後ろに手を回しながら、「この人」と綾香を指さした。その爪は長く伸び、隙間に黒い汚れが詰まっている。

「前から言ってる、ほら、よみせ通りの、パン屋のおばさんさ」

綾香の気配がすっと動いた。芭子も思わずむっとなって、この奇妙な母子《おやこ》を見つめた。失礼な。こんな連中におばさん呼ばわりされる筋合いはない。もっと他に言いようがあるではないか。いくら本当におばさんでも。

「——家の外に出ているゴミなら、勝手に片づけていいって聞いたものですから、ゴミ出しに来たんですが」

さすがの綾香も必要以上に愛想を振りまく気になれないらしく、マスクも取らずに話している。砂かけババアが「あらまあ」と、いかにも大げさに、しわくちゃの手で口元を押さえる真似をした。するとその指に、この家や、息子や、彼女自身の雰囲気とは大いにかけ離れた印象の、大きな石のはまった指輪が見えた。

「呆れた。本当に来るとはねえ——」

「今のままにしておくと、何かあったときに物騒ですし、ご近所にも迷惑ですから。だけど、もう大体は集積場に運びましたから、これで失礼します」

本当は、まだもう少し捨てられるはずだった。だが、綾香がそう言うのなら、芭子に異論などあるはずもない。綾香が軽く会釈《えしやく》するのを真似して自分もひょっこり頭を下げ、二人で、そそくさとその家を後にした。小柄な綾香が、二人並んで歩くことも出来ない路地を、ずんずんと行く。芭子も小走りで、その後を追った。

「ねえ、ねえ、綾さん！　誰だったの？　あんな妙ちくりんなおじさんと、どこで知り合ったの？」

極狭《ごくせま》の路地から、ようやく少し道幅のある路地まで出たところで話しかけると、綾香は振り向きざまマスクを外し、口もとを思い切りへの字に曲げて、「あいつだよ」

と吐き捨てるように言った。

「あいつって？」

「だから、あれよ。あれが、耳おじさん！」

一瞬、言葉を失った。

あの男が、綾香に思いを寄せていた紳士だというのか。常にスーツ姿で現れて、一袋四十円のパンの耳ばかり買って——つい吹き出しそうになりつつも、同時に綾香が気の毒にも思えて、どんな顔をすればいいのかも分からない。

「何だって、よりによって、あんな——」

「だから！　とてもじゃないけどそんな気になれるわけないって言ったの、分かるでしょ！」

綾香はぷりぷりと膨れっ面になっている。芭子は改めてさっき見た光景を思い出してみた。今にも朽ちてしまいそうな家。無数のゴミ袋。建て付けの悪くなっている窓。そして、窓の隙間からこちらを見ていた二つの顔。砂かけババアと——耳おじさんなどという優しい響きではない。あれは、せいぜいがネズミ男といったところだ。

「でも、でも、よかったじゃない？　これで相手の正体が分かったんだもん。逆に、スッキリしたっていうものよ。これは、アレだね、ボタンのお蔭《かげ》だね」

自転車を止めてあった場所まで戻って、二人でペダルを漕ぎ始めてからもなお、芭子は懸命に取り繕うようなことを言ってみた。少しして、隣から「それにしても」と吐き捨てるような呟《つぶや》きが聞こえた。

「パンの耳だけ買うために、わざわざスーツなんか着てくんなってえの。あんなゴミ屋敷から！」

ついに堪《こら》えきれなくなって、二人同時に笑い出してしまった。本当に、笑うより他ないような、馬鹿《ばか》げた話だった。

5

その日は芭子の家の簡単な模様替えをしたり、猫の額ほどもない庭の草むしりをして、百円ショップで買ってきた花の種を蒔《ま》いたところで夕方になった。綾香の仕事の都合を承知している大石のお婆ちゃんは、もう四時過ぎには炊《た》きたての栗《くり》ご飯と、里芋と鶏《とり》もも肉の炒《いた》め煮、それからサンマの塩焼きまで運んできてくれた。ご丁寧にかぼすとひとかけらの大根までついている。

「サンマはね、お父さんから。何か知らないけど、妙な仕事を頼んだんだって？　そのお礼だかお詫《わ》びだって」

あの労働の対価がサンマの塩焼きというのは、果たして高いのか、安いのだろうかと考えながら、芭子が手渡された料理を自分の家の器に移し、ついでに大根下ろしを作っている間、お婆ちゃんが綾香に向かって「本当にねえ」とこぼす声が台所まで聞こえてきた。

「ちょっと元気になったかと思ったら、すぐよそ様のことが気になるんだから。年寄りはおとなしくしてなきゃ嫌われますよって、口を酸《す》っぱくして言ってるのに」

「でも、あれは誰だって気になりますよ。私も初めて見たけど」

「だったら、そのお隣さんが何とかすればいいじゃない？　何も、こんな離れた場所に住んでるお爺《じい》さんがしゃしゃり出て行かなくたって」

それからも細々としたことを言い募っていると思っていたら、玄関の外から「おおいっ！」という声が響いてきた。芭子は、思わず飛び上がりそうになって玄関先に顔を出した。

「あら、いけない。かんしゃく玉が破裂しそうだ」

芭子が返した容器を手に、お婆ちゃんはくすくすと困ったように笑いながら踵《きびす》を返す。玄関の扉を開けた途端、外の路地に、仁王立ちになっているボタンの姿が一瞬だけ見えて、扉は閉められた。

「あれだけの声が出るようになれば、もう大丈夫だね」

近所には、ああも気難しくて短気な爺さんと、よくも夫婦を続けていられるものだと陰口をたたく人もいる。だが、やはり大石さんたちは、いい夫婦だ。ボタンがいくら癇癪《かんしゃく》を起こしても、お婆ちゃんは涼しい顔をしているし、ボタンはボタンで、亭主関白のような顔をしながらも、こうしてサンマを焼いてみたり、以前はお婆ちゃんに旅行をさせてやっている間に、アジのなめろうを作って、芭子の家に届けてくれたこともあった。熱中症が大事に至らなくて、本当によかったと、改めて思う。

「五十年近く一緒にいても、飽きもせずにああやって暮らしてるんだもん。いいもんだよ」

綾香も同じことを考えていたのだろう。ビールもどきを勢いよく呑《の》んだ後、ふう、と息をついて、呟いた。

「どこが違うのかねえ」

「何が？」

「添い遂げられる相手を、見つけられる人と見つけられない人と」

里芋の優しい食感にサンマの苦み、そうして栗のほこほこした甘みなどを交互に味わいながら、芭子は綾香らしくもないことを言うものだと、つい彼女を見た。

「——まだ、分からないじゃない。そのうち、ぴったり来る人が出て来るかも知れないし」

やはり、ネズミ男のことで密かに落胆しているのだろうか、それとも余計なことまで思い出しているのだろうかと、つい気を回しそうになったとき、綾香は、いかにも意味ありげな顔つきになって、口元をにんまりさせた。

「芭子ちゃん。つまりそれってさあ、私に再婚をすすめてるわけ？」

「——べつに、そこまでは」

「意外だなあ。芭子ちゃんはいつだってさあ、私が、ちょっと気に入った人が見つかったって言っただけで、すぐに嫌な顔してなかったっけ？」

それは、その通りだ。一度痛い目に遭っているのだから、そう簡単に再婚などして大丈夫なのかという心配は、今だって抱いている。

「相手によるじゃない？」

「そうか、相手にね。それじゃあ、本気で探すかな」

綾香は、芭子を試すような表情のままだ。

「結婚式には、来てくれるよね？」

「気が早いんだから——え、ちょっと、式まで挙げる気？　いくら何でも図々《ずうずう》しくない？」

「いいじゃない。あ、そうだ、何なら芭子ちゃんにドレスを縫ってもらうっていう手もあるよね」

「綾さん——ねぇ、本気で言ってるの？　大体、犬のドレスなみでいいわけ？」

「全然！　問題ナシ！　犬が着たお古をもらうってわけでもないんなら」

「——そんなに大きな犬の服なんか、そうあるもんじゃ、ないわよ」

「じゃあ、決まりだわね。こりゃ楽しみだ」

あっはははと笑っている綾香を眺めながら、芭子はつい、純白のドレスに身を包む綾香を思い浮かべてしまっていた。

——あり得ない話じゃない。

綾香のことだ。こういうことを繰り返しているうちに、ひょんなことから出逢った相手と、本当に勢いで結婚に踏み切らないとも限らない。相手にもよるだろうが、もしもそこまでこぎ着ける日が来たなら、その時は心の底から祝福してやらなければならないだろう。だが、そうなると芭子が最近、少しずつ思い描き始めている人生設計にも、相当な修正を加えなければならなくなる。やはり、ここはもう少し時間をかけて、慎重に考えた方がよさそうだ。自分の人生でさえままならないのに、人の人生など、なおさら思い通りにいくものではないと、その日は綾香が帰っていった後も、芭子は一人で考えつづけていた。

「芭子ちゃん、ちょっと！　来たのよ、アレが！」

綾香から息せき切った声で電話が入ったのは、翌日の夕方のことだ。芭子はパートの日だった。たまたまペットショップの裏手にある倉庫まで、荷物を取りに来ているときだったから、携帯電話を耳に当てて、芭子は綾香の声を聞いた。

「アレって？」

「だから、ネズミ男！」

今日もスーツでやって来て、しかもあの男は、何と綾香にあてた手紙を持ってきたのだと話す綾香の声は、その場で地団駄でも踏んでいそうな苛立《いらだ》ちを含んでいた。芭子は、ゴミ屋敷から顔を出したネズミ男を思い出して、またもや両頰の辺りをぞわっとするものが駆け上がるのを感じた。

「何て書いてあった？」

「それが、もう、いかにもナヨナヨした文字でねえ、『昨日はありがとう。本当にあなたは働き者ですね。素敵です』だって」

「何、それ──つまり昨日の、あの髪を振り乱してマスクで顔の半分が隠れてた、あの綾さんが素敵だったっていうこと?」

電話の向こうから綾香の笑い声が響いてきた。

「確かにね。あれじゃ、誰だか分からなかったくらいなのにねえ」

「冗談じゃないわよ。突き返してやったら?」

「旦那さん達にも相談したんだけど、無視しようって。一応、客は客だし」

「一回に四十円しか使わないのに?」

「それでも、さ」

「そう——まあ、よかったじゃない? その歳《とし》になって、ラブレターもらうなんて。自慢じゃないけど、私なんか生まれてこの方、もらったことないよ。ラブレター」

「ちょっと、芭子ちゃん。ネズミ男からもらって嬉しいと思う?」

あの貧乏くさい男がゴミ屋敷の中でしたためたのかと思うと、確かに鳥肌ものだ。一方では、何となく哀れな感じもした。

綾香と店主たちの予想は、何しろネズミ男は気が小さそうだし、こちらが無視していれば、そのうちに諦《あきら》めるだろうというものだったらしい。だが、予想に反してネズミ男は諦めなかった。これまでとまるで変わらないペースで、二日か三日に一度ずつ、スーツ姿でパンの耳を買いにきては、その度に、必ず綾香に手紙を渡すようになってしまったのだ。

「奥さんが、今日は私はいないとか、今は手が離せないって言うとさ、おとなしく帰る代わりに、その次に置いていく手紙には必ず、『この前は会えなくて残念だった』とか、書いてくんのよ！」

そうこうするうちに休みが来て、綾香が以前からどうしても一度、行ってみたいと言っていた世田谷区のパン屋に、二人で行ってみることにした。滅多に乗らない電車に揺られて、見知らぬ町を訪ねるのは楽しいものだ。その間は芭子も、そして綾香も、互いの仕事のことを忘れた。そうして一日が終わってしまえば、また新しい一週間が始まる。芭子はパートに行く日以外、ほとんど家にこもってミシンを踏んだ。以前に比べて、一週間が馬鹿に早く過ぎ去ってしまう。そうして次の休みにも、やはり話題はまずネズミ男のことになった。相も変わらず手紙を持ってせっせと通ってきたというのだ。

「そんなにしょっちゅう、何を書いてくるわけ？」

「何をっていうほどのこともないんだな。いつも似たような内容。『道ばたにコスモスが咲いていました』とか、『台風はくるでしょうか』とか」

「なあに、それ」

「子どもの日記だって、もう少しまともなこと書くと思わない？」

「て、いうか、気持ち悪い。コスモスっていう顔じゃないじゃない」

せめてもう少し外見が綾香の好みであれば、しかも、あんな家に住んでいるとバレていなければ、多少なりとも希望が持てたかも知れない。芭子だって、本人を見るまでは後押ししてもいいような気持ちでいたのだ。だが、あれはいけない。あれはダメだ。しかも砂かけババアもついてくるのでは。

「やっぱり、ハッキリ言ってやった方がいいんじゃないのかなあ」

「だって、旦那さんと奥さんがさ——」

「人ごとだと思って。大体ねえ、一回四十円の客と、綾さんと、どっちが大事なんだって」

「四十円のネズミ男だったりしてね」

自分で言っておいて、あっははは、と短く笑った後、綾香はふう、とため息をついた。何となく、目元の辺りに疲労がたまっているように見える。こういうとき芭子は、彼女が自分よりもひと回り年上であることを意識させられる。自立出来るまで残された時間は、芭子よりも確実に短いと改めて感じるのだ。だから、綾香自身も頑張っているのだし、芭子も気合いを入れなければならないと思う。二人のために。

暑い間じゅう、秋が待ち遠しいと思っていたのに、気がつけばもう肌寒さを感じるようになっていた。芭子は、パートのある日でも夕食後は、毎晩せっせと仕事をした。茶の間で一人、テレビを見るときでも、編み物をすることにしている。納期に追われていることも確かだが、とにかくそうしていることが楽しかった。

犬用の服とはいえ、少しは人間の流行も取り入れた方が、飼い主が喜ぶ。今年はノルディック柄やミリタリー調、素材としてはファーやレザーを使ったものが流行らしい。それからポンチョも人気だそうだ。そういった情報を取り入れながら、自分なりにデザインを起こし、小さな小さな服を作り上げていく。最近はサイズ展開とともに、色違いの服を作るという知恵もついてきた。同じデザインでも、犬の毛色によって映える色が違ってくるのは当然のことだ。同じパターンで豊富な展開が出来た方が、作る方も楽だし、扱う店も喜んでくれた。また、まずはデザイン画の段階でショップに見せて、意見を聞いたり注文を取るということも覚えた。もともと芭子のように一人でデザインから縫製までやっているものは、何と言っても小回りがきく。出された要望はすぐに形に反映出来る。そこが強みにもなっていた。

今、縫ったり編んだりしている何パターンかの商品をひと通り納品したら、今度はいよいよクリスマス・バージョンに取りかかるつもりだ。その間に一つ、オーダー服を縫うことにもなっている。今度の注文は「七五三のお祝い」に着せる服だ。三歳になった小さな愛犬のために、飼い主は晴着を注文してきた。芭子は、和服の小裂《こぎれ》を探してきて、小さなチワワに似合う着物風の服を作ってやりたいと考えている。また睡眠時間を削ることになるが、そんなことは一向に構わなかった。

「ねえ、ぽっち。夢を実現させるためだもんねえ」

時折、青色のセキセイインコにだけは、自分の夢を語って聞かせることがある。あとは頭の中で様々に思い描いている未来図に一人で悦に入りながら、芭子はせっせと手を動かした。

6

十月に入ってようやく咲いた彼岸花も、やがて姿を消して、キンモクセイの香りもいつしかかき消え、その日はひっそりと静かな薄曇りの日になった。午前中、茶の間の電話が鳴った。ペット服を納入している店のうちの一軒からだ。聞き覚えのある女性の声が「お世話になります」と言う。

「こちらこそ、いつもありがとうございます」

受話器を耳に押し当てたまま、見えない相手に向かって小さく頭を下げる。いつの間にか、こういう挨拶《あいさつ》もすらすら出来るようになったのが、我ながらおかしかった。

「お願いしてある商品、もう少しくらい出来てますか？」

「フリースのジャンパーだけは全部の色とも各サイズ、出来ました。お急ぎでしたら、今日、午後からならお届け出来ますが」

受話器の向こうから「ああ、よかった」という明るい声が聞こえてきた。

「カタログを見ただけで、すごく楽しみにしてるお客さんがいてね、今日の夕方にはまた来るからって言われてるんです。それで私、今日のお昼過ぎに、お宅の方まで行く用事が出来たんですよね。だから、ついでにそれだけでも、受け取らせてもらえたらなあって。大丈夫ですか？」

芭子に異論などあるはずがなかった。その店は芭子の家からだと、どういう道順をたどっても長い坂道を上らなくては行かれない。ことに暑い盛り、納入する荷物や見本帳などを積んだ自転車を押して、坂道を上るのは本当に苦しかった。次の夏までには必ず電動アシスト自転車を買ってあげるからねと、何度自分を慰めたか分からないくらいだ。一度でも向こうから来てくれるというのなら、辛《つら》い思いをせずに済む。こんなにありがたい話はない。お互いに知っている喫茶店の名前を挙げ、その場所を確認して、待ち合わせの時間を決めた。

「私、その前にもう一軒、寄らなきゃならないところがあるもんですから、少し遅れるかも知れないんですが」

「全然、構いません。じゃあ私、その頃にお待ちしていますね」

電話を切った後、芭子は小さく弾むようにしながら鳥かごのぽっちを呼んだ。

「ねえ、聞いた？　私の服を、待ってる人がいるんだって。それでねえ、わざわざ向こうから来てくれるんだって。ありがたいねえ」

鳥かごの隙間から指を差し込んで、頬の辺りを撫《な》でてやると、ぽっちはうっすらと目を細めて、機嫌のいい声をクチュチュと出す。

「何となく、見えてきたような気がしない？　頑張れば、五年以内には何とかなりそうだって。そうしたら、ここは綺麗《きれい》なアトリエになるんだよ。ぽっちは、お店の看板娘になるんだからね」

話しかけながら、柱時計を見上げる。祖母の遺《のこ》してくれた柱時計は、きょうも、かっつん、こっつん、と静かに振り子を揺らしている。

「さっさとお洗濯を終わらせて、出かける支度をしなきゃね」

勢いよく階段を駆け上がり、小走りに部屋を横切ると、心なしか家が揺れるように感じる。それが、この家の古さだった。普通に暮らしていて不安になるということはないのだが、たとえば二階で飛び跳ねたりすると、足の裏から何となく頼りない感じが伝わってくるのだ。だからこそ、考えなければならないと思っている。このまま、ただ古びていくのに任せるのではなく、少しずつでも手を入れて、終《つい》の棲家《すみか》として暮らしやすくすること。この家さえあれば不安はないと思えるようにすることを。

言問《こととい》通《どお》りを渡った反対側にある珈琲《コーヒー》店に着いたのは、約束の時間よりも二十分ほど早い時刻だった。地元の喫茶店など滅多に入ることがないから、何だか嬉しくて早く家を出てしまったのだ。間口は狭いが奥が鉤《かぎ》の手に広くなっている店は、奥にカウンターと四人掛けのテーブル席があって、手前の細長い空間にも仕切りを挟んで二人掛けのテーブル席がある。

「――この席でも、いいですか」

おずおずと店の奥まで進み、遠慮がちに尋ねてみると、芭子よりも少し年上に見える女性が柔らかい笑顔で「どうぞ」と言ってくれた。本当なら手前の方の、二人掛けの席に座るべきなのだろうと分かっているのだが、見本帳を開いたり商品を見せたりするのに、出来れば広いテーブルを使いたかった。芭子は、ほっと息を吐き出しながら奥の席に腰を下ろした。家で飲んでいるインスタントとはまるで違う、挽立《ひきた》てのコーヒー豆の匂《にお》いが香ばしく広がっている。広いテーブルを使わせてもらう代わりに、ケーキも注文しようか、いや、待ち合わせの相手が来るまでは待った方がいいだろうかと考えながらメニューを覗《のぞ》き込んでいたときだった。聞き慣れた声が「ここで、いいですか」と聞こえた。芭子は思わずメニューから目を上げて、声のした方に神経を集中させた。

「こんなお店が出来ていたんだわねえ。いつの間にか、この町もどんどん変わってしまって」

「──そうですね」

「何だか最近は暮らしにくく感じるわ。どこへ行っても、ワサワサと人が多くて落ち着かなくて」

「家から出ることも、あるんですか」

「それは、たまには出ますよ。どうしても必要なときには」

「──」

「それより、ごめんなさいねえ、わざわざお呼び立てしてね」

「それは、大丈夫です」

間違いなく、綾香の声だった。仕切りの向うで、確かに綾香が誰かと向かい合っているのだ。声の感じからして、決して若くはない、むしろ高齢に思われる女性と。

こんな時間に、一体、誰とだろう。

ついつい耳をそばだてている間に、店の人がオーダーを取りに来た。芭子は慌《あわ》てて「本日のおすすめ珈琲」というところを指さした。何となく、声を出すことがはばかられたからだ。

「何になさいます？」

「そうねえ」

「珈琲が苦手なら、ジュースとか、ハーブティーもありますけど」

「お紅茶は、あるのかしら」

「紅茶ですか——ああ、ありますね」

「じゃあ、お紅茶を。レモンを添えていただけるかしらね」

口調からして、相手はちょっと気取った女性らしい。だが、その顔が思い浮かばなかった。芭子は、時間つぶしのつもりで持ってきた雑誌を広げ、目を通す振りをしながらも二人の会話に聞き入っていた。すると、間もなくして「分かって欲しいの」という声が聞こえてきた。

「ちゃんと、読んでくださっているんでしょう？」

「それは、もちろんです」

「だったら、もう十分、分かっているでしょう」

「――そう言われても」

芭子のテーブルに珈琲が置かれ、ついで綾香たちの席にも飲み物が運ばれていった。

少しの間、言葉が途切れて後、再び会話が始まった。

「あの子はねえ、本気なんですのよ」

「――」

「確かに小さなときから病弱でしたんでね、私もついつい、甘やかして育ててしまった部分もありますけど、幸い、亡《な》くなった主人が遺してくれたものもありましたからね、贅沢《ぜいたく》さえしなければ、何も無理して働くこともなかったの」

「――そうですか」

「小さい頃には二十歳まで生きられないとまで言われたこともあったのよ」

「――はあ」

「でも、可哀想《かわいそう》に。普通の人のような青春とか恋愛とかね、そういうものは一切、なかったんです。何しろ身体も弱かったし、引っ込み思案な子でしたからねえ」

「──はあ」

「その子が、ほとんど生まれて初めてに近く、是非にと望んでるんですから」

「──すみません」

「ねえ、そんなにすぐにお断りにならないで、考えていただけない？」

「──でも」

「家のことなら本当に心配いらないんですのよ。あそこはもう買い手がついていてね、どのみち私たちも、もう今月中には引っ越すことになってるんですから」

「──そうなんですか」

「マンションですけれどね、息子が世帯を持っても大丈夫なように考えて買ったものだから、それなりの広さもあるし」

ここまで聞いてしまえば相手はほぼ間違いなく察しがつくというものだった。砂かけババアに違いない。ネズミ男と結婚してやってくれと、母親がじきじきに乗り出してきたのだ。自分の方が息苦しくなってきた。芭子は、深呼吸をするつもりで珈琲の湯気を吹きながら、彼らの話を聞いていた。否応《いやおう》なく心臓がドキドキし始めている。仕切りの向こうで、綾香が丸っこい身体《からだ》を縮めて俯《うつむ》いている様が、手に取るように分かった。

「あなたになら、息子を任せられると、私も思うの」

「いえ、そんな――」

「私だって、もう歳ですからね。これから先、いつまで生きられるか分からない。そうなれば息子は一人になってしまうでしょう？　病弱なあの子が、この先ずっと一人で生きていくのかと思うと、それが気がかりでたまらないのよ」

何を勝手なことを言っているのだと思った。病弱かどうか知らないが、だからといって、どうして綾香がネズミ男の面倒を見なければならないのだ。好きなのなら、仕方がない。だが、嫌だと言っているのだから、さっさと諦めて欲しい。綾香も綾香だ。どうして、砂かけババアの話など真剣に聞いてやる必要があるのだろうか。聞いている方が苛々してきた。

「ねえ。江口さん」

「――はい」

「あなた、いつかパン屋さんを開きたいそうだけど」

「はい」

「そうやって、いつまで一人で生きていくおつもりなの？　今からだって遅くはないから、普通の女性の幸せを求めてみたら、どうかしら」

「最近じゃあ、アレじゃない？　芸能人でも政治家でも、結構な年齢になっても子どもを産んでるじゃないですか。あなたなら体力だってありそうだし、そんなに太って元気そうなんだから、これからでも一人や二人、産めますよ」

　言葉つきだけ上品でも、言うことが失礼きわまりない。芭子は、ゴミ捨てに行った時に見た砂かけババアを思い浮かべながら、歯嚙《はが》みでもしたい気分になってきた。第一、どうして綾香がネズミ男の子どもを産むなどということを真剣に考えられるものか。触れられるどころか、同じ空気を吸うのだって気持ちが悪くなりそうな相手だというのに。

「ねえ、江口さん――」

「すみません。どう仰《おっしゃ》られても、私の気持ちは変わりませんから」

「だからね、そう急がなくても」

「急いでも急がなくても、変わりません。お宅の息子さんと一緒になるつもりは毛頭、ありません」

　やっと言った。芭子は思わず小さくガッツポーズしそうになりながら、宙を見据えて一人で口元をほころばせた。

「まあ、どうして？　あなた、まだお一人なんでしょう？」

「そうですが」

「それとも、おつきあいなさってる方でも、いらっしゃるの？　うちの息子の他に」

「いませんし、お宅の息子さんとも、おつきあいはしていません。ただ店にいらっしゃる度に、一方的にお手紙を置いていかれるだけで」

「それをあなた、毎回喜んで受け取ってるんでしょうが」

ここまで親バカだと哀れになる。あんな息子でも、親から見れば可愛《かわい》いのだろうか。

「お客さまですから、失礼なことは出来ないと思って我慢していただけです。とにかく、お気持ちは受け取れませんし、手紙も金輪際、書いてこないで欲しいと、お母さんからお伝えください」

「まあ——ねえ、どうして？　女性なら結婚したいと思うのが当然なんじゃないの？」

それは当然だとしても、あなたの息子とでは嫌だと言っているでしょう、と、綾香の代わりに言ってやりたいくらいだと、すっかり冷めてきた珈琲をひと口すったとき、綾香の「私は」という呟きが聞こえた。

「そういうことを思ってはいけない人間なんです」

珈琲が喉《のど》に詰まりそうになった。思わずむせかえりそうになりながら、芭子は口元に手をあて、息を殺した。

「どうして」

「私は——人を幸福には出来ない人間だからです」

頭から、すうっと血の気が引いていく気がした。さっきとはまるで違う感覚で心臓が高鳴り、胸が詰まるような感じだ。ここで芭子が耳を澄ませているなどと想像すらしていないに違いない綾香の声は、普段、芭子が聞き慣れているものとは、どこか違っていた。こうして仕切りを隔てていても、その落ち着きというのか、いかにも大人らしい雰囲気は、今の言葉に微塵《みじん》の嘘《うそ》も混ざっていないことを感じさせる。

「そんな風には見えないわ。だって、ねえ、あなたはご近所でも評判の——」

「私は私なりに、自分のことをよく知っているつもりです。私のような人間は、一人で生きて、一人で死んでいくべきだと思っています」

カップを戻す手が震え、ソーサーにカチャカチャとあたる冷たい音が、神経をビリビリと刺激するように感じた。芭子は、今にも泣き出しそうな気持ちで、震える息をそっと吐き出した。

7

その日のことを、綾香は何も言わなかった。芭子から尋ねることもためらわれる。ただ芭子の中には、実に久しぶりに深い霧のような憂鬱《ゆううつ》な気持ちが広がって、何日たっても晴れることがない。

——私のような人間は、一人で生きて、一人で死んでいくべきだと思っています。あのときの綾香の言葉が耳の底にこびりついて、何度でも繰り返し蘇《よみがえ》ってくる。その都度、なぜという思いと、そんな、という気持ちがない交ぜになり、綾香が哀れでたまらなく感じる一方で、怒りもこみ上げてきた。淋《さび》しさ、絶望、驚き、ありとあらゆる感情が一緒くたになってしまって、何をどう考えればいいのかも分からないくらいだ。

要するに綾香は、芭子にさえ本心を明かしてくれていなかったということなのだろうか。

信じ合えるのは互いだけ、隠し事もせずに素直になれるのは二人だけだと信じてきた。たとえこの先、どういう人生を歩むことになろうとも、この絆《きずな》だけは切れることとはないと思ってきた。だが、そう信じていたのは芭子の方だけだったのだろうか。これまでの日々、綾香が見せてきた表情は、すべて本心からのものではなかったのだろうか。芭子にさえ本心を明かさず、綾香はただただ見せかけの明るさだけで、今日まで過ごしてきたのだろうか——そんなことを考えると、いたたまれなくなる。芭子一人が、闇《やみ》の中に突き放されたような気分になった。

それからしばらくの間は、綾香とまともに向き合うのも気まずかった。水曜日の夜になれば、いつものように二人で「おりょう」へ行き、木曜日も一緒に過ごしはしたが、心なしか綾香の方も口数が少ないように感じた。ネズミ男のことも言わなくなり、芭子からはむろん、提供出来る話題など見つかるはずもなかった。いっそ、しばらく会わずにいたいくらいだったが、それを言い出すのが、もう怖い。下手な言い方をしたら、もしかするともう二度と、話も出来なくなるのではないか、このまま縁が切れてしまうのではないかと思う。だから出来るだけ普段通りに過ごしていた。

——一人で生きて、一人で死んで。

何と淋しいことを言う人なのだろう。何という水くささなのだろうか。

日を追うに連れて、混乱していた様々な思いが少しずつ沈殿し始め、やがて、最後に「怒り」だけが一つのかたまりになって、芭子の中にでん、と居座るようになった。

要するに綾香は、芭子まで自分の人生とは無関係と決めつけているということか。口ではのべつ幕なしに再婚とか新しい恋とか言っていながら、心の中ではまるで違うことを思っているということは、芭子まで欺《あざむ》こうとしているということではないのか。なぜ。そこまで信じられないの。

こっちは、この古い家を改築して、一階に綾香のパン店と芭子の店を作れないものかと考え始めているというのに。家全体を建て直すなんて無理な話だが、大々的にリフォームして、明るくて働きやすい空間に出来れば、そのまま年を取るまで暮らしていかれると思っているのに――。

あたまに来た。

こういう気持ちになったのは、ものすごく久しぶりか、または、ほとんど生まれて初めてに近かった。身体の奥底からじりじりとしたものが捻《ねじ》り上げられてくるような、何とも言えない不快感が、どれほど日がたとうとも、まるで衰えていかない。子どもの頃、弟と喧嘩《けんか》して自分だけが叱《しか》られ、その理不尽さがどうしても納得出来なかったときだって、こんな気分は半日とは続かなかった。学校で、やたらとお喋《しゃべ》りでおせっかいな同級生に、買ったばかりの筆箱をこわされたときも、翌日か翌々日には許してやるというか、忘れることが出来た。もっと最近のことを言えば「あそこ」で暮らしていた間だって、腹立たしい思いは日常的にあったと思う。だが、今ほどの気持ちにはならなかった。こんな——こんな絶望的な気分には。

北から紅葉の便りが聞かれるようになったのだなと思っていたら、瞬《また》く間に初霜や初冠雪の話題になり、ついに北海道では平地でも初雪が降ったとニュースが報じた。秋らしい秋を味わうこともなく、もうコタツが恋しいほど朝晩には冷え込むようになっている。

十月も末の水曜日、芭子は寝具を取り換え、同時にコタツ布団《ぶとん》を取り出して、座布団カバーも掛け替えることにした。ついでに、ぽっちのカゴに掛けてやるカバーも、夏用の薄いものからキルティングのものに取り換えてやり、廊下と玄関の境にかけてある暖簾《のれん》やカーテンも、仕事の合間に新しく縫い上げた暖色系のものにした。布地そのものは安物だが、そう悪い柄でもないし、タックをたっぷりとって縫ったから、なかなかの出来映えだ。それだけで古ぼけた茶の間がほっこり暖かそうに見えてくる。

「今日、家で鍋《なべ》にしない？」

綾香から電話が入ったのは昼過ぎのことだ。

「餃子《ぎょうざ》をたくさん、もらったんだ。だから餃子鍋なんて、どうかと思って。『おりょう』も少し飽きてきたし」

「うん――分かった」

いい機会かも知れないと思った。こういう話は、外ではなかなか出来ないものだ。休みの前日ならば、時間を気にせずじっくり話も出来る。芭子は、今日こそ思い切って綾香の真意を問いただそうと心に決めた。「あそこ」で知り合ってから今日まで、ほとんど姉妹のようなつもりで暮らしてきて、こんなにも長く心にわだかまりを持ち続けてきたことはなかったし、こんな気持ちでいつまでもいることが互いのためになるとも思えない。

「あら、さすがだねえ、芭子ちゃん。コタツになった」

日暮れ過ぎにやってきた綾香は、茶の間に入ってくるなりいち早くコタツに気づき、カーテンや座布団カバーが変わったことにも気づいて「へえ」と室内を見回した。

「暖かい感じになったじゃない。なるほどなあ」

「――何が、なるほどなあなの」

いつも背負っているリュックをおろすなり、「ぽっちゃ」と鳥かごに近づく綾香の背中に声をかける。自分でも、普段よりも声が硬くなっているのに気づいた。

「こういうことしてれば、疲れても当然だなあっていうこと。ねえ、ぽっち。芭子ちゃんは頑張りますねえ」

ぽっちは、綾香のことをちゃんと覚えている。彼女が近づいて、指を差し出したりしても怯《おび》えたり騒いだりすることもなく、ピチュピチュ、ククと鳴いて嬉《うれ》しそうだ。

芭子は、綾香のずんぐりとした背中を眺めながら、この人は何を言っているのだろうかと思った。固いおしぼりみたいに、ぎり、ぎり、と怒りがねじり上げられてきた。

「——誰が疲れてるなんて言ったの」

喉の奥に力が入って、声がかすれかけた。綾香が驚いたようにきょとんとした顔をこちらに向ける。

「いつ言った？　疲れてるなんて」

綾香は目をパチパチとさせ、それから微《かす》かに首を傾《かし》げる。

「どうしたのよ」

「私が疲れてるなんて、どうして言うのっ」

「だって、ただでさえここんとこ忙しそうなのに、その合間にこういうものまで縫ってたんだなあと思って——」

「——だから？」

唇か顎《あご》の辺りが震えてきそうだ。芭子はそれを押さえるように唇を嚙み、大きく息を吸い込んだ。その間に、さらに綾香が表情を変える。

「だからって――だから、ああ、芭子ちゃんも色々と頑張ってるんだなあ、可哀想になあって」

「何でっ。何で、そんな風に思うの。私のことなんか、可哀想だなんて思うこと、ないじゃないっ。どうせ綾さんは――」

古ぼけた茶の間で、互いに突っ立ったまま向き合っているうち、つい涙がこみ上げてきた。

「――綾さんなんか――いざとなったら私のことなんか忘れるくせに」

「ちょっと芭子ちゃん、いきなり何を言い出すのよ。どうしちゃったの、うん？　何か、悪いものでも食べた？　それとも誰かにいじめられたとか？　ああ、あのお巡《まわ》りくんとか」

「どうして心配するふりなんか、するのっ！」

綾香の驚いた顔が、涙でどんどん滲《にじ》んでいく。芭子は大きく息を吐き出して、握り拳《こぶし》を作った。

「心にも――心にもないこと、言わないで」

綾香が、すっと前に歩み出てきた。その小さな目が、悲しげに揺れている。芭子は思わず顔を伏せてしまった。果たして、こんなことが言いたかったのだろうか。もっと違う言い方は出来なかったものだろうかと、今さらのように思った。だが、もう手遅れだ。

「ねえ、どうしたの、芭子ちゃん。どうしてそんなこと言うの」

「だって――」

手の甲で涙を拭《ぬぐ》って、ようやく顔を上げたときには、一瞬たじろぐほど目の前に綾香の顔が近づいていた。

「だって、綾さんは――結局は最後には一人だって思ってるんじゃないの？」

初めて、綾香の表情が大きく動いた。何か言いたげにもなり、芭子の気持ちを推し量っているようにもなり、目まぐるしく何かを考えているように見える。芭子は、その表情の移り変わりをじっと見つめていた。「ちがうよ」と言って欲しい。そんなわけ、ないでしょうと言ってくれるのを待った。

「そうだね――人間は皆、そうなんだよ」

ところが少しの沈黙の後、綾香はそう呟いた。それから芭子の腕を摑《つか》んで、のろのろと下に引っ張る。芭子は、されるままに畳の上にぺたりと座って、向き合った綾香を見つめた。

「どうしてそんな淋しいこと言うの」

綾香は、これまで見たことがないような、静かな微笑《ほほえ》みを口元に漂わせ、ふう、と丸い肩を上下させた。

「芭子ちゃん。冷静に考えて欲しいんだけどね。人は誰でも、一人で生まれてきて、一人で死んでいくものだって、それ、分からない？　母親のお腹《なか》から出て来るときも一人。どれほどの人に見守られていても、息を引き取るときも、一人」

「それは――それは、そうかも知れないけど。でも、綾さん、そういうつもりで言ったわけじゃ、ないでしょう？」

「――やっぱり。あのとき、いたの？」

芭子は小さく頷《うなず》いて、あの日図らずも、綾香と砂かけババアの会話を聞いてしまったと白状した。綾香は静かな表情のままで、「そっか」と呟《つぶや》いた。

「それで、このところずっと変だったんだ。私はまた、よっぽど疲れてるのかと思ってた。仕事が大変で」

どこか諦めたような表情で綾香は、また深々とため息をつく。

「あのときは、どうしたって砂かけババアを諦めさせなきゃならないと思ったからね、特に、とりつく島もないような言い方をしたのよ」

「じゃあ、じゃあ、心にもないことを言ったっていうこと？」

「まあ——そうでもないかな」

「ほら、そうなんだ。やっぱり」

「だって、考えてごらんよ。私だって馬鹿《ばか》じゃないんだからさ。口では色々言ってたって、自分が背負ってる現実くらい、分かってないはず、ないでしょうが。第一、許すと思う？　あの人の親や——私の、息子が」

綾香の表情は静かなものだった。芭子は息を詰めて、その顔に見入っていた。

「私がやったことは、たとえば芭子ちゃんがしたこととは次元が違う。懲役が済んで、あれから何年過ぎたって、家族を奪われた人にとっては、時間は止まってるのと同じなんだよ」

「——でも、綾さん、後悔してないって」

「してないよ。ああしなきゃ、私も子どもも生きていられなかったから。だけど、あんな人でも、親にとっては、やっぱりたった一人の息子だった。息子にとっても——それは変わらないんだよね。これから先も、ずっと」

頭では十分に理解しているつもりだった。償《つぐな》いは終った。報いも受けてきたと思っている。それでも、こうもやり切れないものなのかと、芭子は初めて暗澹《あんたん》たる気持ちになった。どれほどの年月が過ぎても。

「私は自分で自分の悪縁を絶ちきった。その報いを受け続けてる。今も。だからね、芭子ちゃん」

綾香の背負っている十字架は、何と重たいのだろうか。芭子はうなだれたまま、容易に言葉も出なかった。

「これから出来る縁は、どんな小さなものでも、大切にしたいと思ってるんだよね。誰のことも幸せには出来ないし、そんな資格もないんだけど、少しくらいなら役に立てるかも知れないって」

「立ってるよ！　立ってるよ——」

言いながら、また涙がこみ上げてきた。

「何て言ったたって、一番、私の役に立ってるじゃないよ——」

「そんなこと——」

「あるよ！　掃除だって洗濯だって料理だって、全部、綾さんから教わったんだからねっ！　私なんか、知らないことばっかりなのに、綾さんがいてくれて、何でも教えてくれたから、こうして何とか暮していけて、銀杏《ぎんなん》だって拾いに行って——あ」

「——あ」

二人で顔を上げたのが同時だった。

「銀杏」

「あれ、どうした？」

「——あるよ、あのまま」

すっかり忘れていた。綺麗に乾いたら銀杏ご飯にしようと話していたのに。それを、この秋の楽しみにしていたつもりだったのに。

「明日こそ、炊《た》こう、銀杏ご飯」

綾香が、にっと笑う。芭子も思わず、うん、と大きく頷いていた。

その晩は二人で餃子鍋を食べた。

本当は、もっときちんと尋ねてみたいことがあるような気がする。これから先、芭子とここで生きるつもりがあるかどうか。本当にいい出逢《であ》いがあったときには、どうするのか。それより何より、彼女の息子は、本当に彼女を許していないかどうか、確かめてみるつもりはないのか。けれど、今日のところは何も言わない方がいい。そんな気がした。

翌日、二人で日暮里まで行ったついでに、ふと思い立ってネズミ男の家を見に行った。するとそこは、ゴミ袋どころか、古ぼけた家も塀も跡形もなく消えて、ただの小さな更地になっていた。

「本当だったんだ」

土の匂いを嗅《か》ぎながら、綾香が呟く。芭子もフリースのポケットに両手を入れたまま、肩をすくめて更地を眺めた。ここに、何十年もの間一軒の家が建ち、暮らしがあり、人生が染《し》み込んでいるなんて、もはや想像すらつかない。

「儚《はかな》いものだねえ」

あの、半分妖怪《ようかい》になりかけたような母子《おやこ》を思い浮かべながら芭子が呟くと、隣から「そうだよ」という返事が聞こえた。

「だから、せめて生きている間は楽しまなきゃ」

許される範囲で、というひと言をつけ加えてから、綾香は大きく胸を膨らませ、ふうう、と息を吐き出した。昨晩、布団に入ってから芭子は改めて考えた。これから先も、ずっと綾香と生きていくということは、もしかすると意外と大変なことではないだろうか。無論、芭子だって人のことを言える立場ではない。それは承知しているが、何かを背負いながら生きていくのと同じくらい、重荷を背負い続ける人と共にいることも、思った以上に難しい。

——一人で生きて、一人で死んで。

いっそ、そう決め込んでしまう方が、気が楽だと思うことも、あるのかも知れない。

それ相応の覚悟をしなければ、共に歩んではいかれないだろうと思う。罪を犯すときには、大した覚悟などありはしなかった。後になって、こんなにも多くのものを失い、重たい覚悟をしなければ先へはすすめないことになると分かっていたら、もっと慎重になっていたのにと、悔やんでみたところで始まらない。

覚悟。

生まれて初めて、その言葉の意味を考えている。生半可な気持ちでは、やがて終わりが来てしまうだろうと思うからだ。

「綾さん」

「うん」

「銀杏ご飯って、殻ごと炊くわけじゃ、ないよね」

綾香が、呆《あき》れたような顔になってこちらを見た。芭子は大真面目《おおまじめ》で、その小さな瞳《ひとみ》を見つめ返した。

「どうやって中身、出すの」

「だから——わかった。じゃあ、まず、そこからだね」

「入れるの、銀杏だけ？」

「そうだなあ。あと、シメジと、油揚くらい、少し入れてみようか」

「シメジはあるけど、油揚がないわ。買って帰ろう」

ゴミ屋敷がなくなった分だけ、建て込んだ路地の奥からも、薄水色の空が少しだけ広く見えた。自分は今、一つの覚悟を決めようとしているのだ、いや、じきに覚悟しなければならないときが来ようとしているのだと自分に言い聞かせながら、芭子はその小さな青空を見上げ、綾香に続いて、細い路地を歩き始めた。

その日にかぎって

1

与えられた座席は窓側だった。切符を片手にその席を見つけ出し、既に通路側を占めていた先客の膝《ひざ》の先をすり抜け、半分崩れ落ちるように腰を落とした。ほっと息を吐き出したのと同時に、新幹線はもう移動を始めた。マフラーをとる手を止めて、小《こ》森谷《もりや》芭子《はこ》は座席から身を乗り出し、するすると背後に流れていく光景に目を凝らした。ホームに残っている数少ない人たちは、次の列車を待っているのか、または誰かの見送りだろうか。どこかひっそりと感じられる蛍光灯の光に浮かび上がる姿は、何となく現実味を伴わない、まるで夢の中の人たちのように見える。

次の瞬間、窓の外は闇《やみ》になる。上野駅の新幹線ホームが、地下の、しかもずい分と深いところにあることを、芭子は今日の今日まで知らなかった。東北新幹線そのものには乗ったことがないわけではない。学生時代に友だちと遠野へ旅したことがある。だが、あのときは始発の東京駅から乗って、多分ずっとお喋《しゃべ》りでもしていたのだろう。

上野駅がどんな様子だったかなどということは、記憶の片隅にも残っていなかった。果たしてこの先どれくらいの間、このまま地下を走るのか、それも分からない。

でも、とにかく乗ったんだから。

心細さを打ち消すように自分に言い聞かせて、ようやく座席の中で姿勢を直し、背もたれに身体《からだ》を預けたと思ったら、新幹線は地上に出た。今度こそ大きく、ゆっくり深呼吸をして、芭子は朝陽に輝いて見える東京の街を眺めた。途中、在来線の駅の脇《わき》を通るときには、プラットホームに溢《あふ》れている通勤客たちの姿が見えた。建て込んでいる街を抜け、川を渡る。すると瞬《またた》く間に視界は大きく開け始め、新幹線はもう東京から抜け出ていた。

空が、広い。

空だけではない。車窓から見える風景そのものが果てしないほど広々と感じられて、それだけで心が解き放たれるようだ。走り始めて、まださほどたっていないというのに、そこには芭子の日常とはまったく異なる世界があった。わずかな距離で、これほど景色が変わるのかと、芭子は夢中になって窓の外を眺めた。ものの二十分で、もう大宮に到着だ。大勢の人が降り、また大勢の人が乗り込んでくる。

こんなに近いんだ。大宮。

隣にいるのは、わざわざ振り向いてまで確かめるわけにいかないけれど、多分、普通のサラリーマンだ。座席につくときにちらりと見た印象と、今スーツの袖《そで》から出ている手の表情などからして、さほど年をとっている感じでもない。いかにも慣れた様子で脚を組み、彼はさっきから新聞を読んでいる。時折、ばさ、ばさ、と音を立てて紙面をめくる以外、ほとんど動くこともなかった。この人にとっては、こうして一人で新幹線に乗ることも、見知らぬ他人が隣に腰掛けていることも、ごく当たり前の日常なのに違いない。つまり、隣の乗客が男であろうと女であろうと何の興味もないし、ましてやその人間がどんな目的で北を目指しているのかなんて、気にかけるはずもないのだ。小さな子どもでもあるまいし、ただ新幹線に乗るというだけで、こんなにも緊張しているものがいるなんて。

だが、芭子にしてみれば大冒険だった。実のところ、さっきから手のひらが冷たい汗で湿っているし、今こうしていても自分で自分が信じられないくらいなのだ。まさか、こんな風に一人で新幹線に乗る日が来るなんて。いや、まずは、そんなことをする気になったことからして。少なくとも昨日の今ごろは、露ほども思ってはいなかった。思い立ったのは昨晩かなり遅くなってからのことだ。矢も楯《たて》もたまらず、というのは、ああいう気分を言うのだと思う。耳の底にこびりついている声が、どうしても何とかしろ、どうにかしてくれと、芭子を急《せ》き立てているように感じられてならなかった。

ねえねえ、お母さん！

きっかけは昨日の午後、ふとした拍子に耳に飛び込んできた幼い子どもの声だった。たまたま芭子たちの前方を歩いていた小さな子どもが、何を思ったのかいきなり方向転換をして、こちらに駆け寄ってきた。そして、顔はよそを向いたまま、ほとんど体当たりするように、芭子と並んで歩いていた江口綾香《えぐちあやか》にしがみついた。

「ねえねえ、あのねえ！」

そこまで言いかけて、初めて自分を抱き留めている綾香を見上げたときの、その子の顔ときたら。知らない人を「お母さん」と呼び、しがみついたと分かって、黄色い帽子を被《かぶ》った男の子はぽかんと口を開けたまま、凍りついていた。ただただ真《ま》っ直《す》ぐなひとみで、怯《おび》えたように綾香を見上げていた。そして、少し離れた位置から「ほら、ともくん！　こっちこっち！」という声が聞こえた途端、ぱっと逃げるように走り去った。その後、男の子は芭子より若く見える母親の、ジーパンの太ももに顔を押し当てながら、照れくさそうに身体を揺らしていた。

それ自体は、どうということもない光景だった。平日だというのに、昨日の上野公園はいつになく春めいていたせいか、ずい分と賑《にぎ》わっていて、うららかな午後の陽射《ひざ》しを浴びながら、そぞろ歩く親子連れやカップルの流れが途切れなかったし、大道芸人や物売りまで出ていたくらいだ。数年ぶりに上野動物園にやってきたパンダの一般公開までには、まだ少し日があるというのに、既に上野全体に歓迎ムードが溢れていて、人々は春の気配にも誘われてか、妙にそわそわと落ち着きなく、動物園へ、美術館へ、また博物館へと、思い思いの方向に歩いていた。

「ほらっ、もう。だからちゃんと傍を歩きなさいって言ってんじゃない」

自分にしがみついている我が子の、黄色い帽子の頭を苦笑混じりにぽんぽんと叩《たた》きながら、茶髪の若い母親は、隣にいたママ友だちと、いかにも呑気《のんき》な様子で笑いあっていた。芭子は、彼女がいつこちらに向かって「すみません」くらい言うだろうかと思って眺めていたが、会釈《えしやく》する素振りすら見えないことにわずかに苛立《いらだ》ち、「あれ、どう思う？」と言おうとして、並んで歩いていた綾香の方を向き、つい息を呑んだ。それまで何を話していたんだか、とにかくいつものように他愛ない話をして笑っていたはずの綾香が、小さな目を精一杯に見開き、唇をきつく引き結んで、息を詰めるようにして一点を見据えていたからだ。血の気さえ失《う》せて見えた。その瞬間、芭子は察した。綾香は自分の息子のことを思い出している。そうに違いなかった。

綾香が人の子の親であり、自分から望んでその子と離ればなれになったわけではないことは、よく承知している。生まれて間もなく手放してしまった我が子が今ごろどこでどうしているか、気にならないはずがないとも思ってきた。だが綾香自身が、子どもの話題を極力避けているから、自然に芭子もそのことには触れなくなり、そうこうするうち、子どもの存在そのものを、つい忘れがちになっているのは確かだった。

「あ——何だっけ。それで？」

どれくらいの間そうしていたか、ようやく我に返ったようにこちらを見た綾香は、取り繕うように「にっ」と歯までむいて笑った。芭子は思わずため息混じりに彼女の丸い顔から目をそらした。

「びっくりするよねえ、いきなり、あんな風に呼ばれたら。ねえ、綾さん——」

「いいから、ね。それ以上、何も言わなくて」

ほら、やっぱり。

こちらがひと言でも子どもの話題に触れようとすると、綾香はいつでもこうしてぴしゃりと遮ってしまう。結局それからしばらくの間、芭子たちは黙ったままで上野の森を歩いた。

別段、美術館などの施設に寄らなくたって、こうしてのんびり歩いているだけで、何となく文化的な気分になれるものだというのが、最近の綾香の意見だ。「節約」という言葉を口にしない日はないくらい、とにかく緊縮財政生活は続いている。一方では、ことに最近、家で日がな一日ミシンを踏むことの増えてきた芭子のためには、休みの日は出来るだけ外を歩いた方がいい。心から潤《うるお》いをなくすのも、いいことではないだろう。そこで、無駄遣いをせず、豊かな気持ちで歩きたいだけ歩くには、こうして上野公園界隈《かいわい》でも散歩するのが一番だということになった。

「それよりさあ、ねえ芭子ちゃん、言ったっけ？　ウチの旦那《だんな》さんたちがね、『パンダパン』を売りだそうって言い出してるっていう話」

「ああ――ええ、そうなの？　パンダの顔してるパン？」

「そりゃ、そうだわよ。味をパンダに似せるって、どうすんの、それ」

「あ、そっか」

「でね、旦那さんがさあ、私にもパンダパンのデザインを考えろっていうわけよ。よそにはない、うちだけのパンダをって。だけど、パンダの顔なんて、誰が描いたって大差ないじゃない？　あの顔に個性を持たせろったって、めちゃめちゃ難しいんだよね」

「――そうかもね」

「それなのに旦那さんときたらさあ、お客さんに『パンダ』じゃなくて『ナンダ』なんて言われるようなものは絶対に作るなよ、とか何とか言っちゃって。その割に旦那さん自身は、パン作りの腕はいいけど絵心みたいなもんは、からっきしときてるわけだ。奥さんも似たようなもんだしね——」

それからの綾香は、いつにも増して饒舌《じようぜつ》になった。一日も早く一人前の製パン職人になって自分の店を構えることを目標としている綾香は、そうでなくともパンの話をすることが多い。だが、「パンダパン」だか「ナンダパン」だか知らないけれど、似たような話をくどくどと繰り返す彼女が、芭子には痛々しく見えてならなかった。

散歩の帰りには夕やけだんだんを回って夕飯の買い物をし、いつものように一緒に芭子の家に帰った。夕食の準備に取りかかる間も、綾香はひっきりなしに喋り続けていた。最近仕入れた近所の噂《うわさ》から始まって、テレビで流しているコマーシャルの話、タレントの某《なにがし》についての話、勤め先の主人夫妻の話。少しでも会話が途切れそうになると、今度はすかさず茶の間にいるセキセイインコに向かって「ぽっちゃ、おばさんですよ」と喋りかけ、それでも間が出来てしまえば、慌《あわ》てたようにテレビをつけるといった具合だ。その様子は、これまでにも何度か、芭子が子どもの話を持ち出した時以上に落ち着きがなく見えた。

金曜日から水曜日まで、綾香は毎日午前三時半には店に出て、パンの仕込みに取りかかる生活を続けている。だから休日ではあるけれど木曜日の夕食は、いつも早めにとることになっていた。翌朝、また夜明け前から起きて働く綾香のために、そういうリズムが出来上がっている。

食卓に並んだのは、菜花と油揚げの煮浸しに焼きサバ、出来合いのメンチカツには綾香の店で調理パン用に作っているポテトサラダと少しの生野菜も添えた。そして、先週のひな祭りのときにも作って美味《おい》しかったから、五目ちらしをもう一度作った。彩《いろど》りだけでも多少豊かに見える食卓を囲み、二人でビールもどきの缶を開けて、今日も一日穏やかに過ごせたことを喜び、ひっそり乾杯するのが、木曜日の過ごし方だ。

「くぅぅっ、美味《うま》い！　こういうときには、ついついオヤジになるわぁ」

ビールもどきを一口飲んで、手の甲で口元を拭《ぬぐ》い、いかにも嬉《うれ》しそうに目を閉じて、綾香はいつも以上にはしゃいだ声をあげる。だが芭子の方は、さっきの子どもの声が耳の底にこびりついていたし、それと同時に、あのときの綾香の顔が忘れられなくて、どうしても気分が沈みがちになった。早くも箸《はし》を動かす綾香の姿さえ、まるで機械仕掛けのように見えてならない。どうして芭子の前でまで、そんなに無理をしなければならないのかと思うと、情けないような腹立たしさがこみ上げてくる。

「ねえ、綾さん——」

「あら、これ、いい具合に火が通ってる。芭子ちゃん、あんた、腕上げたわねえ」

「綾さんのさあ――」

「煮浸しって、簡単なようでも野菜の歯ごたえとか、この青々しさを残すのが、意外にね。お揚げさんも、ちゃんと油抜きしてあるじゃない、大したもんだ」

「綾さんの子――名前は、何ていうの？」

その瞬間、綾香はわずかに背筋を伸ばし、すっと顎《あご》を引いた。

「なあに、いきなり――そんなこと聞かなくたって、いいでしょう。言ってるじゃない、気にしないでって」

「でも――名前くらい教えてくれたって、いいじゃない？」

「いいんだったら」

「だけど綾さんは、いつも口には出さなくたって、心の中でその子の名前を呼んでるはずでしょう？　私だって、何かあるたびに『綾さんの子』っていう言い方するの、面倒だから」

「だから、あの子のことなんて――」

「ねえ、教えてったら」

「何で急に」

「知りたいの！　いいじゃないっ」

つい、唇を尖《とが》らせて声を荒らげた。すると綾香は半ば膨れっ面《つら》のような顔つきになって、それきりずい分長いこと口を開かなかった。それでも最後にはようやく「朋《とも》樹《き》」という名前を、まるで口の中でそっと転がすように、呟《つぶや》いた。その途端、芭子は昼間の子どもと、その母親の声を思い出した。黄色い帽子の子どもは、母親から「ともくん」と呼ばれていた。ああ、そうか、それで綾香は、これまで以上にショックを受けたのだ。

「朋樹くん——すごく、いい名前」

どんな字を書くかも教わったときには、綾香は瞬《まばた》きの回数が増えて、口元は微《かす》かに震えて見えた。芭子も、胸に熱いものがこみ上げてきそうになるのを堪《こら》えながら、「ともくんか」と繰り返した。

「大きくなったろうね」

「——多分」

「どうにかして会えないかねえ」

「分かってるでしょうが。いいんだったら。とっくに諦《あきら》めてるから」

静かな声だった。だが、その口調は断定的で、もうこれ以上、何も言われたくないという意志を含んでいた。それでも昨日に限っては、芭子は食い下がった。これまであまり感じたことのない、理屈に合わない苛立ちのようなものが、どうしても抑えきれなかったのだ。

「――居場所くらい、知っといてもいいんじゃない？」

「だから」

「綾さん、母親なんだよ。たとえ、じかに会えなくたって、どこにいるのか、元気にしてるか、それくらい分かってたって」

これまでの芭子ならば、綾香に一度でもぴしゃりとはねのけられた時点で、すごすごと引き下がっていた。綾香もそういうものだと思っていたのに違いない。わずかに驚いたような表情になってこちらを見ていた。

「ねえ、綾さん。怒らないでよね」

「――べつに、怒ってなんかないよ」

「綾さんの傷口を開きたくて言うつもりじゃないんだから」

綾香のぷっくりした小さな手が箸から離れる。芭子は、そっと彼女の顔を見た。顔中の筋肉が、緩んだのか強《こわ》ばったのか、とにかく、綾香はいきなり老《ふ》けて見えた。いつも賑やかに浮かべている様々な表情をすべて消し去ったとき、そこには紛うことのない四十過ぎの女の顔があった。せっかく染めている髪も、一カ月もたてば根本の部分がすべて真っ白に見えてくる。化粧気もなく、眉《まゆ》さえ描かず、毎日の労働にひたすら耐えて暮らしてきたその顔は、「あそこ」で日夜、向き合っていた当時をまざまざと思い出させるものだった。年もちょうど一回り離れているし、出身も異なり、性格だってまるで違う。そんな綾香と芭子とが知り合ったのが刑務所《あそこ》だった。

2

「私だって諦めてる——でも、そう思いながら、心のどこかでは、本当にいざとなったら会いにいけるとか、思ってるんだよね」

向こうから縁を切られたといっても、こちらからは切ったつもりはない。何かあるごとに、ほとんど毎日のように思い出している。そして、こんな自分でも、いつも心配している。両親や弟のことを。もう二度と会うことは許されないと頭では分かっていても、その気持ちまで捨て去ることは不可能だ。

「自分に言い聞かせてる——じかに会うことは出来なくても、いざとなったら家の前まで行って、様子をうかがうだけでも出来るんだからって」

「――そう――まあ、そう思うよね」

「綾さんだって同じじゃない。たとえ会えないとしたって、せめて居場所だけでも分かってたら、それだけで気持ちは違うんじゃないの？　朋樹くんが住んでる、その家の傍まで行ってみるだけとか」

綾香は深々とため息をついてから、「芭子ちゃん」とこちらを見た。

「それはさ、東京っていうか――都会の人の理屈かも知れないんだよ」

「どうして」

「いくら仙台が東北一の大きさだって、やっぱり東京に比べればまだまだ田舎でさ、どこで誰に見られるか分からないわけ。で、あっという間に噂になるんだよね。町なかで、知り合いにひょっこり出くわすなんて、こっちにいたら、そうあることでもないけど、田舎じゃ普通なんだ。まあ、都会でだって、会うときは会っちゃうけどさ――いつかの大阪みたいに」

確かに、そういうことがあった。刑期を終え、この町で暮らすようになってから初めて二人で遠出した時のことだ。高速バスに揺られていった大阪で、綾香は偶然にもかつての同級生と遭遇した。最初のうちはいかにも嬉しそうにはしゃいでいた綾香だが、最後には、その男が綾香の起こした事件を知っていることが分かって、あのときは、芭子までもが衝撃を受けた。

「覚えてるでしょう？　あのときも言われた。『帰ってくるな』って──あれは、彼なりの精一杯の思いやりだったんだよね。帰れば、すぐに噂になって、回り回って実家とか親戚《しんせき》とか、誰の耳に入るか分からない。また迷惑をかけることになるから」

「だったら──電話で、そうだよ、電話で聞いてみるくらいなら、出来るんじゃない？　ご主人の実家は無理だとしても、綾さんの実家とか」

「うちの実家はさあ──」

綾香は、そっとビールもどきに手を伸ばし、ゆっくり一口飲んでから、自分が事件を起こした直後に転居したのだと言った。以降、住所も電話番号も分からなくなったという。その話は初耳だった。

「じゃあ、それっきり？　調べてもいないの？」

「──だって──しょうがないよ。それが、向こうからの意思表示」

芭子の場合は、刑期こそ七年と比較的長かったが、犯した罪は金目当ての陳腐な昏《こん》酔《すい》強盗で、特段新聞沙汰《ざた》になることもなく、だからこそ亡《な》くなった祖母をはじめとする親戚にまで「芭子は留学中である」と嘘《うそ》をついて誤魔化すことが出来た。だが、綾香の場合は殺人で、しかも殺した相手は綾香自身の夫だった。度重なる夫の暴力に耐えかねて、というのが殺害の理由だったから、情状面も酌量されて、刑期そのものは芭子よりも短かった。それでも当時、事件は大きく報じられたということだし、人一人の生命が奪われたともなれば、影響の大きさも計り知れなかったことだろう。

「妹にだって、妹の旦那《だんな》さんや勤め先や、それから嫁ぎ先にもね、さんざん迷惑かけてるはずなんだ。やっと何年もたったから、少しはほとぼりも冷めた頃かも知れないけど。とにかくもう誰も思い出したくないに決まってる。なかったことにするしかないって」

「でも、理由が理由なんだから――」

「理由がなんであれ！」

部屋の空気がびりっと震え、鳥かごの中で、お気に入りのブランコにとまっていたぽっちが、驚いてバタバタと羽音を立てた。それから甲高い声が「綾さんってば」「綾さんってば」と室内に響いた。ぽっちが一番頻繁に口にする芭子の口真似《くちまね》だ。

「ねえ、芭子ちゃん。ホントに、もういいんだから、ね。色々と心配してくれるのはありがたいけど、これ以上は考えたってしょうがないことなんだからさ。いい？」

そして、その話は終わりになった。

気まずい雰囲気を和らげるように、綾香はテレビのリモコンに手を伸ばし、しばらくの間、面白くもないドラマの再放送やイブニング・ニュースを見ながら箸を動かしていたが、食事が終わるといつもよりも早い時間に、「じゃあね」と手を振って、そそくさと帰って行った。残された芭子は、それからも一人で考え続けた。どうにかして、綾香の役に立つことは出来ないものだろうか。今の自分に出来ることといったら、何があるだろう。

「あそこ」にいた当時は「お嬢さん育ち」と苛《いじ》められたくらい、それなりに恵まれた環境で生まれ育ち、親元から離れたこともなく、しかも大学を卒業する前に逮捕されることになった芭子は、「あそこ」から出所した当初は、米さえ満足に炊《た》けないほど無知な娘だった。住む場所としては父方の祖母が遺《のこ》してくれたこの家をあてがわれたし、当座の生活にも困らないだけの金を渡されていたが、それ以外には何もなかった。一人暮らしも初めてな上に、誰に頼ることも出来ず、一歩でも外に出れば他人の目にさらされることが、ただただ恐ろしくてならなかった。近所の誰か一人でも、自分を前科者と知っているのではないか、そういう目で見ているのではないかと思ったら、外出もままならない。少し遅れて出所した綾香が、かねてから約束していた通りに訪ねてきてくれるまでの間は、文字通り引きこもりのような暮らし方をしていた。

そんな芭子に、米の研ぎ方から始って、だしの取り方、味噌汁《みそしる》の作り方、野菜の下ごしらえ、さらには洗濯の仕方からたたみ方、掃除のコツ、風呂《ふろ》の残り湯の再利用など、一通りのことを教えてくれたのはすべて綾香だ。互いの過去を十分に承知しており、「あそこ」で暮らした共通の体験を持つ二人には、他人には分からない信頼と絆《きずな》が生まれていた。だからこそ親からも見放され、すべての人との縁を絶ち切られたと分かっても、どうにか生きてこられたのだ。

芭子自身は、これから先も綾香とともに、どんな思いも分かち合い、共有しあって暮らしていきたいと思っている。互いを一番理解しあっているという確信もある。その気持ちに変わりはないのだが、最近になって、ふと違和感というか、ざらりとした感じを抱くことがあった。それは、芭子か綾香のどちらかが変わったなどということではない。ただ単に、これまで芭子が気づかなかっただけで、ずっと以前から綾香の中にひそんでいた、何か寒々とした影のようなものに、徐々に気づき始めたという感じかも知れない。

いつもは陽気でお喋りで、芭子を笑わせたりハラハラさせることの多い綾香の中には、ぞっとするほどの淋《さび》しさのようなものが、深く、しっかり横たわっている。世話好きで、お人好《よ》しで、この近所でも人気者になりつつある綾香が、ふとした拍子に垣《かい》間《ま》見《み》せる、何者をも寄せつけまいとする冷たく暗い雰囲気に、誇張でなく、芭子は背筋が薄ら寒くなるような感覚を抱くことが何度かあった。そして、思うようになった。自分たちは互いに一線を越えた経験を持つものだが、芭子の越えた一線と、綾香の越えた一線とは、思っている以上に違うのかも知れないと。

——人を殺すっていうことは。

理由はどうであれ、その手で人の生命を奪い、それを悔やまずに生きるというのは、どんなことなのか。すぐ傍で暮らしていながら、実のところ、芭子には分からない。

とにかく、綾香の中に横たわる、その暗い淵《ふち》のようなものの原因の一つが、生き別れになった子どもにあることは間違いないように思える。今日初めて、朋樹という名前を教えられたその子は事件当時、まだ生まれて間もない乳飲み子だったという。夫の暴力のせいで、一度ならず流産を経験した果てに、ようやく得た生命だったのだぞうだ。だが、その子を産んだ後も夫の暴力は激しくなる一方で、このままでは我が子の生命まで危険にさらされると感じた綾香は、ついに夫の殺害を決意した。自分だけでなく、子どもの生命を守るために。

せめて、その子の消息だけでも摑《つか》めたら、綾香の背負っている十字架も、少しは軽くなるのではないだろうか。たとえ、今すぐには会えなくても。

——探してみようか、私が。

その思いつきは、芭子をひどく興奮させた。既に相当、夜も更《ふ》けていたが、布団《ふとん》を敷くのも忘れて、その考えに夢中になった。綾香のために動いてやれるのは自分しかいない。そして、考えれば考えるほど、芭子自身が直接、動いてみるのがもっとも確実で手っ取り早いのではないかという気がしてきた。だが一方では、果たしてそんなことが可能なものかという不安が頭をもたげなかったわけではない。だからとにかく、これまで綾香から聞いたことのある、綾香自身に関する履歴を端から思い出してみた。

綾香は宮城県の仙台で生まれ育ったと聞いている。実家は山に囲まれた仙台市の外れの方で、確か温泉も近かったと言っていたと思う。

――「愛子」って書いて「あやし」って読むんだけどね。

――広瀬川が近くを流れててさ、のどかでいいとこ。

そして、結婚後は仙台駅に近い新興住宅街に家を建てたということだった。

――ダンナの実家が建ててくれた家だから、文句なんか言えた義理じゃなかったけど、結婚したばっかりの頃、親戚のおばちゃんが初めて遊びに来たときに、「家相がよくない」って言ったんだ。あれ、後から考えたら、当たってたんだよなあ。

一つ思い出すと、また一つ、これまでの年月に互いに交わしてきた台詞《せりふ》が、ぽこり、ぽこり、とあぶくのように浮かび上がってきた。

——仙台駅までだって地下鉄に乗れば十五、六分だし、区役所も公園も近くて、それからスタジアムなんかも近くにあったんだ。そういう意味では、すごく便利だったのに。

——昔はまるっきりの田舎で、田んぼだらけだったはずだけど、急に開けて大きい住宅地になったみたい。マンションが多かったなあ。

——終点だから、まず座れるわけ。駅前に大っきいスーパーもあったしね。環境だってよかったんだ。

後から後から思い出すにつれて、まるで雲を摑むような話だと思っていたのが、次第に現実味を帯びてきた。

——駅前に大きいスーパーがあって、まあ、うちからは十分かそこいらの距離なんだけど、そこまで行く間にでも、必ず一人か二人、知り合いに会うんだよね。まあ、ダンナの実家が近かったから、仕方がない部分もあったけど。ダンナに殴られた後で、顔に痣《あざ》とか出来てるときは、だからちょっとでも外に出るのが嫌でねえ。

他にも色々と思い出してきた。郊外の一戸建て。外壁の色が柔らかいクリーム色で可愛《かわい》い家だった。夫は庭とカーポートを自慢にしていた。夫の実家までは、車で十分程度だから、年がら年中、姑《しゅうとめ》が顔を出した。ある程度の資産家だったらしく、夫はその家の一人息子で、要するに甘やかされて育った上に、典型的な内弁慶タイプだった——。

綾香の実家は愛子にあった。

短大を卒業して、信用金庫に。そこでダンナと知り合った。

息子の名前は朋樹。

今の年齢は多分、八歳くらい。

思い出したことを次から次へと箇条書きにし、次いでインターネットで仙台の地図や新幹線の時刻表を調べ始めた。仙台といったら東北地方だし、ずい分と遠い印象ばかり抱いていたが、実際に調べてみたら、上野からなら二時間もかからずに行かれると分かったときには、もう気持ちは決まっていた。

仙台に行こう。そして、何かの手がかりを探してくる。

少し前までなら、こんなに簡単には決断など出来なかったに違いない。度胸がなかったのはもちろんのこと、金銭的にも精神的にも、そんな余裕はなかった。だが今、芭子は以前よりもこころにゆとりを持てるようになり、時間的にも自由のきく身だった。ペット用の服を自分でデザイン製作して小売店に卸す仕事はことのほか順調で、毎月ある程度安定した売り上げが見込めるようにもなっている。

この一月まで、芭子は週に三日はペットショップでパートをしながら、家にいる間はペット服を作るという生活を続けていた。だが、たまたま人に勧められて作り始めたペット服が意外なくらいに好評で、もうパートの時給に頼る必要もなくなってきたし、むしろ服の注文をこなすために、パートなどしている場合ではなくなったのだ。以来、このところの芭子は、綾香が休みの日に合わせて自分も休む以外は、ひがな一日家にいて、新しい服のデザインを考えたり、服の製作にあたっている。自分がこなせる仕事量もだんだん分かってきたから、一日くらい休もうと思えば、さして難しいことではなかった。

第一、これまでは取り崩さないのがやっとだった貯金も、わずかずつだが増えてきている。綾香が耳にタコが出来るくらい「節約」と言い続けているから我慢しているが、最近の芭子には、本当は少しくらいなら買い物をするとか美味しいものを食べるとか、決して贅沢《ぜいたく》というほどでなくても、お金を使いたいのに、という気持ちが芽生え始めていた。そんなときに、こっそり仙台に行くことを思いついた。それも、綾香のためを思ってのことだ。何て素晴らしい冒険だろう。行くなら明日だ。休み明けの金曜日なら、綾香もまずここへは来ない。

「ねえ、ぽっち。そう思うでしょう？　行くんなら、今だって。明日しかないって」

いつもなら、とっくにカバーをかけて休ませてやる時刻だというのに、芭子は煌々《こうこう》と明かりの照らされた茶の間で、相変わらずピチュピチュ、ククク、チュなどとさえずるブルーのセキセイインコに話しかけた。

「いい？　ぽっちも余計なこと言っちゃだめなんだからね。綾さんには内緒で行くんだから。だって、ちゃんと見つけられるかどうかなんて、行ってみなきゃ分からないもん。がっかりさせたら、余計に可哀想《かわいそう》でしょう？　でも、もしも本当に分かったら、綾さんは絶対に喜ぶ。それこそ奇跡みたいなものだと思わない？」

少しの間、鳥かごから出して遊ばせてやろうかと思ったとき、茶の間の古い柱時計が、ぼーんと鳴った。いつの間にか、もう日付をまたいで零時半になっていた。

「いけない、いけない。明日は早起きしなきゃならないんだ。ぽっち、おやすみ。私、明日は仙台に行ってくるからね」

急いでコタツのスイッチを切り、ぽっちのかごに手製のカバーをかけてやる。三月も半ばに差しかかろうとしているものの、夜ともなればまだまだ真冬と変わらないほどに気温が下がる。それでも綾香は夜明け前から店に行き、今日もまた重たい粉を運んで精一杯に働くことだろう。そんな彼女のためにしてやれることといったら、これくらいしか思いつかない。

とにかく仙台に行く。

行けば行っただけの収穫が得られるに違いない。眠りにつくまで、芭子は何度もそう自分に言い聞かせた。そうして今朝は六時前から起き出し、朝食もそこそこに家を出てきたのだった。玄関脇の小さなジンチョウゲが甘く香っていた。数日前からやっと一、二輪ずつ開き始めた花の香りは、切なくなるほどに懐《なつ》かしい思い出を蘇《よみがえ》らせる。芭子の大好きな香りの一つだ。

芭子が乗った新幹線は「はやて」で、大宮を過ぎたら、あとはもう仙台まで止まらないというものだった。窓の外の景色がどんどん変わっていき、やがて未《ま》だ雪を被っている山並みが見え始めると、芭子はもう、それらの景色に釘付《くぎづ》けだった。山を見るのも雪景色を見るのも、何と久しぶりだろうか。そして、この景色がそのまま、綾香が幼い頃から眺めてきた風景につながるのだと思うと、何とも言えない気持ちになる。

午前九時少し前、新幹線は定刻通り仙台駅のホームに滑り込んだ。列車から降りた途端、すぐに空気の違いに気がついた。二時間足らずの旅とはいえ、気温そのものも低いし、空気の「質」のようなものが違っている。ぴんと張りつめた冷気は、まさしく、ここが東北だと感じさせるものだった。芭子はマフラーを顎《あご》の傍まで引き寄せて、初めて降り立つ駅のホームを歩き始めた。

3

仙台から仙山線に乗って、三十分ほどで目的の駅に着く頃には、密《ひそ》かな自信のようなものが、芭子の中に芽生え始めていた。たった一度、電車を乗り換えるだけで、いとも簡単に綾香の生まれ故郷に着いてしまったではないか。

——やれば出来る。大丈夫。

今さらながら、もう子どもではないのだと思う。学生時代から引き続き、ずい分長い間「閉ざされた世界」にいたせいで、いつまでも大人になりきれない感覚があるのだが、実際には芭子だってもう三十を過ぎた。調べ物の内容そのものは気の重いものだが、これも綾香のため。きっとうまくいく。やり遂げられる。そんな自信めいたものが湧《わ》いてくる。

降りたのは、愛子の一つ手前にある陸前落合という駅だった。改札口の外に出たら、灰色の空から、白いものがちらついてくるのに気がついた。ふわり、ふわりと漂うように、細かい雪が舞っている。

——まだ、降るんだ。三月でも。

しん、とした冷気が身体を包む。髪と髪の間にまで、びっしりと冷たい空気が入ってくるのが分かった。これは油断していたと思った。着てくるものが少しばかり薄かったかも知れない。だが今さら、そんなことを言っていても仕方がない。まずは綾香が卒業した高校を目指すのだ。

彼女は地元の県立高校に自転車通学していたと言っていた。昨晩、インターネット上の地図で調べてみたら、愛子周辺で自転車通学出来そうな高校といったら、この陸前落合にあることが分かった。そこで卒業アルバムでも見せてもらえれば、当時の住所が分かるに違いない。我ながら素晴らしい思いつきだった。

「そういうことには、お答え出来ない決まりになっておりますが。個人情報保護の問題がありますから」

ところが、制服の高校生らが行き交う学校の事務室を訪ねたところ、芭子は考えもしなかった返答を受けることになった。

「あの、でも――」

「お宅様は、卒業生ですか？」

「あ、いえ――」

ようやく育ち始めていた自信が、いとも簡単にぽきりと折れてしまった。芭子はしどろもどろになりながら、いかにも学校の職員らしく、髪をひとつに結わえて黒縁の眼鏡をかけた女性職員に向かって、友人の行方を捜しているのだと嘘をついた。

「お友だちですか」

「あの、はい——ここの卒業生なんです。本人と連絡が取れなくなって、ご実家も引っ越されてるみたいで、ええと、その——」

「何年の卒業ですか」

「ええと——私より一回り年上の人なんで」

「と、なると——昭和かしら」

「あ——そうかも知れません」

顔がかっかと熱くなっていくのが分かる。女性は眼鏡の奥の小さなひとみに何の表情も浮かべないまま「そうなるとねえ」と言った。

「当時からいらっしゃる先生も、もう残ってないですしねえ」

「何とか、ならないでしょうか」

「規則なもんですから。申し訳ないですけど」

ちっとも申し訳なさそうに聞こえない口調だった。頭の中には「そこを何とか」とか「事情が事情なんです」などという言葉が思い浮かんだが、これ以上の説明をしようとすると、要するに「お宅の卒業生に殺人犯がいますよね」という話になってしまうことに気がついた。そんなことを言ったら、相手が態度を硬化させるに違いないことくらいは、芭子にだって容易に想像がつく。芭子自身、もしも誰かが母校を訪ねていって、「卒業生に昏酔強盗で逮捕された女がいますよね」などと言われたときのことを考えたら、身を捩《よじ》りたくなるほど恥ずかしい。

結局、敗北感だけを抱いて、すごすごと学校を後にするしかなかった。時計を見たら、学校にいた時間はたったの五分足らず。それだけで、もう挫《ざ》折《せつ》するなんて。もう途方に暮れているなんて。

——まったく、もう。

自分が嫌になる。そういえば最近、「個人情報」という言葉をよく耳にするではないか。その都度、芭子は「いいことだ」と思ってきたのだ。「マエもち」としては、絶対容易に過去など探られては困るのが当たり前。個人の情報はきっちり保護して、絶対に洩《も》れない世の中にしてもらわなきゃねと、綾香と話し合ったことさえあった。

——どうしよう。どうする。

人に聞く方法だって分からない。とにかく綾香の実家か、または綾香の夫の実家の場所が分からないことには、一歩も先には進めない。何とかしなければ。このままずごすごと帰るわけにはいかない。懸命に考えながら駅に向かって歩くうち、はたと思いついた。そういえば学生時代、何かの調べ物をするときには大学の図書館を利用したではないか。図書館で調べ物をした。今回のことに関してなら——新聞だ！　事件当時の新聞記事を見れば、きっと住所が出ているはずだ。

——大丈夫。今日の私は冴《さ》えてる。

落ち込みかけていた気持ちが、すぐに引き戻された。さて、では図書館はどこにあるのだろう。考えている間に、駅まで戻ってきてしまった。駅員に尋ねると、隣の愛子駅近くに、図書館があるという。ほら、やはり今日は基本的にツイているのだ。芭子は即座に切符を買おうとして駅の時刻表を見上げ、またも気が抜けそうになった。列車の本数が少ないのだ。たったひと駅先まで行くだけなのに、次の列車が来るまで、まだ三十分以上も待たなければならない。あまりにも時間が勿体《もったい》ない気がした。それに、この寒さの中で三十分もじっとしているのも辛《つら》い。気分は、まるでジェットコースターだ。昇ったかと思えば、また落ちる。

「ここから歩いて行ったら、どれくらいでしょう」

「そうだなあ、三、四十分かそこらですかね。タクシーならすぐですけど」

改めて駅員に尋ねて、そうか、タクシーという手があるかと膝を打った。綾香なら即座に「とんでもない」と頰を震わせるに決まっているが、歩いても、ここで次の列車を待っても、時間的に大差ないのなら、ここはタクシーに乗る方が無駄がない、と素早く計算した。第一、少しの間でも暖かいところにいたかった。出所して以降、タクシーなどに乗ったことは一度もないが、乗り方くらい分かっている。

「愛子の図書館まで行ってください」

駅前の小さなロータリーで客待ちをしていたタクシーに乗り込むと、六十代くらいに見える運転手は「図書館ね」と、すぐに走り出した。車内には暖房が効いていて暖かい。思わずほうっとため息をついて自分の顔に触れると、両の頰は氷のように冷たかった。

「運転手さんは、この辺りの方ですか」

「あたしですか。生まれは違いますがね。それでもこっちに来て、もうかれこれ三十年ですかね」

「それなら、七、八年前に仙台で起きた事件をご存じないですか」

「事件？」

「殺人、事件なんですが、妻が夫を殺したっていう」

運転手の白髪頭が「さあ」と傾いた。「知らないなあ」という声も、いかにもあっけらかんとしたものだ。

「七、八年前に？　あったんですか、そんなことが」

「そう、らしいんですよね」

「お客さんは、そのことを調べに？　どこから」

「東京なんですけど」

「マスコミの方ですか」

「いえ——ええ、まあ——」

そりゃあそりゃあ、と言いながら、運転手は、仙台は東北一の大都会だから、東京並みの事件が起きるのだと言った。

「妻が、夫をねえ。どこで？　この辺りですか」

「よく分からないんですが、ただ、その、妻の出身地が、愛子だっていう話を聞いたので」

「へえ、愛子の出身ですか。そういやあ、そんな話を聞いたかなあ。どうだったろうなあ。いや、この辺っていってもね、勤め先だけで、あたしの家そのものは、こっからもう少し奥に行った方なもんだから」

話している間に、タクシーはもう図書館に着いてしまった。ものの五分もかからなかった。もう少し身体を温めたかったと思いながら、芭子はタクシーを降りた。今度こそと意気込んで受付カウンターの前に立ち、八年前の新聞を見たいと言うと、セーターの上にエプロンをかけた格好の図書館司書は、ここにはありませんと、表情を変えずに言った。

「ないんですか?」

「ここには、過去一年分の新聞しかないんです。それより以前の新聞でしたら、市民図書館まで行っていただけば見られますが」

「市民、図書館? それは、ここから遠いんですか? あの、どう行けば」

芭子と同世代くらいに見える司書の女性は、そこで初めて、芭子が地元の人間ではないと気づいた様子だった。背後の箱に入れられた、コピーのし損じらしい紙を一枚取り出してきて、その裏に鉛筆で「市民図書館」ときれいな文字を走らせながら、

「電車を乗り継いで、三、四十分くらいで行けると思います」と説明を始めた。

まず愛子駅から仙台方面行きの仙山線に乗り、北仙台で下車。地下鉄南北線に乗り換え、富沢方面行きに乗って勾当台《こうとうだい》公園で下車。そこからは徒歩で五分ほどだという。駅からの地図も簡単に描いてくれた。芭子は内心で不思議なおかしさがこみ上げそうになるのを堪えながら、親切な司書に丁寧に礼を言って図書館を後にした。歩きなが

ら、自然に口元がほころんできてしまう。

――まるで刑事みたい。

今日の今日まで世界で一番毛嫌いしてきた職業の人たちと、似たようなことをやっている。こうやって一本の糸をたぐるように、求めるものに向かって進むなどという経験を、まさか、この自分がするとは思ってもみなかった。

――でも、意外に楽しい。

自分が少しずつ真実に近づいている感じが、これまでに経験したことのない、密かな興奮を呼び起こす。いくら降っても積もらない、はかない粉雪が降る中を、芭子は精一杯に気持ちを駆り立てて、愛子の駅に向かった。駅の時刻表を見上げて、今度は十分ほど待てば仙台行きが来ると分かったときには、やっぱりさっきタクシーに乗ったのは正解だったと、また嬉しくなった。とにかく今日中に結果を得て東京に帰るつもりなのだから、一刻も無駄に出来ない。

教えられた通りに電車を乗り継ぎ、勾当台公園駅に着いたのは昼近くのことだ。仙台に地下鉄が通っているという事実にも驚いたが、駅から地上に出てみて、さらに驚いた。そこは東京の、それも霞《かすみ》が関《せき》か丸の内辺りのような雰囲気の場所だったのだ。まるで、とんでもない田舎からやってきたような気持ちで、芭子はキョロキョロと辺りを見回した。目の前には木々の繁《しげ》る、都会のオアシス風の公園がある。図書館でもらった地図に従えば、この四つ角を真《ま》っ直《す》ぐ行った右側に市民図書館があるはずだった。空腹を感じているが、まずは目的を達成してからひと息入れようと思い直して歩き始める。

公園の緑が途切れると、大きな木々に囲まれた建物があり、その先にある建物には青葉区役所と書かれていた。思った通りお役所街らしい。市役所の分庁舎があり、生命保険会社のビルがあって、その先にもオフィスビルが連なる。こんなに大きな建物ばかりなのだから、図書館を見落とすはずがないと思ったのに、気がついたら隣の駅まで来てしまっていた。おかしい。芭子は再びキョロキョロと辺りを見回し、それから思い切って、信号待ちしている若い女性に声をかけた。

「それなら、あの信号を右に曲がって真っ直ぐです。ガラス張りの建物ですから、すぐに分かりますよ」

地図を見せると、その人は簡単に教えてくれた。どうやら、地下鉄を出て向かう方向を間違えたらしいと気づき、芭子は慌《あわ》てて方向転換をした。知らない場所を訪ねるというのは、何とスリリングなのだろう。不安だけれど、面白い。それに、まったく見知らぬ土地だというのが、いい。ひどく身軽な気分にさせられる。

こんな小雪の舞う日だというのに、行き過ぎる人たちは、ともすると東京で見かけるよりも薄着に見えた。コートも薄手だったり、背広だけだったり、大学生風の女の子などは、コートの前も閉めず襟ぐりの大きく開いたニットで、ショートパンツからのびのびと太ももを見せて歩いているではないか。

——寒くないんだろうか。

あの子たちに比べれば、薄着を悔いている今日の芭子の方が、ずっと着込んでいる。真冬の格好とまではいかないが、セーターだし、コートだって少しは厚手のものだ。それに、ジーパンの下にはレギンスも穿《は》いてきた。それなのに寒くてたまらないのだ。慣れの違いだろうか。大したものだ。

薄着の人を見つけては感心しつつ、再び区役所の前を通ってさっきの公園まで戻り、信号を渡って右手に折れた。ようやく教えられた通りの市民図書館に着くことが出来た。ほら、やれば出来る、と、芭子はまた自分に気合いを入れ直した。

4

【自宅居間に男性の死体・妻を逮捕　～泉区～】

十七日午前六時過ぎ、仙台市泉警察署を女性が訪れ、「夫を殺害した」と申し出たことから警察官が女性の自宅に駆けつけたところ、供述通り居間に男性が倒れているのを発見し、男性は病院へ救急搬送されたがその後死亡が確認された。

死亡していたのは泉区七北田《ななきた》三・大芝祐司さん（三八）で首に絞められた痕《あと》があることから絞殺されたものと見られる。妻に事情を聴いたところ「酔って眠った夫の首をネクタイで絞めた」と供述していることから泉区七北田の大芝綾香容疑者（三五）を緊急逮捕した。

【殺害の動機は夫の家庭内暴力　〜泉区・夫殺害事件〜】

十七日、泉区七北田三丁目の自宅で信用金庫勤務の大芝祐司さんが殺害された事件で逮捕された妻の大芝綾香容疑者（三五）は、数年前から夫の暴力に悩んでおり、事件当日は祐司さんが酔って帰宅した後、生後八カ月の長男を持ち上げて壁に投げつけようとするなどして暴れたことから、「このままでは子どもまで殺される」と思い、祐司さんが寝込むのを見計らい、殺害を決心したと供述している。

捜査関係者によれば、自ら警察署に出頭した綾香容疑者は、取調に素直に応じているという。綾香容疑者には全身至る所に暴行を受けた痕とみられる内出血などが見られ、頭にも怪我《けが》をしていた。また、肋骨《ろっこつ》、肩、腕などにも複数の骨折の痕がみられるという。大芝さんの勤務先では「信じられない。大変真面目《まじめ》で物腰の柔らかい、また仕事熱心な人」と祐司さんについて語っており、また自宅周辺でも「穏やかな人柄」「会えば必ず挨拶《あいさつ》した」などという人がいる一方で、「夜遅くまで怒鳴り声が絶えないことがよくあった」「奥さんが、顔を腫《は》らして歩いているのを何度も見た」などという声が聞かれ、「いつか、こんなことになるんじゃないかと思っていた」と語る人もいる。

涙で新聞の文字が読めなくなった。芭子は慌ててハンカチを取り出し、目元や鼻を押さえながら、歯を食いしばるようにして、ようやく探し出した新聞の記事を読んだ。芭子と知り合うより以前の、まだ若々しい綾香の姿が目に浮かぶ。身体《からだ》中に傷を作って。命がけで子どもを守ることだけ考えて。

心に影の出来ないはずがない。大好きで一緒になり、一生添い遂げるつもりだった相手に、こんな目に遭わされて、最後には生命まで奪わなければならないほどに追い詰められて、気がついたら前科者にもなって。それで、けろりとしていられる人間など、いるはずがないではないか。それなのに綾香は「後悔していない」と言い切ることで、前だけを向こうとしているのだ。無理をしていないはずがない。それこそが、彼女の中に闇《やみ》を作るのだろう。

まるで熱でも出そうな気分だった。芭子は、さっきの図書館で書いてもらった地図の脇《わき》に「七北田三」と走り書きし、さらに別の記事を探した。だが、他のどの記事を見ても、綾香の自宅の正確な住所までは書かれていなかった。ただ、報道されていることと、これまで芭子が綾香自身から聞いたことが、ほとんど違っていないことが確認出来た。

今度は仙台市の地図で泉区七北田三丁目という場所を探した。すると、芭子が今いる場所よりもさらに北にあることが分かった。それほど遠い道のりではない。ここまで来た地下鉄で、さらに終点まで行けばいいだけのことだ。

——終点だから、まず座れるわけ。駅前に大っきいスーパーもあったしね。

ああ、これで綾香の話と符合する。ようやくそこまで近づいた。芭子は勇んで図書館を出た。外に出るとさらに寒さが増している。ちょうど見つけたハンバーガーショップに、迷わずに飛び込んだ。この類《たぐい》の店に入るのは学生時代以来だが、この際、何でもよかった。ほとんど迷うこともせず、ハンバーガーにサラダとフライドポテトとスープまでついているセットを注文した。一時までに食べ終えて、七北田へ向かうのだと自分に言い聞かせる。

一心にハンバーガーを頬張り、熱いスープで喉《のど》を焼きそうになる間、また「あそこ」のことが思い出された。まさか「あそこ」でこんなに熱いものを飲めることなど、あるはずもなかったが、無駄話もせずにせっせと短時間で済ませるという、そのリズムが「あそこ」での食事と同じだったからだ。決められた分量を、味わったり文句を言ったりすることもなく、ただ咀嚼《そしやく》して飲み込む。内容云々《うんぬん》の問題ではなく、あの行為そのものが「えさ」を喰うのと同じだった。ああ、いやだ。結局はこうしてことあるごとに、何度でも思い出さなければならない。

——考えない、考えない。そんな場合じゃないんだから。

とにかく綾香の息子、朋樹の行方を捜すのだ。今日中に。

店を出て歩き始めたところで、ちょっと食べ過ぎたなと思った。本当ならひと休みしたいくらいにお腹《なか》がいっぱいだ。地下鉄が空《す》いていて、助かった。

泉中央駅は、勾当台公園から七駅、時間にして十五分たらずの道のりだった。地下鉄と言いながら、途中からは地上にも出る。ついさっき、東京と変わらないビル群の中にいたはずなのに、窓から見える風景は、まだ冬枯れ色のままの崖《がけ》だったり、寒々しい公園だったりした。そうして着いた終点の泉中央駅は、東京の地下鉄駅よりもこぢんまりしているものの、いかにも新しくて無機質な感じの駅だった。昼下がりということもあるだろうか。降りる人の数は多くない。図書館でコピーしてもらってきた地図をコートのポケットから取り出しながら、芭子は駅の長い通路を歩いた。

相変わらず寒風に乗って粉雪が舞う外に出ると、目の前に大きなショッピングセンターがあった。綾香の言葉がまた思い出される。全国チェーンの店だから、そんなに珍しいことはないはずだと思いながら、芭子はつい覗《のぞ》いてみる気になった。

食品売り場は地下にある。売り場の広さもさることながら、通路も広々として気持ちがよかった。少なくとも芭子が今、住んでいる下町の古いスーパーなどより、ずっと充実している。小さい子も乗せられるショッピングカートは、子どもが喜びそうな汽車ぽっぽのデザイン。老夫婦や家族連れが、ゆったり買い物をしていてもまったく邪魔にならない。

——ここで買い物して帰りたいくらい。

そんなことまで考えそうになり、ふと我に返って、未練を残して店を出た。いよいよ綾香が暮らしていた界隈《かいわい》に近づいたのだ。つまりは、綾香の夫の実家も近くにあるということになる。愛子では失敗したが、今度こそ何かの手がかりを摑みたい。

ショッピングセンターを出て、緩いスロープになっているからし色の陸橋を下りると、広い道にぶつかった。右手の先に、不思議なデザインの歩道橋が見える。何をかたどっているのだろうかと考えながら青信号を渡る。そのまま直進すると七北田三丁目方向になるはずだ。なるほど、綾香が言っていたのは確かにこの風景なのだろうと思う。大きくて新しそうなマンションがそこここに建っている街並みは、殺風景というほどでもないものの、そう風情《ふぜい》があるとも言えず、やはり無機的な感じがする。今、芭子たちが暮らしている谷中や根津界隈とは正反対だ。

歩き回るうち、雪の降り方が少し激しくなった。風も強くなってきたようだ。こんな天気では、歩く人の姿だってそうはない。どこで誰に尋ねるのがいいだろうかと、ひっそりした住宅地をうろうろと歩き、ある曲がり角まできたとき、その先に「coffee」という小さな看板を見つけた。芭子は意を決して、その喫茶店に入ってみることにした。

ドアを開けるなり、鼻先にぽわりと暖かい空気が触れた。他に客のいない店内にはオルゴールの音楽がかかっており、窓辺にかけられたレースのカーテンが空調の風に揺れている。全体に白っぽく明るい色彩で統一された店内には、入ってすぐの飾り棚にリヤドロの人形が飾られていた。

カウンターが四席、テーブルも四つほどの小さな店だった。窓際《まどぎわ》の席に腰掛けて、マフラーを外しながら店内を見回すうち、六十前後に見える女性が「いらっしゃいませ」と水を運んできた。

「降ってますでしょう」

「あ、ええ。降るなんて思わなかったのに」

「ねえ。予報でも言ってませんでしたのにねえ」

如才ない笑みを浮かべる女性を見るうち、この人になら聞けそうだと思った。まずはカフェ・オ・レを注文し、コーヒーが出来上がってくるまでの間は、窓の外の景色を眺めた。マンションばかりでなく、なかなか立派な戸建ての住宅も多いようだ。眺めている間にも、ぽつり、ぽつり、と人の行き来があって、中にはいかにも偶然らしく、ぱたりと立ち止まって会話を始める中年の主婦の姿も見えた。

――どこで誰に見られてるか。

そうか、それが、こういうことなのか。綾香は毎日のように、この辺りの道を通っていたに違いない。夫から受けた傷を見られないように気遣いながら。何年もの間、果たして何を思って、綾香は日々を過ごしていたのだろう。今の綾香には、この町はどんな印象で残っているのだろうか。

「お待たせいたしました」

女性が湯気の立つカフェ・オ・レを運んできた。カウンターの方に戻っていく女性をちらちらと眺めながら、芭子はカフェ・オ・レをひと口すすり、ほうっと息を吐き出した。

「本当にねえ、早く暖かくなってくれるといいんですけれど」

誰に言うともなく、カウンターの内側からマダムらしい女性が口を開く。芭子は、その声に励まされるように、彼女の方を見た。

「つかぬ事をうかがいますが」

女性は愛想の良い笑顔のままで「はい」と小首を傾《かし》げる。

「私、東京から来たんですが」

「あら、東京から」

「実は、ちょっと人を探していまして」

美人というわけではなかったが、不美人というのでもなかった。ただし、自分では十分に美人のつもりでいる感じがする。少しばかり濃すぎる印象の口紅と太すぎるアイラインのマダムに、芭子は綾香の事件を覚えているだろうかと切り出した。すると、栗色《くりいろ》に染めた髪の、前髪の部分は眉毛《まゆげ》が隠れるくらいの位置で切りそろえ、肩までたらした部分は大きくカールさせている女性の表情が、わずかに訝《いぶか》しげなものに変わった。知っていると、その顔が物語っている。芭子は、ここで慌てないように、あくまでも落ち着いて話さなければと自分に言い聞かせた。

「――そのお宅に小さな赤ちゃんがいたって聞いてるんですが。実は、その赤ちゃんが、今どうしてるのかを調べてるんです」

「あの――お宅様は？」

「私は――私は、実は頼まれまして。その、ここだけの話なんですが――逮捕された女性の、お身内の方に」

喫茶店のマダムは、ふうん、と言うように細かく頷《うなず》いて、「あの事件ねえ」と遠くを見る眼差《まなざ》しになった。

「覚えてますよ。よく。この辺りは普段はそれは平和な町ですもの。まさか、自分が住んでるところのすぐ近くで、あんな事件が起きるなんて、本当に驚きましたし、信じられなかったですものねえ」

真っ赤なマニキュアを施した指の先で、自分の頰を軽く撫《な》でるようにしながら、マダムは「気の毒な話でした」と呟《つぶや》いた。

「殺されたご主人ってねえ、こう、背もすらりとした、本当に物腰の柔らかい方でねえ。信用金庫にお勤めだったんですけれど、とてもとても、殺されなきゃならないようなところなんか、まるでない方でしたから。もともと、ご実家がこの傍ですから、子どもの頃から見て知ってるっていう人も、たくさんいますしね」

「傍、なんですか」

「車で十分もかからないところです」

鼓動が速くなっている。芭子は、出来る限り落ち着いて見えるように、ゆっくりと頷いた。

「自慢の息子さんだったのに、あんなことになるなんて。その上、まるで殺された側が一方的に悪かったみたいな書き方までされたんですから――あらっ」

ふいに言葉を切って、マダムははっとしたような顔で「ごめんなさいね」ときまりの悪そうな顔になる。

「べつに、奥さんの悪口を言うつもりなんか、ないんですよ」

芭子は「気にしないでください」と、口元をほころばせた。

「私は、頼まれて調べているだけですから」

マダムは、ほっと安心した様子で、また口を開く。

「捕まった奥さんの方もね、知ってる人に言わせれば、明るくて、可愛らしい感じの方だったっていうし、そこまでするのは、よくよくのことだったんだろうって、みんな、言ってましたしね。要するに、それぞれのお宅のことなんて、他人には分からないですからねえ」

「私が聞いた話では、赤ちゃんは、そのご主人のご実家に引き取られたっていう――」

「それは、そうなんですけれどね」

マダムは、ゆっくりと身体を揺らすようにしながら、「そう、あの赤ちゃんね」と一人で呟き、一人で頷いた。それから、他に客がいるわけでもないのに、わざと辺りを見回すような素振りを見せた後で、またため息をついた。

「よく、悪いことは重なるもんだっていうけど、本当にそういうものなのかしらねえ。あれから何年もしない間に、あのお宅は本当、バタバタッと、色んなことがおありになったんですよね」

「色んな？」

「何ていうのかしらねえ、色んな不幸が続いたんです。まず、ご主人が心臓の発作で倒れられて、その後すぐに、今度は奥さまの方が階段かどこかから落ちたとかで、腰の骨を折ってねえ、結局それが元で、寝たきりみたいなことになっちゃって」

あの家は呪《のろ》われているのではないかという噂《うわさ》まで流れるようになったのだと、厚化粧のマダムは頬をさする。それなりの資産家で、この辺りの土地も持っていたのだが、宅地として売り出す際に、樹齢何百年かの大木を切り倒したせいではないかとか、庭の片隅に先祖代々祀《まつ》っていたお稲荷《いなり》さんを勝手に動かしたらしいとか、実は何代か前の当主が、旅の坊さんに何かひどいことをしたと言われているとか、次から次へと噂が流れ、結局は、一家揃《そろ》って仙台の中心部に移ってしまったらしい。

「じゃあ、もうこっちには住んでいらっしゃらないんですか」

マダムは、仕方がないのだろうと言った。

「ただねえ——あら、ごめんなさい。コーヒー、お飲みになってくださいね」

咄嗟《とっさ》に冷めかけたカフェ・オ・レに手を伸ばし、芭子は「それで」と相手を見た。

「赤ちゃんも一緒ですか」

するとマダムは再びもとの表情に戻って、結局、赤ん坊の面倒は見きれなかったのだ、と言った。芭子は「え」と、手にしたカップを宙に浮かせたまま、マダムの顔を見ているより他なかった。

「要するに、終身介護つきのマンションみたいなところに移られたらしいんです。そんなところに住むような人たちが、小さな子の面倒なんて無理でしょう」

綾香の夫だった人物には、二人の妹がいるらしい。だが、一人はドイツだかどこだかに行っていて、もう一人も、地元にはいないらしいという。

「そう、なんですか」

「だからこそ、孫を立派に育てたかったのかも知れないけど。でもねえ、いくら可愛い孫だって、その母親は、要するに自分の息子を殺した張本人なんだから、いわば仇《かたき》になるわけでしょう？　そんな複雑な思いで、もう高齢になってるっていうのに、ねえ、子どもなんて育てられるのかって。それで結局、相次いで倒れたり病気になったりするんだもの。変なたたり、なんていうことじゃないにしたってね、やっぱり無理がたたったせいじゃないかって」

他に、子どもを引き取ろうという親戚《しんせき》もいなかった。結局、その子どもは施設に預けられることになったのだそうだ。芭子は、今度こそ胸を衝《つ》かれたような気持ちになった。

――朋樹くん。

綾香に、すぐに知らせてやるべきか。いや、むしろ知らせるべきではないのだろうか。分からない。

「あらっ、でも――」

息苦しいような気持ちになりかけていたとき、いつの間にか煙草《たばこ》を吸い始めていたマダムが、顔を横に向けてふうっと煙を吐き出した後、またも驚いたような声を上げた。急にそういう声を上げるのが、この人の癖なのだろうか。

「そういえば、その後、犯人の――て、いうか、その、奥さんの方の親戚が、噂を聞きつけてその子を引き取りに行ったけどって――」

「あ――え――」

　また、しどろもどろになった。回り回ってそういうことになったのなら、どんなにいいだろう。いや、その前に今、この場をどう切り抜けるべきかと芭子が必死で考え始めたとき、「それもねえ」と、マダムはまたもや一人で合点したように、悩ましい顔つきになった。

「手遅れだったのよねえ――外国に、養子縁組で出されたっていうんだから――要するに、あなたは、そのことを調べておいでなんでしょう？」

「あ――ああ、ええ、そうなんです。どこの施設で、そういうことになったのか、その時に調べた人間が、いなくなったものですから、何も分からなくなってしまって」

　一日のうちに、こんなにたくさん嘘《うそ》をつくなんて。自分でも驚くくらいに、平気ですらすらと嘘が出るなんて。かれこれ十年ぶりのことだ。ちょうど十年前にも、芭子は毎日毎日、自分でも何が何だか分からなくなるくらいに嘘をつきまくっていた。好きな男に貢《みつ》ぐために、どうしても金を工面したくて、嘘に嘘を重ねては親から借金し、カードローンを組み、そしてついには昏酔《こんすい》強盗まで思いついた。逮捕された後、取調室で何度となく言われたものだ。いいか、おまえ、嘘つきは泥棒のはじまりって昔っからいうんだからな。おまえみたいなのは、まず嘘つきの根性から直さんことにゃあ、そのまま地獄の底まで転げ落ちるに決まってんだぞ——。

喫茶店のマダムは、朋樹が預けられた施設というのは仙台市内に古くからある児童養護施設のはずだと教えてくれた。そこに訪ねていけば、きっと分かるだろうということだ。

「でもねえ、あの当時もここに来るお客さまなんかと話したんですけどね、その子のためには遠い国にもらわれていった方が幸せなんじゃないかって。何ていっても、まだ物心つく前でしたしね、自分の父と母が殺し合いをしたなんて、そんな残酷なこと、知らない方がいいに決まってるでしょう」

そうですね、と小さく答えながら、芭子は手元の時計に目を落とした。仙台市内に児童養護施設はいくつあるのだろう。それらの施設に回る時間が、残っているだろうか。だが、とにかくせっかくここまで来たのだから、せめて綾香が住んでいた家くらいは、一目見て帰りたかった。

「その、事件のあったお宅って、今はどうなってるんでしょう」

「別の方が、住んでますよ」

小銭入れを取り出しながら、芭子は、その家の場所を教えて欲しいと頼んだ。マダムはこともなげに「いいですよ」と頷いた。

5

その家は、正面が行き止まりになっている一本道の両側に、同じくらいの区画の戸建て住宅が並んでいる中にあった。その周辺にだけマンションなどの高い建物がなくて、近くにはちょっとした児童公園もあり、落ち着いた佇《たたず》まいを見せている一角だった。

——外壁の色とかはね、全部、替えたんです。

喫茶店のマダムが説明してくれた通り、左側の奥から二軒目に、明るいローズピンクの外壁の家があった。そこが、以前はクリーム色の綾香の家だったのだそうだ。

玄関脇にはカーポートがあり、家の前のこぢんまりとしたスペースには芝生が植えられていた。並べられたポットのパンジーの花が、春の訪れを告げている。玄関脇にはママチャリと赤い三輪車。

今の綾香からは想像もつかない、豊かな雰囲気の家だった。同じものを東京で建てようと思ったら、果たしてどれくらいかかるだろうか。少なくとも、とても新婚の若夫婦が建てられるとは思えない。実際、綾香だって夫の実家が建ててくれたと言っていた。今、この家に住む家族は幸せだろうか。円満に暮らしてくれているのだろうか。願わくは、過去の惨劇など何一つ知らず、楽しく暖かい家庭を築いていて欲しい。綾香に代わって、そう祈らずにいられなかった。

喫茶店で少し温まった身体が、また冷えてきた。芭子は、ゆっくりと踵《きびす》を返し、駅に向かうことにした。歩き始めたところで、綾香が住んでいた家の二軒隣から、若い主婦がひょっこり顔を出した。芭子を見かけない顔だと判断したのだろう、わずかに訝しげな表情になっている。芭子は密《ひそ》かに慌てて、用もないのに軽く会釈《えしやく》までして通り過ぎた。そして、角を曲がったところで、ああ、今の人にも話を聞いてみるべきだったろうかと考えた。

——でも駄目。やめよう。

もしも、かつての住人について話を聞いていったなどということが、現在の持ち主の耳に入ったりしたら、きっと嫌な思いをするに違いない。知らないのなら知らないまで済んでいたはずのことを、知ってしまう可能性だってある。それがきっかけで家庭にさざ波が立つなどということがあっては困る。まかり間違って綾香がそんなことを知ったら、芭子は、彼女にだって、きっとうんと怒られるに決まっている。

綾香同様、芭子もきっと、もう二度とこの町へは来ることはないだろう。ここを訪ねたことさえ、誰に話すこともない。そうして、いつか忘れ去る。朋樹という少年は、芭子以上に、何の記憶も持たないまま、今ごろはどこで暮らしていることだろうか。もう小学生になっているに違いないのに、その子は今、何という名を名乗り、何語を話して日々を過ごしているのだろう。

自分がどの方向に歩いているのか、ふと不安になって辺りを見回すと、建物の隙間《すきま》から、駅前にあったショッピングセンターの看板が見え隠れしていた。さて、駅に戻ってから、その後はどうしようかと考えながら、さっき図書館でコピーしてきた地図を取り出す。泉中央駅の周辺を眺めるうち、駅の南側に、またもや図書館があるのを見つけた。やはり、ついている。そこで児童養護施設を調べることにしよう。

——今日中に終わるかな。どこまで出来るだろう。

しばらく止《や》んでいた雪が、またちらちらと舞い始めた。何気なく、マフラーを巻いた襟元に手をやったとき、はっと気がついた。右側のイヤリングがない。思わず「やだ」と小さく呟いて、芭子はその場で立ち止まり、今、歩いてきた道を振り返った。

「やだ——どうしよう」

たまの遠出だと思うから、新幹線にまで乗るのだからと、久しぶりにつけてきたイヤリングだった。もちろん高価なものではないが、それでも芭子にとっては大切なアクセサリーだった。第一、デザインが気に入っていたのだ。それが、ない。

これだけ歩き回ったのだから、いつどこで落としたかなど、分かるはずもなかった。無念でならないが、仕方がない。

——身代わりになったと思おう。

そう自分に言い聞かせるより他なかった。左の耳にだけ残ったイヤリングを外し、それをコートのポケットに滑り込ませて、芭子は再び歩き始めた。

来たときにも通った広い道まで出て、信号が変わるのを待つ間、そうだ、さっき寄ったショッピングセンターに、何か可愛らしいアクセサリーでも売っているのではないだろうかと思いついた。この町を訪ねた記念に、安物で構わないから、小さなイヤリングを一つ買おうか。そうすればイヤリングと共に、この町を忘れない。そうしていつか折を見て、綾香に話せるときも来るに違いない。

信号が青に変わった。図書館に行くのなら、道を渡って左に行くべきだが、からし色の緩やかなスロープを上り始めた。そうして、スロープの半ばまで来たときだった。ポケットの中から、「ウー、ウー、ウー」というサイレンのような音がした。自分の携帯電話だと思うが、こんな音は聞いたことがない。

何だろうと思って携帯電話を取り出す。開いてみると、画面に「緊急地震速報」という文字が浮かび上がっていた。

——緊急？

何だろうと思った瞬間だった。ごうっという音が響いて、地の底から、何かに引きずり倒されるような衝撃があった。何を思う間もない。さらに地鳴りが大きくなった。

——え？　何、これ。

次の瞬間、さらに振り回されるような大きな衝撃に襲われた。同時に、地面からか空からか、または周りの建物からか分からない轟音《ごうおん》が、ごぉおっ、ごおぉぉぉぉっと響いた。気がつくと、すぐ脇にいた女性が、買い物袋と一緒に、からし色のスロープの上になぎ倒されている。足下からぶん殴られるような衝撃に、芭子もスロープに屈《かが》み込み、思わず目の前の手すりにしがみついた。地面に、振り回される。かと思えば、斜め下の方から、何か大きな力が地面を蹴《け》り上げてくるようだ。どこからともなく、がーん、ごーん、と音がした。見上げると、今、入って買い物をしようとしていたショッピングセンターの建物の屋上の看板が、ぺらぺらのおもちゃのようにめくれ始めている。

ごぉぉっ、ごぉぉっと音は響き続けている。あまりにも長すぎる。

――嘘だ。冗談でしょう！

がたがたと激しく揺れる視界の中で、渡ってきたばかりの横断歩道の手前で、自転車にまたがったままの人が倒れ込んでいるのが見えた。数人の人たちが抱き合って空を見上げている。激しい振動は、止まらない。

ぐぉぉん、ぐぉぉぉん、と地面そのものにぶん回されるようだ。

――地球が、割れる。

今、自分が何を見ているのかも分からなかった。ただ、一人でいるのがたまらなく恐ろしかった。芭子は、せめてスロープの下で抱き合っている人に近づこうと、必死で立ち上がった。その時になって初めて、これは冗談でも何でもない。本物の地震なのだと気がついた。それも、とてつもなく大きな地震だ。

「やだなあっ、もう。私、今日はツイてると思ったのに！」

話し相手がいるわけでもないのに、自然に声が出てしまっていた。心臓が口から飛び出しそうだ。スロープを降りきったところには、駐車場から出かかっていた車が、そのまま立ち往生している。係員が慌てたように「移動させてください！」と大きな手振りで指示を出していた。

その時、また大きな揺れが来た。あちこちから小さな悲鳴が上がる。だが、地鳴りの方が大きかった。芭子は思わず、通りがかりの女性にしがみついた。その人も必死で芭子の腕を摑《つか》んでくる。ごおぉぉ、ごおぉぉと不気味な音が響き、振り返ると、たった今駆け下りてきたスロープと歩道の間に、もう大きな亀裂《きれつ》が入っていた。道路の向こうに建つ家は、石垣が角から崩れ落ちている。子どもが激しく泣いていた。

「何、これ——ここまで大冒険にならなくたって、いいのに！」

つい、また言葉が口をついて出る。だが、自分で何を言っているのか分からなかった。とにかく、何だか大変なことになってしまったと思った。仕方がない。今日のところはこの辺にして、とりあえず早めに東京に帰った方がいいかも知れない。初めての大冒険の第一幕は、これで終わりということにしよう。イヤリングも図書館も、ここは我慢しようと自分に言い聞かせる。

「何たって、遠いんだもの。それが、いいわ。早めに帰らなきゃ」

また自分に言っている。

上りかけたスロープの下に回り込む格好で、とりあえず駅に向かった。アスファルトの上のそここに、コンクリートのかけらやタイルが散乱している。今できたばかりに違いない亀裂が無数に走っていた。さっき渡ろうとしていたスロープの底部分にも、いくつものひび割れが出来ていて、そこここから水が激しく漏れ出していた。あちこちに五人、十人と人のかたまりが出来ている。みんなが、これからのことを相談し合っているように見えた。

——いいなあ、仲間がいて。

せめて、「ああ怖かったね」と言い合える相手が欲しかった。やっぱり早く帰るに越したことはないと思った。

「すいませんねえ、駅はただいま閉鎖しております。今の地震で、危険なもんですからね、地下鉄も、止まっておりますんです」

だが、駅まで着いたと思ったら、周囲の人たちにそう説明している駅員がいた。その声を聞いている間にも、またごおっと音がして地面が揺れた。

三月十一日。午後三時過ぎのことだった。

「何でまた、今日にかぎって——」

物腰柔らかく、丁寧に客の質問に答えている小柄な駅員を眺めながら、芭子は、やっぱり今日はツイていないのだろうかと、ぼんやりと考えていた。

いちばん長い夜

1

しばらく止《や》んでいた雪が、またちらちらと舞い始めていた。ついさっき、どこかにイヤリングを片方だけ落としてきたことに気がついて、その瞬間は諦《あきら》めようと自分に言い聞かせたものの、色々な思いが頭をよぎってどうにも気持ちが切り替わらない。小森谷《こもりや》芭子《はこ》は凍《い》てつく灰色の空を見上げて、小さくため息をついた。冷たい風に、小雪と共に白く見える息が流れていく。

これだからイヤリングは面倒なのだ。

ずい分前にも何回か、同じ思いをした。母にしつこくねだって、やっと借りたパールのイヤリングを落として帰ったこともあった。だが結局そのことがきっかけで、芭子はピアスホールをあけることが出来たというオマケもついた。それまで「身体《からだ》に傷をつけるなんて」とどうしても首を縦に振らなかった母が、この先イヤリングを貸す度に落として帰って来られたのではたまらないからと、きちんと病院へ行くことを条件に許してくれたのだ。だが、そうして二十歳前にあけたピアスホールも、とうにふさがってしまっている。何年も、ピアスなどと無縁の生活を送っている間に。

今日つけてきたイヤリングは、半年ほど前に買ったものだ。上野界隈《かいわい》を歩いていて、ふとした拍子に目にとまった。つい「可愛《かわい》い」と言って見入ってしまってから、慌《あわ》てて隣にいた江口綾香《えぐちあやか》の顔色をうかがったときのことを、芭子は今でもよく覚えている。いつでも耳にタコが出来るくらいに「節約」と繰り返している綾香が、あのときに限って自分も身を乗り出すようにしてイヤリングを覗《のぞ》き込むと「買えば」と言った。てっきり「また、芭子ちゃんってば」とたしなめられる覚悟をしていた芭子は、自分の耳を疑ったものだ。

「いいじゃない、それくらい。芭子ちゃん、まだまだ若いんだもん。どこに出逢《であ》いのチャンスが転がってるか分からないんだからさ。いつも身綺麗《みぎれい》にして、第一印象をよくしておかなきゃね」

もう何年も、おもちゃの指輪一つ買わずに過ごしてきた身としては、あのときの嬉《うれ》しさといったらなかった。誰と出逢えるか出逢えないかは別として、ようやく仕事が軌道に乗り始めてきたときでもあったから、それまで頑張ってきた自分へのご褒美《ほうび》のようなつもりが一番大きかった。もちろん高価なものではない。それでも芭子にとっては大切なアクセサリーだったのだ。よりによって、それをなくすなんて。

——仕方がない。身代わりになったと思おう。

亡《な》くなった祖母は、よくそういう言い方をしたものだ。大切にしていたものがなくなったときには、自分の身代わりになってくれたと思うことだ、と。

片方だけ残ったイヤリングをコートのポケットに滑り込ませて、芭子は再び歩き始めた。この、おそらくはもう二度と訪れることもない町のどこかに、大好きだったイヤリングが一つだけひっそり転がっている様子を想像すれば、それもまた、思い出のひとつになる。

——身代わり、か。

そうは思っても、やはり、どうにも無念だ。来たときにも通った広い道まで戻ってきて、信号が変わるのを待つ間も、芭子は、耳元《こころもと》が心許なく感じられてならなかった。

信号の向こうには駅へ通ずるなだらかなスロープが延びていて、その両側には大手スーパーとショッピングセンターとがそびえている。あそこに寄れば何か、代わりになるイヤリングが買えるのではないかと思いついた。それに、この町を訪ねた記念にもなるというものだ。

図書館を目指すつもりだったのだが、急遽《きゅうきょ》やめることにした。なに、それほど時間はかからない。安物で構わないから、ちょっと気に入ったイヤリングさえ見つかれば、それで気持ちが吹っ切れる。さっと買って、ぱっと身につけて、それでまた図書館を目指せばいいだけのことだ。

——それに、今日のところはこれ以上、慌てたってしようがない。

今朝、東京を発《た》つときには、場合によっては今日のうちに尋ね人を捜し当てられるのではないかと淡い期待も抱いていた。細い糸をたぐるようにして、一人の少年にまでたどり着くことが出来たら、どんなにドラマチックだろうかと期待もした。だが、捜していた少年は既にこの土地にはいないらしい。それどころか、日本にもいないという話ではないか。今日、ここで出来ることといったら、あとはせめて少年が預けられていたという児童養護施設がどこにあるのか、その手がかりだけでも見つけておくくらいだ。そこまでで、おそらく時間的にも限度のはずだった。

——でも、また来ればいいんだ。すぐに来られるって分かったんだから。仙台なんて、近いもんだわ。

信号が変わるのを待って横断歩道を渡り、そのまま目の前のスロープを上り始めて、ショッピングセンターの入口に近づいたときだった。突然、コートのポケットの中で「ウー、ウー、ウー」というけたたましい音がした。

携帯電話が鳴ったのだとは思う。だが、かつて聞いたことのない音だった。何ごとかと取り出してみると、画面に「緊急地震速報」という文字が大きく出ていた。

——緊急？　地震？

こんなものが携帯に届くのだろうかと首を傾《かし》げかけたときだった。突然四方からごうっという音が響いてきて、次の瞬間、どん、と視界が揺れた。あっと思ったときには、さらにごうっという音が空気を震わせ、全身が激しく揺さぶられた。

——え？　え？

反射的に足を踏ん張るようにして、芭子は腰を低くした。「きゃあっ」という女性の悲鳴が聞こえる。だが、そんな声などかき消すように、地面からか空からか、または周りの建物からか分からない轟音《ごうおん》が、ごぉぉっ、ごおぉぉぉぉっと大きく響いた。

——これ、地震だ。

紛れもなく、本物の。けれど、こんなに大きく揺れることが、あり得るんだろうか。揺れなどという、そんな生やさしいものではない。

近くで人が転んでいる。駆け寄って助けたかったが、こちらも容易に足を動かすことさえ出来ない。それでも激しく揺れるスロープを、よろめきながら走って、芭子は中央に設置されている手すりにしがみついた。ごおぉぉ、ごおぉぉ、と地球が鳴る。灰色の空を、鳥か、または虫だろうか、黒く小さな点のようなものがいくつも舞った。それらは、ばちゃっ、ぼつっと鈍い音を立てて地面に落ちてきた。見ると、外壁のタイルや、何かを止めていたボルトなどだ。

地鳴りは続いている。何て長いんだろう。

ごぉぉっ、ごぉぉぉっという音が響き続けている。まるでこの世の終わりのようだ。

――まさか、私、今日ここで死ぬんだろうか。

これは、果たして現実なんだろうか。たまたま仙台くんだりまで来た日に限って、自分はどういう目に遭っているのだろう――はっと気づいた。この架け橋のようなスロープ自体が、今にも落ちるかも知れないではないか。揺れがわずかでも収まるのを待って、芭子は必死で立ち上がり、スロープを転がり落ちるように走った。

「やだなあっ、もう。私、今日はツイてると思ったのに！」

自分でも何を言っているのか分からないが、言わずにいられなかった。とにかくこうなったからには早く東京に帰った方がよさそうだという考えだけが浮かんだ。

「そう――それが、いいわ。早めに帰らなきゃ」

何しろ、こんな遠くまで来ていることを、綾香にも言っていない。普段通りに夕食の時刻には家にいなければ、きっと心配をかける。

とにかく仙台駅まで戻ろう。そのためには、まずその地下鉄の駅まで行くことだ。アスファルトの地面のいたるところに、どこからか降ってきたに違いないコンクリートのかけらやタイルが散乱している。さらに、たった今出来たばかりに違いない亀裂《きれつ》がいくつも走っていた。駅前コンコースの下をくぐる格好で歩いていくと、頭上のセメントの継ぎ目部分から何カ所も水が漏れ出していて、その音が不気味なほど静まりかえった空間にピシャピシャと響き、アスファルトに黒い広がりを作りはじめていた。コンコースの向こうに見えている有料駐車場は、バーゲートが開かなくなっているらしく、二色に塗り分けられた棒を、人が手で押し上げようとしている。その傍《そば》には制服姿の少女たちが十人近くでひとまとまりになっていた。何もかもがひどく静かな光景に見えた。

「駅はただいま閉鎖しております。先ほどの地震で地下鉄も止まっております！」

ところが切符売り場の近くまで行くと、駅員が一人で声を張り上げていた。

——止まった？　電車が？

無理もない話だと思った。あれだけの揺れだったのだから、何ごともなかったようにすべてが動いていたら、その方が不思議なくらいだ。だが、「そうですか」と納得している場合ではない。帰らなければならないのだ。東京まで。地下鉄が動かないとなると、どうすればいいのだろうか。

「あっ、まただ！」

「揺れてる、揺れてる！」

周囲から声が上がった。芭子も息を殺して周囲を見回した。もともと子どもの頃から地震は何より嫌いだった。震度1程度の微《かす》かな揺れだって誰よりも先に感じ取り、騒ぎ立ててきたはずの自分が、あまりにも桁《けた》違いの揺れに、声を上げるどころか恐怖を覚える暇もない。だがこれは本当に起きていることだ。続々と人が集まり始めている切符売り場の前で、懸命に声を張り上げている駅員を見つめながら、芭子は「夢じゃない」と自分に言い聞かせていた。

「地下鉄が動く見込みは？」

六十代くらいの男性が尋ねている。小柄な駅員は、まだ何も分からないと言った。時計を見ると、やっと三時を少し回ったところだ。

——何でまた、今日にかぎって。

電車が止まっているとなると、次にはどういう手段をとるべきだろう。どうであろうと、とにかく帰らないわけにいかない。この土地には頼れる知り合いもいないのだ。何はともあれ、まずは仙台駅まで戻ることだ。

「すみません、ここから仙台へは――」

男性が立ち去ったところで、今度は芭子が駅員に声をかけた。五十代後半に見える小柄な駅員は、いかにも申し訳なさそうな表情で、あとはもうバスを使うしかないと言った。

「バス――そのバスは、どこから出ているんですか」

すると駅員は二、三歩前に進み出て、少し離れたところに見える建物を指さした。

「あそこにアンテナの立ってる茶色い建物が見えますですね。あれが警察署でして、仙台駅行きが停まるバス停は、あの警察署の斜め向かいになるんです。警察署の先にある信号を渡っていただきまして、通りの反対側まで行っていただいて、少し引き返したあたりにありますんですが」

駅員は「そこを、そう行って、ああ行って」と、指さしながら、それは丁寧に道順を教えてくれた。鉄道の状況を知ろうという人々の流れが、次第に駅に向かって出来上がりつつあった。また地面が鳴る。その度に、まるで立ちくらみでも起こしたような揺れがあった。人の流れに逆らうように、芭子は駅から離れて歩き始めた。

道路脇《わき》の縁石が生き物のようにぐにゃりと曲がっていた。どこから降ってきたのか、オートバイのエンジンのようなものまでが落ちていた。数センチ程度のボルトだって、当たり所が悪ければ大変なことになるに違いない。稲妻のように亀裂が走る幹線道路は、早くも渋滞が始まりつつある。

いつの間にか、うっすらと陽が射《さ》している。こんなとき、警察はさぞ慌ただしいに違いないと思ったのに、教えられた通りに警察署の前を通るとき、外塀に囲まれた建物の方をうかがってみたところ、一人の警察官の姿さえ見あたらず、パトカーなども一切、見えなかった。

警察署の斜め向かいにあるバス停には、既に十人ほどの人が並んでいた。その列に加わるなり、また余震が来た。

「うわっ」

「おっと」

「おうおう」

前方に並んでいる男たちは、それぞれに声を出しながら、一様に背後を振り仰ぐ。芭子もつられて自分たちの後ろを見上げた。六、七階建てだろうか、ガラス窓の多いビルが建っている。歩道は狭い。激しい揺れが来る度に、ビルのガラス面全体が波打つようだ。

「あれが割れて降ってきたら、たまらんな」

「嫌な場所にバス停があるもんだよ」

口々に言う声を聞く間にも、また余震だ。どうっ、と音がする。

「あっ、よかった！」

ふいに、別の方向で声がした。人混みをかき分けるようにして、芭子と同年代に見える女性が幼稚園の制服を着た子どもを抱きしめている。

「会えなかったら、どうしようかと思ってたぁ！」

「ちょうどね、バスを降りたところだったんだよね。ホント、この子たちが、ぽん、と降りたとこで、どぉんと来たんだよ」

ママ友だちらしい女性が、他の子と手をつないだまま、笑っている。

「よかったあ、よかった――ありがとねえ。ああ、よかったあ――」

若い母親は、ほとんど泣き笑いのような顔になっていた。抱きしめられている子どもの顔は、芭子からは見えない。だが、その姿が、結局は会えなかった少年のイメージとダブった。朋樹《ともき》という名の少年は、綾香が産んだ、たった一人の息子だ。綾香は、その子の生命《いのち》を守るために自分のすべてを投げ出した。未来を捨て、我が子を手放し、夫の生命を奪った。そして「あそこ」で芭子と出会ったのだ。

綾香の息子は、今頃は、もっと大きくなっているはずだ。そしてもう、この土地にはいないという。それには落胆したのだが、こうなってみると、この地震を体験せずにすんでいるということになる。それだけでもよかったと思いたい。

綾香を思い出したところで気がついた。そういえば東京も揺れただろうか。仙台が、こんなに激しく揺れたのだから、東京だって少しくらいは影響があったかも知れない。

思い出すなり携帯電話を取り出してみるが、一向につながらなかった。何度リダイヤルしても同じだ。

「だめだ。つながんねえや」

芭子の携帯電話だけではないらしかった。そこここから似たような呟《つぶや》きが聞こえる。仕方がないからメールだけでも飛ばしてみようと思い直し、〈大丈夫だった？〉と短く書いて送信ボタンを押してみたが、これもまたエラーが出てしまった。いつ来るとも知れないバスを待ちながら、何度も繰り返し試しているうちに、電池の残量がかなり少なくなっていることに気がついた。これでは、あまり頻繁に無駄な操作はしない方がよさそうだ。

――バスさえ来てくれたら。

振り返って見ると、芭子の後ろに相当に長い人の列ができている。一見して、とても一台のバスには乗りきれないだろうと思うのに、バスそのものがいつまでたっても見えてこない。道路の渋滞はどんどんひどくなっているようだ。ドライバーが一人しか乗っていない車ばかりが、のろのろと目の前を進むのを眺めているうち、「ちょっと、余裕があるんなら乗せてもらえませんか」と窓ガラスをノックでもしてみたい気持ちになってきた。

「こりゃあ、この分じゃ来ないぞ、おい」

「無理だなあ」

呟きながら、列から離れる人たちが出始めた。雲が流れてきて午後の陽を遮ったかと思ったら、また雪が降ってくる。今度はシャーベット状の重たい雪だ。その間にも、ごう、という音と共に大地が揺れた。その都度、バスを待つ列からばらばらと離れる人が出て、いつの間にか、芭子は列の先頭近くまで進んでいた。

——諦める？

だが、バスを諦めて、それからどうすればいいのかが分からない。馬鹿《ばか》みたいだと思いながらも、こうして首を伸ばして、とにかく渋滞の車列の向こうからバスが見えてくるのを待つより他になかった。

「津波警報が出たって」

列の少し後ろで、携帯電話を耳元に近づけている人が、周囲に知らせるように言った。ワンセグのテレビをつけているらしい。

「あ、違う。大津波警報だって」

大津波。

バスを待つ人たちは互いに顔を見合わせ、コートの襟元をかき合わせながら「あらまあ」「大津波」などと囁《ささや》き合っている。聞くでもなく、それらの声に耳を傾けている間にも、ひっきりなしに余震がきた。雪がひどくなってきた。芭子は、襟元のマフラーを広げて頭から被《かぶ》り直しながら、ひたすら車の連なる道を眺めていた。寒いってばない。このままでは風邪をひきそうだ。

「あ、バス！」

「来た来た！」

連なる車列の向こうから、ようやく一台のバスが見えたときには、既に四時を回っていた。

2

子どもの頃、動物園で「ライオンバス」に乗ったことがある。ライオンが放し飼いにされているエリアにバスで乗り込み、動き回るライオンの姿を見るものだ。仙台へ向かうバスに揺られながら、芭子はつい、その時のことを思い出した。

「見て見てあの家」

「あらまあ、ひどいことになったねえ」

道路はますます渋滞がひどくなり、やっと乗ることが出来たバスも、恐ろしくのろのろとしか進めない状態が続いていた。

「やっぱりガラスは怖いね」

「あーあ、看板まで落ちちゃってる」

ゆっくりと景色が動くにつれて、満員の車内から様々な声が上がるのだ。その都度、芭子は他の人たちと同じように窓の外に目を凝らした。何度、指の腹で撫《な》でても、ガラス窓はすぐに曇ってしまう。それほど外は寒く、また、車内は混雑していた。

「わあ、ひどいわね、ありゃ。あんなんなっちゃってる」

「家の人は大丈夫だったんだろうかね」

乗客たちは冷静だった。ある種、穏やかなくらいに、ただひたすら外を眺めては、道路の両脇に広がる街並みが地震によってどんな被害を受けているのかを確かめようとしていた。自動車販売店のショールームは、必ずといっていいほどウィンドウが割れ落ちている。また、他にも看板が落ちたり外壁に亀裂の走っている商店が続いていた。縁石は大きくうねり、その向こうの歩道はところどころで盛り上がり、またひび割れが走っているといった具合だ。大手紳士服チェーン店の店先では、制服姿の店員が一列に並んで、終礼らしきものをやっていた。どうやら早めに店じまいしているところが多いようだ。

「ほらっ、あの家なんか、屋根がやられたんだ」

「すごいことになったねえ」

乗客たちの声を聞いている間にも、何度となく余震が来た。その都度、満員のバスは、時にはぽんぽんと弾むように大きく揺れた。ワンマンバスの運転手は若い女性だったが、彼女は余震の度に「ただいま揺れております。少々、止まります」と可愛らしい声でアナウンスした。乗客も運転手も、どうしてこんなにも冷静でいられるのだろう。地球が割れるかと思うほどの、あんなにひどい揺れだったのに。幼い子を除けば泣いたりパニックを起こしている人など、誰一人として見かけなかった。今だって、これほど満員のバスだというのに、どことなくのどかな雰囲気さえ漂っているのは、どういうわけだろう。

ふいに、後ろの方で携帯電話の鳴る音がした。遠慮がちな男性の声が「もしもし」

と聞こえてくる。

「つながる電話もあるんだねえ」

近くの席で囁きが聞こえた。芭子は自分の携帯電話を取り出してみたが、やはりどこにも通じない。だが、しつこく繰り返すうちにメールだけは「送信しました」というメッセージが画面に現れた。さっき綾香に宛《あ》ててひと言だけ書いたメールだ。

「仙台空港の滑走路が水浸しだって！」

またべつのところから声がした。だが、車内に緊張めいたものが走ることはなく、やはり落ち着いた空気は変わらない。

「あそこは海に近いから」

「あの辺までなら津波もいくかね」

すぐ横に立っている女性の二人連れが話している。いずれも六十代後半か七十代といったところだろうか。彼女たちは、さっきの地震など経験しなかったかのように、けろりとした顔つきで、バスの渋滞を嘆いたり、道ばたに建つ家々の崩壊ぶりに目を凝らしては、口々に感想を言い合っている。

「ほら、前の地震の時は、忘れもしない、上の娘がちょうどお産でさあ――」

「八・一六？　ああ、もうそんなになるかね」

聞くでもなく聞いているうちに、芭子にも少しだけ察しがついてきた。どうやら、この土地の人は大きな地震に慣れているらしいということだ。芭子にしてみれば生まれて初めての経験で、一瞬とはいえ今日で生命が尽きるかとさえ思ったのに、地元の人たちにはそんな様子など微塵《みじん》も見られない。

——大した度胸だわ。

そういえば、再び夕方の陽が射している道を歩く人々も、しごく落ち着いて見える。中に揃いのヘルメットを被ったり、行儀よく行列を作っている一団がいることだけが、何ごとかあったのかと感じさせるくらいのものだ。

また余震が来た。バスが弾む。

「このバスまでひっくり返るってことは、ないだろうねえ？」

「そんな揺れなら、もうどこに行ったって助からないでしょうよ」

こういう人たちに囲まれていると、自分も慌てずに済むというものだった。落ち着いて、とにかく仙台駅を目指すのだと冷静に考えられることがありがたい。

それにしてもひどい天気だった。今さっき薄陽が射したと思ったのに、また吹雪のような横殴りの雪だ。道ばたを行く人たちの頭部や傘が、瞬《また》く間に白くなっていく。

「街中は、大したことはないね」

「本当だわねえ。あんだけ揺れたわりには」

次第にビルやマンションが増えてくる都会らしい風景を眺めながら、また横に立っている女性たちが話し始めた。芭子は、拭《ぬぐ》っても拭ってもすぐに曇ってしまう窓ガラスを飽きることなく指先でこすりながら、ひたすら外を眺めていた。本当は、少し眠いような気もする。暖房のお蔭《かげ》で身体の芯《しん》まで冷え切っていた身体も温まったし、目を閉じていれば気持ちよくウトウト出来るのではないかというこころ持ちにもなった。だがその一方では神経がぴりぴりしていて、どんなことをしても目を閉じてなるものかという自分がいる。居眠りなどしている場合かという思いが頭から離れなかった。

やがて、バスは渋滞に呑《の》み込まれたまま、ついにぴくりとも動かなくなった。静かな車内に、時折大きなため息が広がるようになった。そのままゆうに十分以上も過ぎた頃、ようやく女性運転手のアナウンスが聞こえた。

「ただ今、このバスに運行停止命令が出されました。お客さまには大変ご迷惑をおかけいたしますが、ここで下車をお願いいたします。このバスはここから先、お客さまをお乗せすることは出来ません」

その時だけは、さすがに車内がざわめいた。

「どうせ止まるんならもっと早く降ろしてくれればよかったのに」

「時間がもったいなかったよ」

「さっきのバス停で降りればよかった」

だが、いずれの声も小さく、口調も静かなものだ。そうして人々は、バスが歩道脇に寄って止まると、前方の乗降口から、いかにも整然と降り始めた。降りる間際《まぎわ》にちらりと見たところでは、運転手はアイメイクばっちりの、可愛い女の子だった。

「運賃は結構ですから」

次々に降りていく乗客に会釈《えしやく》を繰り返す運転手の彼女に小さく頭を下げて、芭子も外に出た。途端に雪混じりの寒風がまともに吹きつけてくる。さっきよりもさらに気温が下がっているようだ。その寒さの中を、バスから降ろされた乗客たちは、ほとんど同じ方向に向かって歩き始めている。芭子もその流れに加わることにした。雪は小降りになり、また雲間から夕方の陽射しがこぼれていた。

ビル街だった。一見、普通と変わらない佇《たたず》まいに見えるが、建物によっては長椅子《いす》などが建物の前に並べられていて、ロープが巡らしてある。何だろうと見上げると、建物の外壁にひび割れが走ったり、窓が割れ落ちたりしているのだった。間違いなく、この辺りも激しく揺れたのだ。

それにしても、ここはどこだろう。あとどれくらい歩いたら仙台駅に着くのだろうかと考えていたら、左手に何となく見覚えのある建物が見えてきた。今日の昼過ぎに図書館を探してウロウロしていたとき、確かにこの建物も見かけた気がする。要するに、数時間ぶりで振り出しに戻ってきたらしい。

さらに近づくと、建物の入口には「青葉区役所」という文字が見て取れた。

――助かった。

どこかで化粧室を借りたかったし、役所なら情報があるに違いない。芭子は、迷わず建物に入っていった。すると、一階には驚くほどの人が集まっていて、その多くが長椅子に腰掛けたり、また列を作っていた。列の先には、緑色の公衆電話が二台あって、どうやら使用出来る状態らしい。芭子は、自分もその列に加わることにした。とにかく綾香に連絡を入れておかなければ心配をかける。この分では、とてもではないが夕食の時間までになど帰れそうになかった。

行列に加わった上で、辺りを見回してみる。すると、建物内に市民は溢《あふ》れているものの、カウンターの内側には、まるで人気がないことに気がついた。長椅子に腰掛けている人たちも、何となく手持ちぶさたな様子だ。それもそのはずで、携帯電話もつながらないままだし、テレビもラジオも何もない。唯一《ゆいいつ》、飲み物の自販機の上に取りつけられた電光掲示板に赤い文字の列が流れていくが、地震とは関係のないことしか伝えていなかった。

区役所なのだから、何か説明してくれる人がいてもよさそうなものだと思うのに、それらしい人もいなかった。一体あの地震の影響は、どの程度のものだったのだろう。震源地も規模も、何も分からない。それなのに、どうしてこんなにも、人々は慌てず騒がず、不思議なくらいに静かにしていられるのだろうか。

一人、一人と電話をかけ終わる度に、少しずつ列が動いていたのが、芭子の三人ほど前のところで、ほとんど動かなくなってしまった。さっきから同じ女性がずっとひとつの電話を占領して、何やら話し込んでいるのだ。頭からストールをかぶり、丈の長いコートを着て、まるで世間話でもするように「そうそう、それでね……だからね……」などという声が聞こえていた。

「ちょっと！」

ふいに、芭子の少し後ろから女性の荒々しい声が上がった。

「何を一人でいつまでも喋《しゃべ》ってんのよっ。みんな、並んで待ってんじゃないのっ、好《い》い加減にしなさいよっ」

芭子だって苛々《いらいら》していたところだ。だが、ここで刺々《とげとげ》しい声を聞くのは辛《つら》かった。醜い争いになるのも恐ろしいと身を縮めかけたとき、さっきからずっと傍の長椅子に腰掛けていた男性が、すっと腰を浮かして長話している女性に歩み寄った。

「皆さん、順番を待ってますから。緊急の用事でなかったら、手短にして、次の人に譲ってあげてください」

実に控えめで穏やかな声だった。長話していた女性は、初めて気がついたように「じゃあね」と言ってそそくさと電話を切ると、そのまま立ち去っていった。列が、一つ前に進んだ。

——大したもんだわ。

不思議だった。人間が集団になり、そこに厳しく号令をかける人間がいない場合の行儀の悪さや統制の取れなさを、芭子は「あそこ」で身をもって経験している。どんな些細《ささい》なことにでも腹を立て、騒ぎ立てるものは必ずいるものだし、それに呼応して、待ってましたとばかり声を張り上げるものもいることを、嫌というほど思い知らされてきた。何度、注意されても、どれほど非難されても、絶対に自分を曲げないもの、他人になど何一つ気を配らないもの、そんなものたちに囲まれてしまえば、気配りとか行儀など、気にしている方が馬鹿馬鹿しくなるくらいのものだ。それなのに、これほど大きな地震を経験して、ひとつの情報も与えられずに、仙台の人たちはどうしてこんなに物静かなのだろう。

ようやく芭子の順番が来た。ところが、さっきから用意して握りしめていた十円玉を押し込むと、ことん、と戻ってきてしまう。途端に、こめかみの辺りがひやりとなった。こんなに長い行列が出来ているところで、自分一人がモタモタしているわけにいかない。もう一度、十円玉を落とす。やはり、ことん、と戻ってきた。どういうことなのかと受話器を耳に当ててみると、電話はもうツー、という音をさせていた。

——緊急時だからだ。

公衆電話さえ無料でかけられる事態になっているということだ。その瞬間、芭子の人差し指が機械的にプッシュボタンを押した。数回のコール音が聞こえてくる。

「——もしもし」

「あ——」

言いかけて、今度は心臓がきゅっと縮んだように感じられた。

「もしもし？　小森谷でございます」

思わず受話器を手で押さえそうになった。何ということだろう。こんなときに。

「もしもし？　もしもし？」

「——」

「小森谷でございますが。もしもし？」

「──お母さん」

今度は受話器の向こうが静まりかえった。芭子は懸命に呼吸を整えながら、今度は自分から「もしもし」と声を出した。

「あの──芭子ですけど──さっきの地震、大丈夫だった？」

「──大丈夫よ」

「みんなは？」

「──みんなも」

「そう──なら、よかった」

それきり言葉が続かない。向こうからも何も聞こえなくなった。芭子は密《ひそ》かに呼吸を整えて「じゃあ」と小さく呟いた。

「それだけだから」

「──そう」

「──元気でね」

胸の奥がざわざわする。けれど、これ以上は話していられなかった。後ろに並んでいる人たちは、ヤキモキしながら芭子の電話が終わるのを待っているのだ。ほんの数秒、母が何か言ってくれるのを待った後、結局、芭子はそのまま受話器のフックに指をかけ、電話を切ってしまった。それから即座に、今度こそ間違えずに綾香の携帯番号をプッシュしてみたが、こちらは二度、三度とかけ直してもお話し中のときと同じ音がするばかりだった。東京は大して揺れていないかも知れないのに、綾香が勤める店にまで直接電話することは躊躇《ためら》われる。それにこの時間なら、綾香はもうアパートへ帰っているはずだ。仕方がなかった。

電話の前から離れて化粧室を借りている間にも、また大きな余震があった。大急ぎで手を洗い、洗面所から出たところで、どうっという音と共にまた揺れる。ちょうど青ざめた様子で建物に駆け込んできた女性と、出会い頭に「またですね」とどちらからともなく手を握り合い、揺れがおさまると、何ごともなかったように離れる。騒いではいなくても、恐怖と心細さはみんな同じだった。

区役所を出たのは、日暮れ間近の陽射しが、建物の壁を目映《まばゆ》く照らしている頃だった。こんな時でも何だか楽しそうに手をつなぎ、にこにこ笑いながら歩いて行くカップルがいる。いそいそとした様子で歩いて行くサラリーマンたちの流れも出来ていた。芭子もその人らの流れに加わった。陽射しの中で輝いて見えるビルの外壁に、醜い傷《きず》痕《あと》のようなヒビが入っている。ところどころタイルが剝《は》がれ落ち、窓ガラスが割れ落ちている窓からは、カーテンが揺れているのが見えた。一見すると整然と美しい街並みのままでも、よく見ればそこここに地震の傷痕が生々しく刻まれていた。

3

道路標識と人の流れを頼りに歩き続けて、夕暮れの気配がさらに濃くなる頃、大きなアーケード街にたどり着いた。だが、屋根つき商店街の照明はすべて消え、どの店もシャッターを下ろして、死んだように静まりかえっている。よく見れば、ぼんやりと薄暗い世界を、ところどころ漂うような人影が認められた。割れたガラスを掃き集めたり、壊れた箇所を補修する人たちだ。広々としたアーケード街に一定の間隔で設置されている大きな丸い時計は、いずれも二時五十分の少し手前を指したままで止まっている。まるで、モノクロ写真の中に紛れ込んだかのような、奇妙に静まりかえった空間を、芭子は半分夢でも見ているような気分で歩いた。

「飲み物お菓子、どれも百円です！」

一カ所だけ、シャッターを下ろしたドラッグストアの店先で、手に手に懐中電灯を持った人たちが声を張り上げている店があった。その声に吸い寄せられるように、何人かの人が集まっている。

――買っておこうか。

ここまで歩いてくる間、芭子も少しずつ頭を整理し始めていた。今もって何の情報にも接することが出来ないままだが、つまり、今回の出来事は、それだけ大ごとだということではないのか。静かではある。パニックらしいものも目にしてはいない。だが現実に、なかなか来なかったバスは結局、途中で運行停止になったし、地下鉄も動かず、交通はマヒしたまま。しかも、どうやらかなり広範囲に停電もしている様子だ。夢でも冗談でも何でもなく、これはすべて現実だった。あれだけの激しい揺れだったのだ。仙台だけでなく、東北地方のもっと広い範囲、または東京あたりまで被害が及んでいないとも限らない。

――天変地異って、こういうものなんだ。

まさか、そんなものに自分が遭遇するはずがないと思っていた。だが、嫌だとか怖いとか言っている間もなく、気がつけばもう巻き込まれている。抗《あらが》いようもないし、逃げようもない。

もしかすると、このまま東京になど容易に戻れないのではないかという思いが次第に頭の中で大きく膨らんできていた。だとしたら、とりあえず何をすべきか。この、知り合いの一人もいない仙台で――飲み物を確保し、飢えを凌《しの》ぐ手立てを講じることだ。まずは。

「どれでも一つ百円です！」

薄暗がりの中では何が売られているのかもよく見えなかった。だが、とにかくペットボトルの飲料と、スナック菓子の類《たぐい》が並んでいる様子だ。芭子は、それらを手当たり次第に十個選び出した。この暗さでは品定めも無理なら小銭を勘定するのも容易ではない。千円札一枚なら手探りで探し出せる。

「一、二――はい、ちょうど千円ですね」

品物を数え上げながらレジ袋に入れてくれた女性の声が言った。芭子は懐中電灯の光の下に千円札を一枚差し出して、青い袋を受け取った。どんなものを口にすることになるかはともかくとして、これで、とりあえず明日まで飢えはしのげそうだ。あとは――あとは何をしておくべきだろう。

さらにアーケードを進むうち、今度は銀行のＡＴＭを見つけた。ここはまだ電気がついている。

――いいね、芭子ちゃん。覚えておきなさいよ。地獄の沙汰《さた》も金次第っていうんだからね。

ふいに綾香の言葉が思い出された。いざというとき、多少なりともまとまった現金を持っていなければ、この世の中は渡ってはいかれないというのが綾香の持論だ。そういう時のためにも日頃から節約が必要なのだと、いつも言っている。

——芭子ちゃんはさ、私をただのドケチのおばさんと思うかも知れないけど、要するに生きた金を使わなきゃってことなんだよ。

芭子の家は、父をはじめとして多くの親戚《しんせき》が銀行など金融関係の仕事についている。だが、父たちから受けた教訓のようなものは、芭子の中には何も残っていない。こうしていて思い出すのは、綾香の言葉ばかりだ。

今、芭子の財布の中にはまだ現金が三万円ほど残っているはずだった。だが、もしもこのまま仙台で足止めを食らうとなると、これでは心許《こころもと》ないかも知れないという気持ちになった。

——帰れないんだとしたら、泊まるところだって必要になる。

ATMに飛び込むなり、思い切って十万円を下ろした。これだけ貯《た》めるには、それなりに時間もかかり、苦労もした。だが、必要な時には使わなければならないという綾香の言葉が背中を押した。外の暗さに比べて、そこだけ別世界のように煌々《こうこう》と明かりの点《とも》っている店内では、片隅の壁にもたれて学生風の男性が、懸命に携帯電話に向かっていた。

——飲み物、食べ物よし。お金、よし。

あと心配なのは携帯電話の電池残量だ。実は、ここまでたどり着く間にも、何軒ものコンビニエンスストアを見つけては、その都度寄ろうとしたのだが、どの店も入口に長い行列が出来ているか、または店を閉めてしまっていた。何とかして充電器を手に入れたい。とにかく綾香に連絡をしなければ、きっと心配しているに違いないのだ。

考えながら歩くうちにアーケードは終わり、外はさっきよりもさらに暗くなっていた。街灯も信号も、一切灯《とも》っていない。渋滞している車のライトだけが薄闇《うすやみ》の中に浮かび上がりつつあった。そんな中でも、やはり楽しげに手をつないで歩いて行く若いカップルがいる。家路を急ぐサラリーマンに混ざって、ぶらぶら、呑気《のんき》に歩いている。好きな人と一緒なら、「キャーッ」としがみつくのさえ楽しいのかも知れない。二人でいられるなら何でもいいのだ。芭子のように心細くなどないのだ。

——どうせ、一人だし。

つい、大きなため息が出てしまった。こんな時に限って、綾香さえいない。この数年、いつだって綾香とは一緒だったのに。普段しないことをするから、こんな目に遭ったのだろうか。

他の人が車の前を横切るのに合わせて、芭子も小走りに広い車道を横切った。交通整理する警察官の姿もない。そうしてようやくたどり着いた仙台駅は、もはやすべてが闇に沈もうとしていた。

「ただいま仙台駅は閉鎖しております！　新幹線を含めすべての電車はただいま運行しておりません！　駅構内にも立ち入ることは出来ません！」

薄闇の中に響く女性の声を耳にして、芭子は、思わずその場に立ち尽くしてしまった。冷え切った足先がじんじんとうずいている。ここまで来れば、せめて何らかの情報を得て、どこかに腰掛けることくらい出来るだろうと思っていたのだ。電車が止まってしまっているのは仕方がないにしても、とにかくこの冷たい風から身を守りたい。次に電車が動くまで待たせてもらえれば、それでいい。それなのに、中にも入れてもらえないとは。

「今現在、復旧の見通しはまったく立っておりません。帰る見通しのつかない方は、この先の〇〇小学校が一時避難所になっております！」

メガホンを持って声を張り上げている女性の顔もはっきり見えないほど、あたりは暗くなっていた。芭子はコートに手を突っ込んだまま「避難所」という言葉を頭の中で転がした。

——つまり、被災者になったっていうことだろうか。私が？

咄嗟《とっさ》に「それはダメだ」という気がした。避難所へは行きたくない、いや、行ってはならないと思った。ただ一人の知り合いもいないというのに、何十、何百人もの人に混ざって、自分の居場所を確保することなど、芭子には到底無理に決まっている。見知らぬ人の隣で膝《ひざ》を抱えてうずくまるなんて、絶対に耐えられない。

何よりも「あそこ」での暮らしを思い出すに違いないからだ。いくら場合が場合なのだから仕方がない、避難所と「あそこ」とではまったく違うではないかと理屈でねじ伏せようとしても、自分自身の中で何かのバランスが崩れてしまうのではないかという恐怖が、どうしても拭えない。

「あそこ」にいる間は、それが自分の犯した罪への報いだと思うからこそ、どうにか耐えた。罰を受けなければ、その先の未来はないと思って、プライドも恥も、何もかもをかなぐり捨てたつもりだった。第一、選択の余地など、あるはずもなかった。他にどうすることも出来なかったから、それに、途中からは綾香がいてくれたからこそ、七年もの月日を過ごしていられたと思っている。

ようやく自由の身になっても、気持ちが立ち直るまでには本当に時間がかかった。親からも兄弟からも見放され、どん底の気分をどれほど味わったか知れない。それでも綾香に助けられて、自分なりに懸命に生きてきて、やっとこうして一人で仙台にまでも来られるまでになったのだ。細々とでも、未来への希望が抱けそうになってきた。そんなときに、またもや見知らぬ人との空間に押し込められたりしたら、記憶の彼方《かなた》に押しやろうとしてきた過去が一気に逆流して、今の芭子など簡単に呑み込んでしまうのではないかという気がする。思い出したくないことまで思い出して、打ちのめされた気分になるなんて、真っ平だ。しかも、こんな時に。

——だとしたら、どうすればいい。やっぱり宿を探すことだろうか。

女性の「立ち止まらないでください」という声が聞こえ続けている。振り返ると、黒々とした群衆の影が、続々と駅に向かって集まりつつあった。その数の多さは恐ろしいほどだ。今この瞬間にも、再び大きな余震が来るかも知れない。こんな暗闇の中では、今度こそパニックになるかも知れない。芭子は急いで人混みを縫い、群衆から離れた。

歩いて歩いて、ようやく一軒のホテルにたどり着き、化粧室を貸して欲しいと頼み込んで中に入れてもらえたのは、それから二時間近くも過ぎた頃だろうか。

「停電中ですので、そこの懐中電灯を持って入ってください」

ガラスの扉を開けてくれたジャンパー姿の男性が、壁際に置かれたテーブルを指した。段ボール箱の中に、いくつもの懐中電灯が入っている。意外なほど持ち重りのする千円分の菓子と飲み物とをぶら下げたまま、芭子は言われた通りにその中の一つを持ち、真っ暗な化粧室を借りた。

鉄道が駄目ならば高速バスで帰ることは出来ないだろうかと考えたり、とにかく仙台から離れさえすればすべて普通に機能しているのではないかと、タクシー乗り場にも並んだりしたが、結局は無駄骨だった。道行く人に何度も尋ねながら、ようやくたどり着いた高速バスのチケット売り場はとっくに閉まっていたし、どれほど待ってもタクシーは一台も来なかった。近郊に住んでいるらしい人たちはバス停に並び、その影だけが黒々と膨れ上がっていたが、彼らの列に加わったところで、芭子には目指せる所がない。やはり宿を確保する方が賢明だと思ったものの、もはやそれも手遅れだった。既にどのホテルも固く入口を閉ざしているか、戸口に立つ人が手真似《てまね》だけで「駄目」と示すだけだった。

完全に日が暮れると、寒さはいよいよ厳しくなった。一体どこまで歩けばいいのだろうかと、本当に途方に暮れかけていたときに、このホテルの前に差しかかったのだ。泊まることは、もう諦《あきら》めていたが、せめて化粧室だけでも貸して欲しいと、ほとんどすがるような思いだった。

「軽い食べ物と飲み物を用意してあります。よろしかったら、あちらで休んでいってくださいﾞ」

ところが、化粧室を出て懐中電灯をもとの場所に戻したところで、そう声をかけられた。厚手のジャンパーを羽織っているせいで、ホテルマンには見えづらい男性が「どうぞ」と奥を指し示す。

「ロビーとバンケットルームだけは予備電源で明かりがついていますから」

大きなホテルではなかったが、なるほどロビーにもオレンジ色の照明がぽつぽつと灯っていて、よく見ればそこには大勢の人たちが、あるいは椅子に座り、あるいは壁に寄りかかって休息をとっていた。扉が開け放たれたままの宴会場まで行ってみると、そこにも二、三十人の人たちがいる。オレンジ色の仄暗《ほのぐら》い明かりの中で、人々はテーブルの上に用意された料理に集まっていた。

——助かった。

広々とした宴会場の正面には、おそらく今日行われる予定だったらしい、何かの祝賀パーティーのプレートが掲げられたままになっている。室内のテーブルは、まだ配置される前だったのだろう、中ほどより奥はがらんと広いままになっていて、ただ入口近くにだけ数個の丸テーブルが置かれていた。部屋の両脇には椅子が何脚も並べられていて、そこでも何組かの家族連れやグループなどが、ホテルが提供してくれた料理を口に運び、静かに過ごしていた。

不思議な仄暗さの中に広がる人々の話し声に包まれて、芭子もテーブルに並べられた料理を眺めた。いずれも一口サイズにまとめられたオードブルなどだ。おそらく、今日予定されていた宴会のために用意されつつあったものなのだろう。

――食べておいた方がいい。少しでも。

壁際に置かれたテーブルではスープが振る舞われていた。湯気の立つスープをカップに一杯もらい、それと小ぶりのホテルパンを手にとって、芭子はなるべく人のいない方を選んで、ずらりと並べられた椅子の一つに腰掛けた。すっかり手に食い込んだ感のある菓子や飲み物をようやく下ろして、冷えきっていた手でカップを包み込む。それだけで温かさが身にしみた。靴の中では歩き疲れ、かじかんだ足がじんじんと痺《しび》れている。機械的に湯気を吹き、口に運んだスープは、温かいということだけは感じられたものの、不思議なほど味は何も分からなかった。

――本当のことなんだろうか。いつか目が覚めるんじゃないだろうか。

オレンジ色の空間を眺めながら、つい考える。だが次の瞬間には、そんな甘い想像をあざ笑うように余震が来た。ど、どうっという低い衝撃音が響いて、高い天井から吊《つる》されたシャンデリアが、その度にキラキラと揺れ、可動式ライトのついているレールも、ぎし、ぎし、ときしみをあげた。

「駄目だ、ちっとも電話がつながらないわ」

比較的近い場所にいて、三歳くらいの女の子の手を引いていた若い母親がため息混じりに呟くのが聞こえてきた。

「しょうがないねえ。これじゃあ、迎えにも来てもらえやしないもんねえ」

「一体全体、どうなっちゃったんだろう」

「お宅、どこ？」

「うち、閖上《ゆりあげ》って――」

「ああ、名取川んとこ」

「そうそう。お宅は？」

「私？　私は多賀城なんだけどねえ」

どうやらもともとの知り合いではない様子だった。それぞれに、それぞれの用事があって、今日ここへ来た人たちだろうか。大人たちが言葉を交わしている間に、小さな子は広々とした宴会場を駆け回り、ぼんやりした光の下で無邪気な声がきゃっきゃと響いた。いつの間にか五歳くらいの男の子も現れて、女の子と追いかけっこを始めている。ちょっとばかりおめかしをした子どもたちが、広々とした宴会場の中を走り回る光景さえも幻のように見える。

少し気持ちが落ち着いてくると、今度は背中のあたりからしんしんと冷えが忍び寄ってきた。予備電源のお蔭で明かりだけは辛うじて灯っているものの、暖房などは入っていないのだと、このときになって初めて気がついた。避難している人たちは、いずれも何か白いものを羽織っている。ホテルが提供してくれたものだろうか。それなら芭子も借りたかった。

ロビーまで出て歩き回るうち、テーブルの上に数枚の白い布が積まれているのを発見した。大判のタオルかと思って手を伸ばすと、テーブルクロスだ。そばにフェイスタオルも数枚積まれている。どんなものでも、ないよりましだった。芭子はテーブルクロスとフェイスタオルを借りることにして、再び宴会場に戻った。しばらくの間は他の人たちから離れて座っていたが、あまりにもひっきりなしに余震が来て、その度に頭上のライトが落ちてこないか心配になるのと、肘《ひじ》をつくなり突っ伏すなり出来るテーブルがあった方が楽だと判断して、結局は人々が集まっている大きな丸テーブルの、空いている席に腰掛けることにした。

するすると、時間ばかりが過ぎていく。あっという間に八時を回っていた。

——もう帰ってたはずなのに。家で、晩ご飯も食べ終わってただろうに。

白いタオルをマフラーに重ねて首に巻き、テーブルクロスを肩から羽織っても、しんしんと底冷えしてくる。少し離れたテーブルに陣取っている学生らしいグループが「王様ゲーム」を始めた。時折、陽気な笑い声を上げながら遊んでいる彼らを眺めているうちに、芭子にも何となく分かってきた。彼らだって不安でないはずがないのだ。ただ、この現実と向き合いたくないのに違いない。だから、わざと陽気にはしゃいでいる。何ごともなかったような顔をしている。

そういう経験が、芭子にもある。「あそこ」にいる間、自分たちの置かれた現実を忘れて同房者と笑い興じたり、夢物語のようなものを話し合ったりすることが、よくあった。

べつのテーブルでは、七十代くらいに見える男性たちが数人、テーブルの下に潜り込んで横になろうとしていた。気がつくと、室内を駆け回っていた小さな子たちは消えて、代わりに椅子を並べて簡易ベッドを作ろうとする女性や、テーブルに突っ伏して、身動き一つしない男性の姿が目立ち始めた。誰も彼もが疲れた様子で、自分たちが今どういう状況に置かれているかなど、もう考えるのも嫌になっている様子だ。ここで、このまま朝を迎え、明日のことは明日になって考えれば良いと、諦めきっているらしい。

——だけど私は。

そう簡単には諦められなかった。まさか、こんなことになるとも思わずに、実に身軽に新幹線に乗ってしまったのだ。

——帰らなきゃならないのに。

こんな時間になっても家に明かりが灯らなければ、近所でも心配するかも知れない。ことに斜向《はすむ》かいの大石さん夫婦などは、慌《あわ》てているに違いない。ひょっとすると、綾香と一緒になって走り回っているのではないだろうか。第一、家にはセキセイインコのぽっちがいる。あの古い家に取り残されて、鳥かごの中で、芭子の帰りを待っている。いや、もしかすると地震で鳥かごがひっくり返っているかも知れないではないか。またはタンスの一つも倒れているか——あんなに小さな身体《からだ》で、どれほど怖い思いをしただろうか。餌《えさ》も減っているはずだし、鳥かごがひっくり返っていたら水だって、こぼれて飲めなくなっているだろうに。

——ぽっち。

ただでさえ、ぽっちはいつでも水の中にフンを落として、すぐに水を汚すのだ。だから芭子は気がついたらすぐに、日によっては何回も水を取り替えてやっている。

——帰らなきゃ。何としてでも。

じりじりと焦燥感ばかりがこみ上げる。時間の流れが速いのか遅いのかも分からなかった。少しでも目をつぶっていると、全身からどっと疲労感が押し寄せてきて、出来ることなら、このまま突っ伏して眠ってしまいたい誘惑に駆られた。だが、どうしても、その気になれないのだ。寝てしまったら、明日になってしまう。明日では駄目なのだ。どうしても今日のうちに、何とかしたい——。

目眩《めまい》のように、ぐらりと身体が揺れて、時としてみしっとどこかが音を立てた。余震が、片時たりとも気を緩めるなと言っている。

「あの」

ふいに小さな声が聞こえた気がした。

「あの——聞こえます？　ねえ」

誰が誰に向かって話しかけているのだろうかと周囲を見回してみると、同じ丸テーブルの、芭子の正面に近い場所にいる男性がこちらを見ているような気がした。芭子は、ちらりとその人の方を見て、そのまま視線をそらした。気のせいだ。こんなところに知り合いなどいるはずがないし、ましてや、相手は男性だ。ところが少しすると、その男性は席を立って、そのまま芭子の方へ近づいてくる。彼は、芭子と椅子一つ隔てた席に改めて腰掛けた。今度は、芭子もまともに相手を見ないわけにいかなかった。

「あの――今朝、新幹線に乗ってませんでした？」

「え――私ですか」

「上野から、乗ってきませんでしたか。七時くらいの『はやて』に」

オレンジ色の光というのは不思議なものだった。目の前に広がる光景から現実感をすっかり奪い取ってしまう。今、こうして向き合っている人さえも、夢か思い出の中に生きているだけの存在かも知れないという気にさせられた。芭子は「はい」と頷《うなず》きながら、今度はしげしげと相手を見つめた。二十代後半か三十代に入っているだろうか。芭子とあまり変わらない印象だ。面長で眼鏡をかけている。

「やっぱり」

「あの――」

「分からないかな。僕」

「――」

「今朝、隣の席にいたんです」

「――え？　今朝の新幹線で？」

「まあ、そんなのいちいち覚えてないですよね。でも、僕の方は覚えてたんです。あの時間に、あなたみたいな格好の人が乗ってくるのは珍しいなと思って」

頭の芯《しん》がじんじんと痺れているようだ。その頭の中を、こんなにも無防備に見知らぬ男性と話なんかしていいのだろうかという思いが微《かす》かによぎった。けれど今は、こうして身近に人の声を聞き、話を出来ることが無性に嬉《うれ》しい。どんな相手でもいいから、話し相手が欲しかったのだと気がついた。

「そう？　私みたいな格好って、そんなに珍しいかなあ」

わざと少しばかり大げさに、自分の身体を眺め回すようにしてから、芭子はつい頬を緩めた。ずっと強《こわ》ばっていた顔の筋肉が、少しだけ動いた。こんな時でも、その気になればちゃんと笑顔を作れるらしい。すると、笑いかけられた相手はわずかに姿勢を変えながら「いやいや」と慌てたように小さく手を振った。

「そうじゃなくてね。変なんていうことじゃ、なくて。言い方がまずかったかな——ただ、あの時間帯はサラリーマンが大半で、そういう意味であなたみたいな服装の人は目立っていうか——でも、まさか、また会うなんてね。しかも、こんな場所で。すごい偶然」

「——本当かなあ。どうして私は覚えてないんだろう」

「それは、まあ、あなたの方では、こっちを見なかったたっていう——」

「分かった。そんなに印象に残る人じゃなかったのね」

我ながら、いつもと違う口調になっているのが分かった。どうしてこんな小意地の悪い言い方をしているのだろう。心細かったのだから、普通に話せばいいではないかと、舌打ちでもしたい気分になっていると、その男性は自分の髪を撫《な》でつけるようにしながら「まあ、そうかな」と苦笑している。その手首に巻いた腕時計が、弱い光の中で鈍く光って見えた。そういえば、隣の人の手元だけ眺めた気がするのを、芭子もぼんやり思い出した。

「そういえば、ずっと新聞を読んでた方？　脚を組んで」

「あっ、思い出してくれました？」

「席に座るときに、脚が邪魔だったから」

また。何だって、こんなに小憎らしい言い方をしてるんだろう。今度こそ、しかめっ面《つら》になりかけたとき、また、どうっと視界が揺れた。

「よく揺れるなあ。まいったね」

その人の、半ば囁《ささや》くような声が、オレンジ色の空気に溶けていくようだった。

4

時間の経過と共に、ますます冷え込みが厳しくなってきた。ここで下手に気を抜いては、すぐにでも風邪をひきそうだ。数時間前にスープを一杯飲んだだけなのに、化粧室にばかり行きたくなる。

「私、ちょっと」

何となく言葉を交わし始めた男性に、適当に断って席を立つ度に、芭子はロビーの窓辺に立ち、時には建物の外まで出てみては、五分と立っていられないほどの寒さの中で、渋滞する車の列を眺め、震えながら宴会場に戻った。再び椅子に腰掛けても、背もたれに寄りかかる気にもなれない。

「ついさっき、このホテルも人の受け入れをストップしたって。もう一杯で」

芭子と入れ違いのように、面長の男性もひっきりなしに席を立っては、携帯電話を片手に宴会場を出たり入ったりしている。この人にはこの人の人生があって、心配している人がいるのだ。ここにいる誰もが等しく、今日の予定を大きく狂わされた。いや、場合によっては運命そのものだって変わってしまったかも知れない。

「僕ら、これでもツイてたってことだと思うよ。このホテルに避難させてもらえなかったら、今頃どこで、どうしてたんだか」

微かについたため息が、仄暗い中でも白く見えた。「それは、そうね」と、芭子も素直に頷いた。

「ここに入れてもらえなかったら、本当にどうなってたか——私なんか、右も左も分からないのに」

「仙台、詳しくないの」

「全然」

「全然？」

「だって、初めて来たんだもん」

「初めて？」

「そう——よりによって、こんな日にね」

「でも、仕事なんじゃないの？」

「違う。私の仕事に出張なんかないもん。ちょっと用事があっただけ」

「じゃあ、本当にツイてなかったんだ」

「——こんなはずじゃなかったのになあ。途中までは、予定もサクサクこなせたし、今日はかなりツイてると思ってたんだけど」

まるで何年も前から知っている相手と話しているような口調で、芭子は「あーあ」とため息をついて見せた。名前も素性も分からない相手だと思う気軽さが、そうさせているのだろうと思う。第一こんな時に気取ったところでどうなるものでもなかった。おそらく相手も同じ思いなのだろう。やはり打ち解けた口調で、彼は「僕は仕事だからさ」と言った。

「しょうがないって言えばしょうがないけど。でも、先輩の代わりに来たんだ。だから、やっぱりツイてなかったんだな」

「もともとって？　そういう人生？」

「もともとって？」

「生まれつき、ツイてない人？」

すると彼は柔らかく苦笑するような顔つきになって、「そうでもないと思うけど」と小首を傾《かし》げる。

「どっちかっていったらツイてる方なんじゃないかな」

ふうん、と思った。羨《うらや》ましい話だ。だが、そんな感じもする人だった。素直そうな雰囲気だし、嫌みな感じもしない。明かりが乏しいのをいいことに、ちらちらと相手を観察しているうち、手の中で弄《もてあそ》ぶようにしている携帯電話を何度も開いたり閉じたりしていた彼は「だけど」と天を仰ぐようにした。

「こんなときに、これが使えないっていうのが、まいるよ。これさあ、つい昨日、本当に昨日だよ、新しくしたばっかりなんだ」

「新しくたって古くたって、電波が通じてないんだからしょうがないじゃない」

「だけど、期待するじゃないか。新しいんだから、もうちょっと働いてくれよって。それが、これだ。まるっきり手足をもがれたみたいだよ。何一つとして、分かんなくなるものなんだなあ」

「それは、そうだわね——どうしてテレビもラジオも、何もないんだろうね。ここ、ホテルなのに」

「——いくらあったって、停電してるし」

「ポータブルラジオの一つもないと思う？」

「そういえば、そうだけど」

一体全体、この世界はどうなってしまったのだろう。本当に誰か、救出に動いてくれているのだろうか。まさか、仙台のような大都会が世間から見落とされ、忘れ去られているとも思えないが。

「とにかく今のままじゃあ、明日になったってすぐに帰れるか分からないのは、確かだと思うよ」

「——そう思う？　どうして？」

「だって、何かが動いてる気配さえ、まるっきり感じないと思わないか？　被災者を助けるためとか、復旧のためとか。覚えてると思うけど、あの地震があったのは昼過ぎの、まだ三時にもなってない時間だった。それなのに六時間以上たってるこの時間になってもまだ、警察でも消防でも役場でも、どっかから誰かが来て説明することさえないなんて」

芭子が被災した、泉中央駅そばの警察署のことが思い出された。外であんなに大勢の人が慌てふためいていたのに、あそこの警察署は、どうしてあんなに静まりかえっていたのだろうか。

「さっきから僕も気をつけてるんだけど、このホテルの前の道だってパトカー一台通ってる感じがないんだ。サイレンだって一回も聞こえてこない。あんなに大きく揺れたんだから、まずは被害状況を把握する必要があるだろうにさ」

「それは――確かにそうかも知れない」

「帰宅難民がこれだけ溢《あふ》れてるっていうのに、未《いま》だに警察も消防も姿を見せない上に、ここまで何の情報ももたらされないまんまっていうことは――」

「――ことは？」

オレンジ色の明かりの中で、彼は憂鬱《ゆううつ》そうに首を傾げながら、「もしかすると」と腕組みをする。

「被害状況の把握に手間取ってるっていうことか――つまり、どっか、もっと被害の大きかったところがあるとか」

「――そういえば、地震があってすぐに、空港の滑走路が水浸しになったって」

昼間、バスに乗っていたときのことを思い出した。ワンセグ放送に耳を傾けていた人が、確かそんなことを言っていた。

「つまり――津波で？」

「津波は津波でも、大津波警報が出てるとかって言ってた」

「大津波？」

驚いた様子で「本当に来たのかな、そんな津波が」と難しい顔になって頬の辺りをこすっている彼を見ているうちに、芭子も初めて少し心配になった。バスに乗り合わせた乗客たちは、何やら呑気な様子で空港は海に近いからね、などと言っていたから、芭子も「そんなものか」という程度にしか思わなかった。だが、もしかすると沿岸部はもう少し深刻な津波被害を受けているのだろうか。

「もしも本当に大津波が来て、その被害が大きかったとすれば、警察や消防は、そっちにかかり切りになってる可能性もあるな」

「そうなると、どうなるの？」

「――それ以外の場所に関しては後回し、かなあ。まさか、とは思うけど」

「ちょっと、困る、そんなの！」

声は小さく抑えたまま、芭子はそれでも語気を荒らげて唇を噛《か》んだ。

「私、本当のこと言えば、今夜中にだって帰りたいんだから」

「今夜中？」

面長の顔が、不思議そうに傾けられる。芭子は唇を突き出すようにして、大真面目《おおまじめ》でその顔を正面から見据えた。

「帰りたいの。絶対に」

「だってさ――」

「だっても明後日《あさって》もない、絶対に、帰りたいの。もしも本当に、このまま明日も足止めを食らったら、どうなると思うの？」

男の顔に戸惑いのようなものが生まれた。ふと、この人は家庭を持っているのだろうかという疑問が頭をかすめる。もしかすると芭子よりも若いかも知れないが、だからといって独身とは限らない。可愛《かわい》い奥さんがいて、小さな子どもでもいたら、芭子以上に帰りたいと思っていることだろう。

「どうなるって――」

「分からない？　本物の被災者になっちゃうってことよ。避難所かどこかにひとまとめにされて、ますます身動きが取れなくなって、本当に、もう当分、帰れないかも知れないってこと。そうなったら、私、本当に、本っ当に困るんだからっ。インコだって死んじゃうに決まってるし――」

「インコ？」

相手の顔が大きく動いたのを見て、芭子は、慌てて口を噤《つぐ》んだ。ああ、馬鹿《ばか》なことを言ってしまった。こんなときに何がインコだと、きっと呆《あき》れられたに違いない。これだけ大勢の人間が行き場を失って途方に暮れているときに、たかが一羽の小鳥のことで、何をわがままなことを言っているのだと思われただろう。

「あの――つまり――みんなに心配もかけてるし、日帰りのつもりだったわけだから、それらしい準備もしてきてないしっていうことで――」

だが、面長の男はわずかに口元をへの字に曲げて何ごとか考えている表情になり、そのまま何も答えなくなってしまった。

――べつに、いいけど。こんな人にどう思われようと。

それに、嘘《うそ》はついていない。思ったことを言っただけだ。とにかく帰りたい。ぽっちがいて、綾香がいて、祖母の遺《のこ》してくれた家のある、あの根津に。このまま為《な》す術《すべ》もなく、ただじっとしているのなんて耐えられない。

男がまた席を立った。

寒さに身震いしながら、残された芭子は一人で根津の家を思い浮かべた。暗い茶の間で芭子の帰りを待つぼっちを思い、おそらくもう眠りについたはずの綾香を思った。いや、今夜に限っては眠ってなど、いないかも知れない。どこへ行ったか分からない芭子のことを心配して、町中を歩いているかも知れない。

それから、それから、それから——。

——小森谷でございますが。

どうしてあのとき、実家の番号をプッシュしてしまったのか、自分でも分からない。本当に母の声を聞くまで、まるで気がつかなかったのだ。それくらい無意識に、指が動いてしまっていた。

母の声は、以前とまるで変わらなく聞こえた。昔から電話をとるときはいつも抑揚のない、少し硬くてとり澄ました印象の声になるのだ。そのせいで、子どもの頃は学校の友だちから「芭子ちゃんのママは怖い」と言われたりした。芭子自身、それが嫌でならなかった記憶がある。自分が友だちの家に電話をして、その子のお母さんが優しい受け答えをしてくれると、それだけで羨ましくてならなかったものだ。今日の声も、あの頃のままだった。何年ぶりだろう、母の声を聞いたのは。

とにかく元気そうではあった。芭子の問いかけに対して、短くても「大丈夫よ」と、きちんと答えてくれた。それだけでも、心がすっと軽くなったような気がする。たとえ会えなくても同じ東京の空の下にいて、元気でいてくれるなら、それでいい。それ以上のことは、もう芭子も諦めていた。

母は今、芭子が仙台にいるなどとは想像すらしていないだろう。通りすがりのホテルに身を寄せて、こんな風にテーブルクロスにくるまって寒さに耐えているなどとは思いもよらないに違いない。

——それでいい。

さっきの男性が戻って来るなり「寒いなあ」と小さく身震いした。彼もコートを着てはいるが、さほど厚手には見えないものだ。真冬と変わらないこの寒さに耐えるには厳しいかも知れなかった。ふと、自分がくるまっているテーブルクロスを彼と共有すべきだろうかと考えた。かなり大きな布だということは分かっている。広げて使えば二人でくるまることも無理ではないはずだ。

「あの——」

「うん？」

「これ、半分、使う？　一緒に」

それなりに勇気を出したつもりだったのに、彼は「いや、大丈夫」と小さく笑っただけだった。芭子はまた、「ふん」と思った。それならそれで構わない。一応は声をかけたのだから、もう気にすることはない。

九時を回り、九時半を回った。その間も数え切れないほどの余震に見舞われた。ほんの小さな揺れのこともあれば、テーブルに突っ伏して眠っていた人が起きるくらいの揺れもある。その都度、芭子は宴会場のシャンデリアを見上げて、明かりの灯っていないガラスが仄かな反射だけを受けてゆらゆらと揺らめくのを眺めた。それにしても、何と長い夜だろう。

ホテルの従業員らしい人が時折宴会場に現れては、避難している人の数を数えたり、また、マスクを配ったりしてくれた。風邪気味でも何でもなかったが、配られたマスクを顔に当ててみると、驚くほど寒さが和らいだ。

「すごい、全然違う」

つい隣の男性を見た。すると彼はマスクをすると眼鏡が曇るのが嫌なのだと言った。

「意外に偏屈ね。寒いより、ましなんじゃないの？」

「意外にって――僕のこと、分かるの？」

「あ――分からないけど」

「でも、まあね、そうなんだ。偏屈なとこあるってよく言われるんだけどね」

「でしょう？」

「君、目はいいの？　コンタクトも入れてない？」

「最近は計ってないけど、何年か前には両目とも一・二だった」

「へえ、いいなあ、羨ましい」

他愛ないやり取りをする間にも余震が起きて、会話は途切れる。どれほどいい目をしていても、この薄ぼんやりとしたオレンジ色の光の中で揺れるシャンデリアばかり見上げて長時間過ごすのは、やはり疲れるものだった。

「――帰らなきゃならないのになあ。どうしても」

また言ってしまった。気持ちは誰もが同じはずなのに。それでも、言わずにいられない。帰りたいのだ。どうしても。

――そうして、何ごともなかったみたいに、当たり前の日常に戻りたい。昨日までと同じ暮らしに。

贅沢《ぜいたく》な願いだろうか。さほど無理なことを言っているとも思えないのに。ただ当たり前のことを望んでいるだけだと思うのに。

——帰って、自分の家の布団《ふとん》で眠りたい。

ぽっちの水を取り替えて、餌もあげて、温かいお風呂《ふろ》にゆっくり浸《つ》かって。

面長の男性がまた席を立って出ていった。それを合図のように、芭子はわずかに背筋を伸ばし、頭を左右に傾けて、凝った首筋を伸ばしながら、改めて宴会場を見回した。分かっている。ここにいる誰もが、芭子と同じ思いを抱えつつ、黙って耐えている。第一、既に夜も更《ふ》けて、当面、何が出来るというわけでもないではないか。どう足掻《あが》こうと。

——どうなっちゃうんだろう、これから。

もう何度目かも分からないため息をつき、疲労と寒さに凝り固まった肩を再びゆっくり回し始めたとき、面長の彼が戻ってきた。大股《おおまた》で、すたすたとこちらまで歩み寄ったかと思うと、彼は「ねえ」と芭子の近くに上体を傾けてきた。

「今さ、タクシーが一台つかまったんだけど。一緒に乗っていく気、ある?」

ほとんど耳元で囁くように言われて、思わず身体をのけぞらせるようにしながら、芭子は彼を見上げた。すぐ近くから、黒縁眼鏡越しの瞳《ひとみ》がこちらを見つめている。

「さっきから少しずつ車も流れ出したみたいだから、外に立ってたら空車が一台だけ、見つかったんだ。走って行って、無理矢理止まってもらってさ、交渉したら、乗せるのは構わないんだけど、ただしLPガスがもうあんまり残ってないんだって。だから東京までは無理だっていうんだよな。でも、どうにか福島までなら乗せてってくれるって言ってる」

「あの——あなたは？」

「もちろん、帰るつもりだから止めたんだけどね——ただしさ、ちょっと言いにくいんだけど、金が足りないんだ。こんな時だから、当然カードなんか使えないだろうから——」

「わ——私、あります。さっき銀行で下ろしてきたばっかり」

「本当に？　じゃあ、申し訳ないんだけど、立て替えてくれる？　後で必ずちゃんと清算するから」

迷っている暇などなかった。芭子が大きく頷くのを確かめると、彼は椅子《いす》の足下に置いていた鞄《かばん》を素早く持ち上げた。芭子も慌てて椅子から立ち上がり、羽織っていたテーブルクロスを外した。バッグを肩から斜めに掛け、千円分の菓子と飲み物とを持って、追いすがるようにして彼に従う。オレンジ色の景色がぐんぐんと揺れて見えた。

「お世話になりました」

ドアの前には、一晩中そこに立っているつもりなのか、相変わらずジャンパーを羽織った姿のホテルマンたちがいた。面長の男性は、彼らに丁寧に挨拶《あいさつ》をしている。芭子も慌てて「ありがとうございました」と頭を下げた。

「よかったですね。ご無事で。気をつけて行ってくださいね」

ホテルの人たちが笑顔で頷いた。

「みなさんも。どうぞ、ご無事で」

午後十時半を回っていた。建物から一歩外へ出た途端、吹きつける風の冷たさに、はっとなった。

——ご無事で。

こんな挨拶を交わす日が来ようとは。

彼が言った通り、さっきよりも車が流れ始めているようだ。ハザードランプを点滅させて、路肩で芭子たちを待っているタクシーに乗り込むと、ぽわん、と温かい空気が全身を包んだ。

「運転手さん、じゃあ、お願いします」

後から乗り込んできた彼も弾んだ声を出している。

「じゃあ、ドアを閉めますね。足もと、気をつけてください。いいですか？」

驚くほど穏やかな、明るい声が返ってきた。実に久しぶりに、温《ぬく》もりのある言葉を聞いたような気がした。芭子はようやくシートに身体を預けた。

「——ああ、暖かい」

隣からも「うん」という声が聞こえた。見ると、彼の口元には笑みが浮かんでいるが、眼鏡は白く曇っている。芭子は、つい小さく声を出して笑ってしまった。すると彼は照れくさそうな表情で眼鏡を外して、「だろう?」と言った。

「眼鏡が曇るとさあ、何とも言えず間抜けな感じになっちゃうんだって。分かった?」

「でも、背に腹は代えられないじゃない? あんなに寒かったんだから」

「見栄《みえ》ってもんが、あるんだよ。これでも」

彼の言い方に、芭子はまたくすくすと笑ってしまった。何だか知らないけれど、とにかく喋《しゃべ》って、笑っていたかった。帰れるのだ。これで。

「ラジオのボリュームを、もう少し大きくしてもらえますか。何しろ情報が何一つなかったもんだから、自分が今どういう状況に置かれてるのか、まるで分かってないんです」

彼に頼まれて、運転手がラジオのボリュームを上げた瞬間、「ピーピーピーピー」という鋭い音が響いた。

〈緊急地震速報です。緊急地震速報です。ただいま緊急地震速報が出されました――〉

緊張をはらんだアナウンサーの声が聞こえてきた次の瞬間、タクシーが、がくんがくんと揺れた。芭子は思わず膝《ひざ》の上で握り拳《こぶし》を作った。

――もう分かったから。もう、いいから。

どうしてこんなにも揺れ続けるのだろう。大地震というのは、こんなものなのだろうか。心臓が一回りくらい、きゅっと縮んだまま戻らない気分だ。呼吸が浅くなっているのが自分でも分かる。

〈――では引き続きまして岩手放送局から被害の状況をお伝えします――〉

ラジオは各地の被害状況を絶え間なく伝え続けていた。いつの間にか「東北関東大震災」という呼び名もついたらしい。黙ってラジオを聴き続けているうちに、その名の通り東北から関東まで、恐ろしく広範囲にわたって被害が出ているらしいことが徐々に分かってきた。中でも東北地方の沿岸部には、かなり大きな津波が押し寄せたらしい。連絡が取れない、生死が確認出来ない、火災が起きて延焼中である、避難しているなどという言葉が、地震速報に紛れながら繰り返し聞かれた。

――本当に起きたことなんだ。何もかも。

窓の向こうに目を凝らすうち、闇《やみ》に沈んだ風景のそこここに地震の爪痕《つめあと》が見て取れるようになってきた。縁石も大きく波打っているし、家々の外塀なども崩れ落ちている。もしも明るいところを走っていたなら、もっと壮絶な光景を目の当《ま》たりにしなければならなかったに違いない。

「ああ、今頃メールが届き始めた――それも六時間以上も前のだ」

面長の彼が携帯電話を覗《のぞ》き込んで「すごい揺れだったね、だって」とメールを読み上げ、「今さらなあ」と笑う。芭子も「何だか間抜けな感じね」と笑い返しながら、自分の携帯電話を取り出した。だが、こちらはまだ、うんともすんとも反応がないままだ。同じ携帯会社だということは、さっき雑談の中で確かめたのに、どういうわけだろう。それから十分か二十分置きに、彼の携帯電話には、何時間も前に送られてきたメールが届き始めた。

「ええと――原発がどうにかなったんですか?」

携帯を覗き込んでいた彼が運転手に尋ねる。どうやら福島第一原子力発電所が緊急停止しているらしいと運転手が答えた。

「友だちからのメールだと、とにかく近づくなって――どうなったんだろうな」

「漏れ出したんじゃないかっていうんですよね。放射能が」

「ええっ？」

「ええっ？」

芭子も、つい一緒になって運転手を見た。

「夜に入ってから、政府が緊急事態宣言を出したんです。今もう、半径二キロ以内に住んでる人には避難指示が出たみたいですよ」

放射能が怖いということくらい、芭子だって漠然とではあるが知っている。そんなものが漏れ出したら、これからどんなことになるのだろうか。芭子はつい隣の彼を見た。だが、他の車のライトでも射《さ》し込まない限りは車内も暗くて、その表情はほとんど見えなかった。

「じゃあ、僕らはそっちを通らないように帰れますかね。放射能浴びるのも困るけど、通行止めか何かになってたら——」

「大丈夫です。このままずっと国道四号線を使いますから。海側には行きません」

地震は、ひと揺れすれば終わりというものではないのだと、芭子はつくづく感じ始めていた。あの激しい揺れに襲われてから、既に何時間が経過しただろう。とにかくこうして怪我《けが》一つせず、このまま順調にいけば何とか福島までは帰り着けそうなところまでは漕《こ》ぎ着けた。だが、芭子がそうしている間にも、どうやら津波が人々を襲い、原発は壊れ、もっと大きな被害が生まれ続けている様子ではないか。このタクシーに乗って、ラジオを聴けるようになって、そのことが初めて少しずつ分かってきた。何ということだろう。被災地のど真ん中にいながら、まったくの空白地帯に置かれていたなんて。

行けども行けども、タクシーのライトが探るのは、まったくの闇だった。街灯だけでなく信号も、建物も店舗も飲み物の自動販売機も、何もかもが闇に沈んでいる。

「本当に真っ暗なんだわ――」

「でも、慣れた道ですから。注意して走りますよ」

タクシーはちょうど交差点に差しかかっていた。信号も灯《と》もらず、交通整理の人も立っていない交差点を、行き来する車たちは互いに先をゆずり合いながら、そろそろと徐行運転で進んでいく。その時、また「ピーピーピー」という音が響いた。余震だ。

「結局、最初の揺れはどの程度の規模だったんですか」

「マグニチュード7・9とか言ってますね」

「7・9？　すごいんじゃないかな、それ。阪神大震災のときが――」

「7・3だそうです。阪神淡路が」

「じゃあ、あのときより大きかったんですか。ふうん——震源は？」

「三陸沖っていうことですけど。一番揺れたところで震度7だそうですからね」

「7！」

「7！」

「仙台で6強とか」

「6強——そんなすごい揺れだったんだ。やっぱりなあ」

あの瞬間のことが蘇《よみがえ》る。地球そのものに振り回されるような、まったく抗《あらが》いようのない、あんなにも強烈な力は、確かにかつて経験したことのないものだった。

「マグニチュードっていうのは、0・2違うだけで、エネルギーが倍に増えるんだそうですよ」

聞いているだけで、今こうしていられるのが奇跡のような気持ちになった。思わずほうっと息を吐き出したとき、ポケットの中で携帯電話がメールの着信を知らせた。

「やっと通じた！」

芭子は思わず声に出して携帯電話を取り出した。案の定、綾香からのメールが立て続けに入っている。

〈すごい揺れた〜！〉

〈あれ、電話が通じないよ！〉

〈芭子ちゃん、大丈夫だったよね？〉

〈メール見たら連絡して！　私、まだお店にいるからね〉

やっぱり綾香は心配してくれている。芭子は、すがりつくような思いで携帯電話に向かい、〈やっと今、メール受信出来たよ！〉と打った。ところが、いざ送信しようとすると、またエラーが出る。芭子は、数分間隔で携帯電話を取り出しては、送信ボタンを押し続けた。その間にも余震が来る。余震がないときでも、タクシーは大きくバウンドするように揺れることがあった。

「かなり地割れしてますからね。それに橋の継ぎ目に来ると、必ずこうなるんです。相当、地盤が動いたっていうことですかね」

運転手が説明してくれた。だから、たとえ空《す》いた道でもあまりスピードはあげられないのだそうだ。

「それに、いつまた大きな余震が来るかも分かりませんから」

言っている傍からラジオが「ピーピーピーピー」と鳴った。

5

闇の中を進むうち、左手の彼方《かなた》、地平線に近いと思われるあたりがぼうっと赤く照らされているのが見えてきた。面長の彼が「火事かも知れない」と言った。

「ありゃあ、街の灯っていう色じゃないんじゃないか？　あんなに赤いんだもん。何か燃えてる、炎の色じゃないかな」

「——あそこで火事が起きてるっていうこと？」

「さっき言ってたろう？　沿岸部で火事が起きてるって」

確かにさっきからラジオでは、津波や土砂崩れ、堤防の決壊などと共に火災の情報を伝えている。真っ暗闇の中で、不気味なほど赤く鮮やかに空を焦《こ》がす光は、かなり広範囲に見えた。あれが本当に炎なのだとしたら、かなりの規模で燃えている。

「東京も、ひどいことになってるみたいだ」

携帯電話にメールが届くと、彼は時としてメールを読み上げた。

「帰宅難民が溢れてて、どこもかしこも交通がマヒしてるって。外堀通りは全部、車で埋まっちゃってるってさ」

「どっかの公会堂の天井が落ちたっていうのも、言ってましたね」

県内の農業用ダムが決壊したとも、さっきラジオが言っていた。さらに原発までどうにかなったというではないか。何度でも同じことを思う。どうやら、これは本当に、本当に大変な災害だ。

「ああ、また降ってきました」

運転手が呟《つぶや》いた。同時にワイパーが左右に動き出す。いくつもの大きな雪片が、フロントグラスにあたりかけては踊るように除《よ》けていくのが見えた。その向こうの景色の中に、時折、ヘッドライトが何かの物体を浮かび上がらせた。わざわざ確かめるまでもなく、それは多分──動物、の死骸《しがい》に違いなかった。地震に慌《あわ》てたのか、またはべつの理由でか、道路を横切ろうとして車に轢《ひ》かれたのだろう。そういう物体を見つける度に、タクシーは注意深くそれらのものを避ける。地割れをまたぎ、隆起している箇所を乗り越えて、とにかくひたすら走り続けた。

「運転手さん、すみません。コンビニがあったら停まってもらえますか。携帯の電池が、もう切れそうなんです」

「承知しました」

「この車のガスは大丈夫ですか」

「どこかにLPガスのスタンドさえあればね、ガスを入れて、東京までもお乗せ出来るんですがね」

「そうしてもらえるとありがたいなあ」

運転手とのやり取りを聞いているうち、隣の彼は、芭子よりもずっと大人ではないかという気がしてきた。見た目の印象や、さっき二人で話していたときの感じではせいぜい同い年か、少し年下ではないかという気がしたのだが、こうして聞いていると、ずい分と落ち着いたやり取りをする。

ラジオでは、主に東北各県の被災情報を、繰り返し繰り返し流し続けている。連絡の途絶えている集落があるようだ。夜になってますます捜索が難航しているらしい。福島第一原発関係では、住民の避難指示が半径二キロ圏内から三キロ圏内に広げられ、さらに十キロ圏内の住民に対しては屋内退避の指示が出たらしい——それらのニュースの合間にも、ひっきりなしに「ピーピーピー」と緊急地震速報が入る。

たまに、闇の中に車の行列が見えることがあった。どれもガソリンスタンドに出来ている行列だ。コンビニエンスストアも見つかるには見つかったが、いずれも停電のために真っ暗な入口に、手洗いでも借りようというのか、人の列が出来ていたり、またはもう閉めてしまっていた。

真っ暗な山道をどこまでも進んで、どれくらい走ったか、やがて、遥《はる》か前方にぽつぽつと街の灯らしいものが見えてきた。

「ねえ、あそこ、停電してないんじゃない？」

思わず闇の中で指まで指していた。すると、隣から「うん」という呟きが聞こえてくる。ずい分と張り合いのない返事だと思って隣を見ると、彼はシートにぐったりと身をもたせかけて、どうやらうとうとと眠っているらしかった。代わりに運転手が、さっき県境を越えて、もう福島県に入っていると教えてくれた。

「じゃあ、福島の方は停電してないっていうことですね。ああ、やっぱり来てよかったわ」

道ばたの自販機に明かりが灯っているのを見つけたときは「点《つ》いてる！」とはしゃいだ声を上げてしまうほど嬉《うれ》しかった。だが走って行くにつれて、やはり福島県内も被害を受けているらしい様子が次第に分かってきた。家々の外塀が崩れ、道路には亀《き》裂《れつ》が走っている。早くも屋根の上にブルーシートが掛けられている家も見受けられた。市街地に入ると、運転手は途中で何度か車を降りて、交番に立ち寄ったり他のタクシーを止めたりしてLPガスのスタンドがないか尋ねてくれたが、結局は無駄だった。既に深夜二時近くなっていて、どこも開いているところはないという。

「申し訳ありませんねえ」

「そんな。運転手さんのせいでも何でもないですから。ここまで連れてきていただいただけでも、本当にありがたいです」

そうやって走り続け、ようやくたどり着いた福島市の中心地は、まるで何ごともなかったようにイルミネーションまでが瞬《またた》き、その明るさが、痛いほどまぶたに沁《し》みた。明かりが灯っているということが、こんなにも安心をもたらし、また平和に思えるものだということを、芭子は初めて知った。

——ここでなら、ゆっくり休めるかも。

ちょうど一軒のホテルの前を通りかかった。この時間にもかかわらずロビーに何人もの人がいる。笑っている顔が見えた。だが、それらの人々が肩から毛布のようなものを掛けているらしいのを遠目に見て、芭子は、やはりここにも避難者がいるのだろうと想像した。

「どうする？　この辺りでホテルでも探す？」

いつの間にか目を覚ましたらしい彼に聞かれて、芭子は首を横に振った。

「せっかく、ここまで来たんだから。このまま、帰る」

「——分かった。じゃあ、運転手さん。申し訳ないんですが、僕らが次のタクシーを捕まえるまで、ちょっとつき合ってもらえないでしょうか。多分、外はすごく寒いと思うんで」

「あたしが交渉しますよ。あの先が繁華街で、空車がたまってるはずなんで、きっと見つかるでしょう」

運転手は言葉の通りに芭子たちを車内に残したまま自らがタクシーから降り、何台かのタクシーに声をかけて歩いてくれた。そうして数分後、頭に雪を積もらせて、走って戻ってきた。

「あそこの車が、東京まで行ってもいいって言ってます。プリウスだから燃費もいいんで、心配いらないって」

「本当ですか」

芭子が財布を取り出して三万五千円ほどの料金を支払う間も、彼は「助かりました」と繰り返した。こんな状況のときに、よくぞ脱出させてくれたと思ったら、何度頭を下げても足りないくらいだ。

「じゃあ、お気をつけて。無事に東京まで帰ってくださいね」

「運転手さんも。これから仙台は大変かも知れませんが、どうぞお元気で」

「お互いに、生き延びましょう」

「お互いに」

芭子は、思わず胸が熱くなる思いで笑顔の運転手に頭を下げた。きっと、もう一生会うこともないだろう。けれど、この日のことは生涯忘れない。

運転手に見送られて、急いで乗り込んだ次のタクシーは、六十代後半くらいに見える人が運転する車だった。「よろしく」と、芭子の連れが勢い込んだように愛想のいい声をかけた。

「助かりました」

「プリウスは燃費がいいもんでね」

「それにしても、この辺は電気が点いてるんですね」

「駅の周辺だけ。あとは駄目だね、まるっきり」

その言葉通り、あんなに明かりの燦《きら》めいていた駅周辺からほんの少し離れただけで、辺りはまた闇に呑《の》み込まれてしまった。しかも国道四号線はこの先で道路が陥没しているため、通行止めになっているという。運転手はラジオをかけてくれていたが、電波の状態が悪いのか、チューニングが合っていないのか、または強いて正確な情報など聞きたくないと思っているからなのか、ざぁざぁという雑音ばかりでほとんど聞き取ることが出来ない。彼が繰り返し「ラジオを」と頼んでも、その言葉さえも運転手は、まるで聞いていない様子だった。結局、ノイズの向こうから微《かす》かに聞こえる情報だけにすがるようにしながら、芭子たちは闇の中を進んだ。気がつくと、彼はまた眠ってしまっている。芭子だけがドアにもたれるようにしながら、見えない闇に目を凝らして長い時を過ごした。

「また降ってきた。ついさっき月が見えたのに——本当に安定しないのね」

「この辺りは今の時期、そうなんです。三月になって、春が近くなるとね、いつもこんな天気なんですよ。そうやって少しずつ、春を迎えるのが福島なんだ」

つい呟いた芭子の言葉に、その時だけは運転手が反応した。さらにしばらく走ると、道路には迂回《うかい》路を示す看板が立ち、やがて、大きな土砂崩れの現場に差しかかった。

「こりゃ、すごいことになってるな」

「本当。ひどい——」

崖下《がけした》の家々のうち何軒くらいだろうか、土砂に埋もれているようだ。山の斜面の中程を通っていたらしい道路は、支える土を失って、まるでたわんだロープのように、ぶらん、と闇の中に垂れ下がっている。黒々とした土砂の中には呑み込まれたらしい車も何台か見えていた。既に工事車両が到着しており、現場を照らすライトが、その悲惨な光景を、まるで映画のシーンのように、闇の中に浮かび上がらせていた。

「ありとあらゆるところで、こんなことになってるんだ――」

そうこうするうち緊急車両のサイレンが響いてきて、タクシーは路肩に寄ろうとし、慌てたようにハンドルを戻した。見ると、路肩自体が崩れてなくなっているのだった。アスファルトの裂け目で車が沈み込むこともあれば、逆に道路の隆起で、車の底がゴリゴリと、嫌な音を立てることもある。

「プリウスは車高が低いから」

最初のうちは燃費の良さを自慢していた運転手が、次第にぼやき始めた。上り車線もさることながら下り車線の方も、渋滞が激しくなっている。

「原発を避けて、みんな、こっちの道を選んでるんだ。高速だって閉鎖されてるし」

目を覚ましたらしい隣の彼が呟いた。彼は、起きているときには何度となく携帯電話を確認し、運転手や芭子にもあれこれと話しかけるが、少し長い沈黙が続くと思うと、もう眠っていた。無理もない。本当のことを言えば、芭子だってもうとっくに限界を超えていた。だが、極度に緊張しているために、容易に目をつぶる気にもなれないのだ。

――とにかく帰る。家で朝ご飯を食べるんだ。

念じ続けるのは、それればかりだった。携帯電話の電池は、結局、綾香に返事のメールを出せないまま切れてしまった。既に午前三時を回っている。そろそろ綾香の起きる時間だ。今日も普段と変わらずに、仕事に向かうだろうか。そんな普通の日常を送れるような状態だろうか。それでも、芭子のことは間違いなく心配している。家に着いたら、真っ先に連絡しなければ。いや、その前にぽっちの無事を確かめる必要がある。無事でいてくれたら、餌《えさ》をやって、水も取り替えてやって、その間に風呂に水をはって——。


「おかしいなあ。どうしてこんなに動かないんだろう」

やがて、タクシーは本格的な渋滞に突っ込んだらしく、ぴくりとも動かなくなった。目を覚ました彼が明らかに苛立《いらだ》ち始め、その苛立ちは運転手にも伝わったらしい。

「この先で片側交互通行になってるんでしょう。この流れ方だと」

「それは分かるんだけど、どの辺でそうなってるかですよね。脇道《わきみち》に逸《そ》れたりは、出来ないのかな」

「逸れた道が、その先、どこに行ってるかですからね」

「そりゃあ、そうかも知れないけど——」

ブツブツと言い合っている間に、ようやくのろのろと動き始めて、また止まってしまう。うんざりするほどそれを繰り返しながら、大分進んだ先で、なるほど道路がセンターラインから半分崩れ落ちている箇所があった。既に重機が入って処置に当たってはいるが、ここから上下線ともに渋滞が始まっているのだ。

「今の場所で確実に一時間はロスしたね」

やれやれ、とため息をついたのも束《つか》の間《ま》、少し進んだと思うと、また似たようなことになる。陸橋らしいスロープに差しかかったところでは、事故が起きている箇所もあった。ハンドル操作を誤ったのか、軽トラックがすっかり違う方向を向いて側壁にぶつかっているのだ。すぐ後ろに続いていた車から運転手が降りて、その軽トラックを懸命に押してやっている。

「下がアイスバーンになってるから、慣れない人は簡単にスリップするからね」

「アイスバーンに？　今頃になっても、まだ？」

「外は今、もう零度を切ってますから。それにこの天気だ。凍りますよ、そりゃあ」

事故車と後続の車とを除けるようにして、芭子たちを乗せたタクシーは先へ進んでいく。何も手伝わずに行ってしまうことが申し訳ない。だが、そうは言っても特別に出来ることがあるわけでもなかった。ラジオでは、ノイズの向こうから緊急地震速報が鳴り響き、凍った道を行く車がまた弾んだ。

上り車線が、どうやら順調に流れ始めた頃、今度は下り車線の流れが完全に止まってしまったようだった。大きなトラックが何台も、何十台も連なったまま、それぞれのドライバーたちがシートにのけぞって眠りこけたり、雑誌を読んだり、また携帯電話をいじっているのが見えた。

「お客さん。悪いけど、宇都宮までにしてもらえませんか。このまんまだと、今度はあたしが帰れなくなる」

　ようやく那須《なす》塩原を過ぎた辺りで運転手が言った。さっきからハンドル操作もかなり荒っぽくなって、明らかに苛立っているのが伝わってきていた。無理もなかった。あの、下り方面の渋滞状況を見たら、この人自身、果たして何時くらいに家まで帰り着けるか、不安になって当然だ。それでも無理矢理東京まで行けなどとは、言えるはずもない。福島で乗り換えた時と同様に、やはり今度も次に乗るタクシーを探してもらうことにして、芭子たちは宇都宮駅でプリウスから降りた。今度のタクシー代は六万円近くになった。

　既に五時を回って、東の空には微かに夜明けの気配が漂い始めていた。慌ただしく走り去っていったタクシーに代わって、今度乗り込むことになったのは少し旧式なタイプのタクシーだ。しかも、走り始めてすぐにエンストする。

「ちょっと待ってくださいよね。たった今ねえ、車庫から出てきたばっかりなもんで、エンジンがまるっきり温まってないんだわ」

今度の運転手も初老近い男性で、芭子たちが仙台から来たと言うと「へえっ」と目を丸くした。信号の代わりに警察官が立っている交差点は、夜明け前だけあって、車の通りも皆無に近い。タクシーはのんびりとエンジンをふかして、再びのろのろと走り始めた。

「そりゃあそりゃあ。あっちは大変な揺れだったんでしょう？」

「大変なんてもんじゃ、ありませんでした。この辺りは、どうでしたか」

「揺れたことは揺れましたよ。あたしんとこもねえ、長年、大事にしてきた盆栽の鉢がやられっちゃったもんね」

だが、倒壊した家屋もなければ土砂崩れなども起きていないという。もともと宇都宮は地盤がしっかりしているのだと運転手はのんびりした口調で言った。

「それより、あんた方トイレとかは、大丈夫かね？　お腹《なか》は？　いつでも停まってあげるから、言ってくださいよ」

いかにも気さくな様子で話しかけられて、芭子はようやく少しだけ全身が解《ほぐ》れそうになる気分だった。だが、まだ安心は出来ない。ラジオからは相変わらず緊急地震速報が流れ続けているし、どこそこの集会所では百人以上の遺体が見つかった、どこそこの集落とは未《ま》だ連絡が取れないままだと、報じられる内容にはまったく明るい兆《きざ》しは見えていないのだ。

運転手の話でも、芭子が把握している日本地図の地形から言っても、ここから先はほとんどが平坦《へいたん》な道を南下する格好になるらしい。隣の男性は、ついに本格的に熟睡してしまったらしく、規則正しい微かな寝息が聞こえ始めた。夜明けの気配が近づいて、空の色が次第に変化していくのを、疲れ果てて痺《しび》れたように感じる頭で、芭子はひたすら眺めていた。

——朝が来る。やっと。

運転手は話し好きな人らしい。または、芭子を気遣ってくれているのかも知れない。他愛ない話をしたり、ときにダジャレやなぞなぞで芭子を笑わせてくれたりした。そうして埼玉県に入った頃、ようやく東の空に太陽が姿を見せた。輝くばかりの金色の光が辺りを照らし出すのを、芭子は食い入るように眺めた。あっという間に頬に温かさを感じ始める。この地上から闇が取り払われていく。朝を迎えるのが、こんなにも嬉しく思えることは、かつてなかった。

「——お日様ってすごい。暖かいなあ」

思わず呟くと、運転手が「本当だねえ」と相づちを打った。

「どんなことがあっても、ちゃあんと朝は来るもんだよねえ」

「──本当ですね」

「こうしてると、昨日の出来事なんか夢みたいだよね」

だが、夢ではない。こうして東京を目指してひたすら走っている間にも、やはり余震は絶え間なく起き続けているし、その都度、道ばたの電線が大きくたわむのが見えたり、走っている車も軽く弾むのだ。空にあるものは、月も星も太陽も、何も変わっていないのだろうが、この地上は変わってしまった。

すっかり太陽が昇りきった頃、運転手が手洗いに行きたくなったと言い出した。タクシーがコンビニの駐車場に止まると同時に、ずっと熟睡していた彼がようやく目を覚ました。

「あいててて。あちこち、凝り固まってるよ」

車から降りるなり、彼は「あーあ」と大きく伸びをする。

「君は？」

「私も。身体《からだ》中、痛い」

「無理もないよな。こんなに何時間も、ぶっ続けで同じ姿勢でいるんだもん。少しは寝られた？」

ううん、と首を横に振る。すると彼は「そうか」と気の毒そうな顔つきになった。

「この緊張は、そう簡単に解けるものでもないかも知れない。家に帰ったら、ゆっくり休むといいよ」

ね、と言いながら、彼がぽんと芭子の肩を叩《たた》いた。その瞬間、疲れ果てて石のように硬く凝り固まっていたはずの芭子の中で、何かが「ぴくん」となった。

「さて、と。僕も缶コーヒーでも買ってくるか」

彼についていく格好で、芭子もコンビニに足を踏み入れて、咄嗟《とっさ》に「ああ、ここは平和なのだ」と思った。実は、福島から宇都宮へと走る途中にも、何度となくコンビニには寄ってもらっていた。だが何軒寄ろうとも、食品の棚はドレッシングとマヨネーズ以外のすべてが売り切れの状態になっていたし、水や牛乳の類もなくなっており、さらに携帯電話の充電器どころか乾電池も何もかもがすっかりなくなっていたのだ。行く先々で、まるで強盗でも入った後のように、スッカラカンになった陳列棚ばかりが目立つ店を見てきた。それが、ここまで来たら、おむすびやパン類などは、まだ入荷前の時間らしかったが、少なくとも他の食品の棚は普通に商品が並んでいる。それならと期待した携帯電話の充電器はやはり売り切れだったが、それでもここには日常が残っていた。

——東京だって、分からない。ここで少しでも買っておく方がいいのかも。

思いつくなり、芭子はバスケットを手に取り、カップ麺《めん》や魚肉ソーセージなどを買い込むことにした。実をいうとカップ麺は「あそこ」を出た直後の芭子にとっては、何よりのご馳走《ちそう》だった。何しろ人に顔を見られたくない、誰とも顔を合わせたくない一心の日々だったし、料理らしい料理は何一つ出来なかったから、そういう意味で助かったということもある。また、「あそこ」では一切口に出来なかったということも大きかった。濃い味付け、化学調味料、脂《あぶら》っこさ、何もかもが嬉しくて、美味《おい》しく感じられてならなかったものだ。

「何、そんなに買い込んでるの」

ふいに背後から声を掛けられた。面長の彼が興味深げな表情で芭子のバスケットを覗き込んでいる。

「東京も、こういうものが売り切れになってるんじゃないかと思って」

「あ、なるほど」

「せめて二、三日は食いつなげるようにしておかなきゃって」

ふうん、と小さく頷いてから、彼はふいにこちらを見た。その瞬間、芭子の胸の奥底が、またぴくん、と跳ねた。

「意外と心配性なんだね」

「意外と？」

「ハキハキしてるし、意志だって強いし、もっとバリバリ突き進むタイプの人なのかと思ったら」

「私が？」

「だって、『絶対に帰る』って。君があそこまで言わなかったら、僕だって『そうか』っていう気には、ならなかった」

何だか急に恥ずかしくなって、芭子は慌てて彼から目を逸らしてしまった。運転手の分も含めて三本のペットボトル飲料も買い込んでレジに向かう途中、今度は朝刊が売られているのに目が止まった。昨日からの出来事が、新聞ではどう報じられているかと、その一つに手を伸ばした途端、芭子は息を呑んだ。

新聞の一面に、巨大な津波が町を呑み込む写真がでかでかと載っていた。

——こんなことに。

かつて見たこともないくらい大きな見出しの文字で黒々と「東北で巨大地震」と、昨日の現実を突きつけている。「かい滅的被害」「死者行方不明者多数」「大津波」「M8・8国内空前」「仙台沿岸300遺体」——。

「以上でよろしいですか？」

レジにいた若い女の子に話しかけられるまで、身動きも出来なかった。はっと我に返って慌ててレジ台にバスケットを置いたとき、ずん、という大きな振動があった。

「またっ！」

思わず悲鳴を上げそうになると、レジの女の子が「違うんです」と小さく笑う。

「今、この裏で工事してるんで、その振動。嫌ですよねえ、昨日、あんなに揺れたばっかりだから」

「何だ、そうなの――てっきりまた余震かと思った」

「怖かったですもんねえ、昨日」

「私、仙台から帰ってきたばかりだから」

「――えっ？」

「たった今――やっとここまでたどり着いたとこなの」

オレンジ色の長い髪を三つ編みにしている女の子だった。すっかり驚いた顔つきで、その子は目をぱちぱちさせている。

「どうやって？　電車もバスも止まってるんでしょう？」

「タクシーで」

「タクシー？　仙台から、ずっと？」

「途中で二回、乗り換えたんだけどね」

「すごい！　でも、よかったですねえ、無事に帰れて」

本当だ。よくぞ無事に帰れたものだ。新聞の写真を見てしまったら余計にそういう気持ちになる。もしもあのとき、違う場所を目指していたら、芭子だって津波に遭っていた。

再びタクシーに乗り込んだ後、買ってきた新聞を見せると、面長の彼も深刻な顔つきになって、記事に目を通し始めた。

「国内空前か」

「そうだったんだね」

「思ったより深刻だな」

「そうみたい」

陽が高くなるにつれ、次第に交通量が増えてきて、やがて都心に向かう道路はかなりの渋滞になってしまった。

「仕方ないわなあ。ほら、昨日、都心で足止め食らってる人らを迎えに行く車も多いはずなんですよ。今日は土曜だから、家族なんかがね。それから、東京ナンバーのタクシーが結構走ってるでしょう。あれはひと晩かかって、やっとこっちまで客を乗せてきた、その帰りだろうな」

「高速も閉鎖されてるんだもんね。電車もまだかな」

「電車は、どうですかね──で、東京のどの辺りを目指せばいいですか？」

「ああ、ええとね。まずは彼女の家から──君のうち、どこ」

「──根津。文京区の」

「へえ、そっか、根津なんだ。ああ、住所と電話番号、これに書いてくれる？　あと、メアドも」

いきなり差し出された手帳を黙って見下ろしている間に、彼は「ほら、だってさ」と言葉を続ける。

「携帯の電池、切れちゃってるだろう？　赤外線でやり取り出来ないし、タクシー代、半分、返さなきゃならないから」

「──あ、そっか」

仙台から福島までと、福島から宇都宮までの道のりで、既に十万近くかかっている。このタクシー料金も、そこそこの金額になりそうだ。だが、一人で帰ってくることを考えれば、または、今も仙台で足止めを食らっていることを思えば、自分で負担しても致し方ないかも知れない。そうは思っても、「いらない」と簡単に言ってしまえる額ではなかった。

「名前も忘れずに書いてよね」

「いいけど――私だって、あなたの名前知らないまんまだよ」

「そうだよな。ちょっと待てよ。僕さあ、名刺がねえ――」

「何だ、お客さんたち、ひょっとして知らない同士なの？」

ふいに運転手の声がした。

「へえ、そうなの？　あたしはまた、恋人同士なのかと思ってた」

「えっ、そうかなあ。そう見えます？　いやあ、照れるなあ」

彼が、あっははは、と笑う。その声が、急に車内の空気を変えたような気がした。二人の間には、さっき買った朝刊が置いてある。激しい津波の写真が生々しく載っている。たった一日の間に、果たしてどれほどの人生が変わってしまったのだろうか。

「まあ、同志だよな。同志。だって、あの中から一緒に帰ってきたんだもん」

「そりゃあ、そうだよね。縁は異なものっていうしねえ」

「本当なんですよ、運転手さん。実は僕ねえ、彼女とは縁を感じるんです。だってね――」

実は、自分たちは昨日の朝の新幹線でも隣同士の席になったのだ、などと、二人の出逢《であ》いを説明し始める彼の声を聞きながら、芭子は初めて、とろりと眠たい気分になっていた。ふと、さっきの「ぴくん」は何だったのだろうかと思うが、今はもう何一つ、考えたくもない。

「インコが無事だといいね」

ようやく根津まで戻って不忍《しのばず》通りでタクシーから降りるとき、最後に彼はそう言った。芭子は「うん」と頷《うなず》いて、走り去るタクシーを見送った。

——インコが無事だと。

両手に千円分の仙台みやげと、埼玉のコンビニで買ったカップ麺の袋を下げて裏通りに入り、家につながる路地を曲がったところで、突然「芭子ちゃん！」という悲鳴のような声が鼓膜を刺激した。午前中の陽射《ひざ》しを受けて、いつものジーパンにブルゾン姿の綾香が、丸い身体を弾ませるようにして駆け寄ってくるところだった。芭子はその場に立ち止まり、「ただいま」と眼を細めて見せた。

その扉を開けて

1

半分ほど開いたままの窓からジジィという夏の虫の音が聞こえていた。台所の古い換気扇は、ぶうん、という鈍い唸《うな》りと共に、もう何時間も回り続けている。二つの音が脳味噌《のうみそ》を刺激して、こうして立っているだけでも、ぼんやりと眠くなってくるようだ。茶の間に置いてある扇風機が、ゆるゆると首を振る度に、その風向きによって微《かす》かな蚊取り線香の匂《にお》いが廊下にも届いた。

「今夜も熱帯夜かな」

「多分ね」

「向こうも？」

「多分」

「あ、マスク持った？」

「大丈夫」

「虫除《よ》けは？」

「持った」

素っ気ないやり取りを続けながら、小森谷芭子《こもりやはこ》は目の前に屈《かが》み込んでいる背中を見つめていた。

特大な上に一杯に膨らんでいるナイロンバッグを脇《わき》に二つ置いて、スニーカーの紐《ひも》を結び直している江口綾香《えぐちあやか》の背中には、もう何年も使いこんでいるリュックサックが、やはりぱんぱんに膨らんだ状態で背負われている。こうして屈んでいると、ほとんどリュックサックしか見えないほどだ。

――ねえ、本当に。少しは考えた方がいいよって言ってるの。

――じゃあ、聞くけど。芭子ちゃんは、他にどうするのがいいと思うわけ？　こっちにいて、ただお祈りでもしてた方がいいっていうこと？

実は今日も、顔を合わせるなり少しばかりやり合った。それきり今の今まで、芭子が何を話しかけたって、綾香はむっつり黙り込んだままでろくに返事もしてくれず、感じが悪いってばなかった。先週もそうだった。このところ、ずっとこんな風だ。

――私は行くななんて言ってるんじゃなくて、少しは自分のことも考えたらって言ってるだけ。このままだと本当に倒れちゃうよって。第一こう毎週じゃあ、交通費だって馬鹿《ばか》にならないし、材料代だってかかってるんだよ。せっかく今まで貯《た》めてきた貯金がどんどん減ってっちゃうじゃない。

――つまり、知らん顔して貯金だけ続けてれば、それでいいっていうこと？

――だから、そんなこと言ってないって。

――瓦礫《がれき》処理だろうが何だろうが、一泊で帰ってこられるボランティアなんかないんだよ。だからせめてこれが、私に出来る精一杯のことなの。

――そうは言っても、お家《うち》の人にじかに渡せるわけでも、ないじゃない。

――そうだよ。どうせね。亭主の首締めた手で焼いたパンだって分かったら、避難所の人たちだって欲しがるわけないのにね。

――また！　何もそんな言い方しなくたって。

――それでも、向こうから来るなとでも言われない限りは、行かずにいられないの。

芭子ちゃんには分からないだろうけど。

最後にはいつもそれだった。

芭子ちゃんには分からないだろうけど。

それを言われてしまうと、手も足も出なくなる。

あれだけ陽気だった綾香が、まるで別人だった。「あそこ」を出てから、ずっと一緒にやってきたこの年月、彼女は常に芭子を励まし、力づけてくれる存在だった。たとえ自分の身にどんな辛《つら》いことがあっても、無理矢理にでも笑い飛ばして、やり過ごそうとしてきたことを、芭子が一番よく知っている。その綾香が、今や滅多に声を出して笑うこともなく、おどけることさえない。いつもどこか思い詰めた顔をして、声だって幾分、低くなったようだ。こんな人ではなかったのにと思う反面、もしかすると綾香は、かつてもこうして長い年月を過ごしてきたのではないだろうかと、最近の芭子は思うようになっている。

それでも、綾香は綾香だ。明るかろうと暗かろうと、喋《しゃべ》ろうと黙っていようと、芭子にとっては唯一《ゆいいつ》の、家族同然の存在だった。だからこそ心配しているのに。ここまで頑固な人だとは思わなかった。

「じゃあ、行ってくるから」

よいしょ、と立ち上がって、綾香がようやく背筋を伸ばす。

「——気をつけてね」

「あ——いつも、ごめんね」

「何が」

「台所。後片付けしなくて」

「そんなこと、いいって言ってるじゃない」

こちらもぶっきらぼうな答え方しか出来なかった。こうしていても、苛立《いらだ》ちとも怒りともつかないものがのど元までせり上がってくるのだ。それを少しでも押し下げるように、芭子は大きく深呼吸をした。

「ねえ、悪いことは言わないから、せめて来週くらいは休んでくれない？ そうじゃないと本当に――」

「だ、か、ら。私の思うようにやらせてって、言ってるでしょ」

ぴしゃりと言われた。芭子は、古い廊下に素足のままで突っ立っている自分の足下に目を落とした。やめよう。これ以上何か言うと、また喧嘩《けんか》になる。

「――じゃあ、明日、何がいい？ 晩ご飯」

「芭子ちゃんに任せる」

二つのナイロンバッグの中には、綾香が焼き上げたパンが詰め込めるだけ詰め込んである。それを両手に一つずつ持ち、綾香はこれから東京駅に向かい、深夜の高速バスに乗って東北に向かうのだ。

古い玄関から一歩外に踏み出したところで、綾香が「そうだ」と呟《つぶや》いた。そのまま半歩ほど身体《からだ》を戻して、彼女は初めてまともに芭子と目を合わせた。

「南くんとは、会ってるんでしょう？」

「ああ——たまに。向こうも忙しいみたいで」

「もう、話したの？　あのこと」

「——まだ」

「そっか——このまま、話さないつもり？」

「そうじゃなくて。まだ、そこまでいってないっていうか——」

「そうなの？　彼ってさ、仕事は何してる人だって？」

「まだ聞いてない」

「なんだ、それもまだ？　じゃあ、何もかもこれからか——このまま言わずに済ます？」

「それは、やっぱりまずいんじゃないかと思ってるんだけどね。何ていうか——裏切るみたいで」

綾香は、そこでやっと表情を動かした。だがそれは、笑顔と呼ぶには少しばかり無理のある、見方によっては泣き出しそうにも見える顔つきだった。このところの綾香はよくこういう表情を見せる。吐き出せない思いが、渦巻いているのだ。芭子にはそれがよく分かる。

「まあ、どうするかは芭子ちゃんの自由だけど」

「綾さんは、どう思う？」

「私は──せっかく順調にいってるんなら、何も余計なことを聞かせる必要なんか、ないと思うよ。はっきり言って、それで話が全部ブチ壊れる確率は、低くはないだろうし」

実は少し前から、そのことを一度ゆっくり相談したいと思っていた。だが正直なところ「それどころじゃない」という雰囲気が、綾香だけでなく芭子の気持ちも支配していた。

「ま、とにかく、行ってくるわ」

最後にもう一度、口元をきゅっと引き締めて気合いを入れ直し、綾香は大荷物を両手に、夜道を出かけていった。古くて少しばかり建てつけの悪くなっている玄関のドアががたん、と閉められて、祖母がいた頃からついている真鍮《しんちゅう》製のドアベルがリン、リンと音を立てる。芭子は閉じられたドアに向かって「行ってらっしゃい」と小さく呟いてから、のろのろと台所に戻った。

──こんな生活が、いつまで続くんだろうか。

パン生地のこびりついた作業台や麺棒《めんぼう》や、その他の様々な道具を水に漬けて丁寧に洗っていく。バターや調味料、ドライフルーツなどの類は、どれも密閉容器に入れてしまい込み、来週もまたすぐに使えるようにオーブンの手入れもする。床も、何となく粉っぽくなっていた。片づけの合間にちょこちょこと茶の間の柱時計を見上げては、綾香はもう東京駅に着いただろうか、もう高速バスに乗っただろうかと考える。これが、このところの過ごし方だった。以前なら綾香と連れ立って近所の居酒屋に行き、ささやかな贅沢《ぜいたく》を楽しんだはずの、水曜日の。

いずれは自分で手作りパンの店を持ちたいという夢を抱いて、町の小さな製パン店で働いている綾香は、この数ヵ月間というもの、休みの前日になると芭子の家で大量のパンを焼き、せっせと東北に運び続けている。自分のアパートでは流し台も狭くてとても無理だし、もともと休みの日には練習も兼ねて、ここでパンを焼くことが多かったから、自然にそういうことになった。勤め先の厨房《ちゅうぼう》でパン生地を発酵させるところまではやらせてもらって、ここでは形を作って焼き上げるだけだが、オーブンは家庭用で小さい上に焼く量は多いから、結局かなりの時間がかかる。パンを届けてしまったら、綾香は、ほとんどとんぼ返りで帰ってきて、芭子の用意しておいた食事をかき込み、自分のアパートに帰っていく。そして、再び午前三時過ぎに起きる生活に戻るのだ。

きっかけは「あの日」だ。あの日を境に、何もかもがすっかり変わってしまった。二〇一一年三月十一日午後二時四十六分、後日「東日本大震災」と名づけられた大地震が起きた。宮城県東方の海底を震源として発生したマグニチュード9・0という国内観測史上最大の巨大地震は、地震そのものの被害だけでなく、これまでの予想を遥《はる》かに超える大津波を生み出した。東北から関東地方にかけての太平洋沿岸部の町や村は巨大な津波に呑《の》まれ、破壊しつくされた。集落ごと消滅した所もある。生命を落とした人の数は一万五千人以上に上り、未《いま》だに三千人ちかくの行方不明者がいる。それだけでも言葉を失うほどの、文字通り未曾有《みぞう》の大災害だったというのに、その上さらに福島第一原子力発電所では全電源が喪失して原子炉が冷却出来なくなり、大量の放射性物質が漏れ出したことから、原発周辺の住民は緊急避難を余儀なくされた。その後、一号機から三号機までが炉心溶融を起こし、さらに四号機までの原子炉建屋も水素爆発などで大きく損傷して、原子力事故としては一九八六年のチェルノブイリ原発事故と同じ程度のレベル7の深刻な重大事故と評価された。あれから四カ月が過ぎ、既に七月に入った今も一向に収束する気配はない。

地震直後の数日は、テレビをつければ一日中、どのチャンネルでも新たな被害状況が報じられていた。集落全体が壊滅的な被害を受けていては、被害の実態さえ把握出来ない。日を追うに従って、次から次へと甚大《じんだい》な被害を受けた地域の映像が流れ始めた。襲いかかる津波や、車や町を呑み込む濁流の様子ばかりが繰り返される。船が建物の上に乗り、建物は柱のみになり、家屋の隣に巨大なタンクが転がっていた。破壊され尽くした町、途方に暮れ、涙する人々の姿。助け出された人、祈る人、余震に怯《おび》え、寒さに耐える人、雪が降る中で救出活動を続ける自衛隊員たち——陽気で笑いを誘うようなテレビコマーシャルはすべて自粛され、代わりにメッセージ性の高い同じコマーシャルばかりがうんざりするほど繰り返された。

被災していない土地でも、町の商店からは乾電池や非常用品、トイレットペーパーに米などといった品々が次々と消えていき、ガソリンスタンドの前には長い列が出来た。原発の事故によって、放射能汚染の恐怖と共に電力不足の懸念《けねん》が広がった。極端な節電の必要性が叫ばれ、幹線道路の街灯も消えた。東京電力管内では地域ごとに計画停電が実施されたが、停電になっていない地域でも、日暮れと共に人通りは激減し、街はひっそり闇《やみ》に沈んだ。余震はいつまでも続いている。ただでさえ恐怖と絶望感に沈みきった人々は、首をちぢめるように家路を急ぐばかりだった。一年でいちばん美しいはずの、桜の便りを聞く頃から芽吹きの季節を、すべての人々がうなだれて声をひそめ、笑顔を忘れて過ごした。

それでも、とりあえず芭子たちの生活に大きな変化はないはずだった。これほどまでの大災害だったが、幸いなことに東京そのものの被害はさほど大きなものではなく、芭子の家そのものも、いわゆる「谷根千《やねせん》」と呼ばれるこの界隈《かいわい》も、取り立てて変化はなかった。地震の当日、都内は帰宅難民で溢《あふ》れかえったという話だし、細かく聞けばタンスの上の人形が落ちたとか、盆栽が割れた、テレビが飛んだ、本棚からすべての本がなだれ落ちた、お祖母《ばあ》ちゃんが手の骨を折ったといった被害は数え切れない。それでも、谷根千界隈は計画停電にも見舞われずに済み、日常の暮らしに大きな支障はなかった。だから「よかったよかった」と互いの無事を喜んで、とにかく被災地のために自分たちで出来ることを考えて過ごせば、ものの一、二週間くらいで落ち着きを取り戻せるだろうとばかり思っていた。それが、とんだ見込み違いだった。

何より芭子自身に、思ってもみなかった変化があった。あの日以来、震災の後遺症ともいえる症状に見舞われたのだ。動悸《どうき》と息切れ。激しい耳鳴り。不眠。食欲不振。最初の頃は味覚そのものも失ったような感じだった。いや、味覚だけでなく、五感につながるすべてのスイッチが、パシャリと遮断されたようだった。

何を食べても美味《おい》しいと思わない代わり、不味《まず》いとも思わない。同様に、何を見ても美しいとも汚いとも、楽しいとも悲しいとも感じなかった。唯一、被災地の情報に接するときだけ、胸が苦しくていたたまれなくなる。正直なところ、出来ることならもう見たくはなかった。痛ましいと分かっている、つらく悲しいと分かりきっている映像ばかり見せられるのは、たまらなかった。

食事をとるというより、エサを口に放り込む感じだった。クラッカーやカップ麵で十分。ただ、生きるために。それ以外には何一つ欲しくなかった。音楽も聴きたくないし、活字を追う気にもならない。笑いたいという気にもならない。綺麗《きれい》な景色を見たいとも思わなければ、晴れ晴れと深呼吸したいなどとも思わなかった。身体が必要最小限の刺激しか受け止めようとせず、ただ生命を維持するために、最低限の栄養と睡眠だけを取れば、そうして呼吸だけ続けていられればいいという感じだった。本能そのものが、そういう指令を下しているように感じた。

当然のことながら、仕事などまるで手につかない、というか、やる気にもならなかった。芭子は自宅で、小型犬を中心としたペット用の服をデザインし、自分で縫製して店に卸したり、希望があればオーダーメードにも応ずるという仕事をしている。地震の前から注文を受けていた分だけは、何とか納品したものの、それ以上のことは無理だった。とてもではないが、可愛《かわい》らしくて夢のあるペット服のデザインなど、考える気も起こらない。だから、世の中全体に「こんなときに」という雰囲気が広がって、ペットのために新しい服を買いたいという需要もがくんと落ち込んだことは、芭子にしてみればある意味でありがたいことだった。無論その分の収入は減る。だが、そういう問題ではなかった。第一、何もかも失った被災地の人たちを思えば、犬に服など着せている場合かと、そんな気にもさせられる。

年がら年中、余震に見舞われる。祖母の遺《のこ》した家は築五十年以上過ぎている古い木造で、当然のことながら耐震工事など出来ているはずもない。その小さな二階家で一人で寝ているときに、ずん、と突き上げられ、みしっ、みしっと音を立てて揺れるのは本当に怖い。その恐怖と不安もさることながら、さらに芭子が寝ても覚めても抱かざるを得なくなったのが、実は、何ともいえない「後ろめたさ」だった。

2

三月十一日、芭子は一人で仙台に行っていた。仙台の中心部から少し離れた市街地を歩いている最中に、あの大地震に見舞われた。後から考えれば、もしかして海沿いの町を訪ねていたら、そのまま津波に呑み込まれていたかも知れないし、そうでなくとも、交通機関も何もかもが麻痺《まひ》した状況では、何日も足止めを食らうことになってもおかしくはなかっただろう。それが、たまたま行きの新幹線で隣の席になった男性と、避難先のホテルで再会したお蔭《かげ》で、彼と一緒にその晩のうちにタクシーに乗り、翌日の午前中には東京まで帰ってくることが出来た。

不幸中の幸いだった。本当に運がよかったと思う。それなのに、どうにも後ろめたくて仕方がない。どうしても、自分だけが逃げてきたような気がするのだ。あの、ライフラインすべてが断ち切られてしまった、何の情報も入らなくなった土地に、大勢の人たちが残っているというのに、彼らを見捨てて自分だけが安全な場所に逃げてきた――そんな気分を拭《ぬぐ》い去ることが出来なかった。

これまでの芭子ならば、何かあるたびに気持ちを打ち明ける相手といったら綾香に決まっていた。他に親しい友人だっているわけではない。だが、今度は駄目だった。綾香の様子を見ているうちに、今度ばかりは分かってもらえないだろうと感じたからだ。その上、綾香の方から反対に「芭子ちゃんには分からない」などと言われてしまったものだから、余計に何も言えなくなった。

「それは、僕も感じてるんだ」

代わりに芭子の話を聞き、しかも、そう言ってくれたのが、仙台からタクシーに相乗りして一緒に帰ってきた南祐三郎《みなみゆうざぶろう》だった。あの晩は互いの名前も知らないまま、とにかく必死で帰ってきたが、その後、芭子が立て替えたタクシー代を返してもらうために連絡をとったのがきっかけで、東京でもまた会うことになった。

「僕も、あの日のことは、他の人にほとんど喋ってないしね」

「南くんも？」

「何て言うか——話しても分かってもらえないだろうと思うから。これぱっかりは、経験してないとね」

寒さも和らぎ、東京の桜がようやくちらほらとほころびかけた頃だったと思う。あの日以来、初めて会った彼と改めて名乗りあって、互いに「その節は」などと軽く会《え》釈《しゃく》した瞬間に、何となくほうっと肩の力が抜けたことを、芭子は今でもよく覚えている。仙台のホテルで話しかけられた当初は、見知らぬ相手と思う気安さから、芭子にしてはかなり横柄《おうへい》で大胆な口の利《き》き方が出来たのだと思ったが、東京で再会してみても、やはり思ったほど緊張することもなく、芭子はごく自然に彼を「南くん」と呼ぶようになった。あの夜から二人で抜け出してきたのだという思いが、これまでにない親近感を抱かせたのかも知れないし、彼自身に、どこか人を身構えさせない雰囲気があるのかも知れなかった。

「それにしても、今思い出してもすごい一日だったよね」

本当だね。真っ暗だったね、信じられないくらいに寒かったね、国道が土砂崩れで崖下《がけした》に垂れ下がっていた現場は怖かったね、などと話すうち、芭子は自分の中に溜《た》まっていたものがどんどんと流れ出ていくのを感じた。そして、相手の質問に答える格好で、その後の体調不良などについても打ち明けてしまい、ついでに「後ろめたさ」のことも話してしまったのだ。すると彼は、芭子の体調を気遣いつつ、実は自分も、体調に関しては芭子ほどでないにせよ、まったく同じ気分だと言った。

「最善の選択だったとは思ってるんだ、今でもね。僕らの生活は東京にあるんだし、あそこにとどまってたって、結局は、本当に家を失った人たちの非常食や毛布を減らすことにしかならなかったんだしね」

それなのに、今でもやはり申し訳ない気がしていると、彼は言った。その言葉を聞いたとき、芭子は心の底から驚いた。あの日の体験だけでなく、まさかこの気持ちまでも共有してくれるとは思わなかったのだ。しかも男性で。

以来、どちらからともなく連絡を取り合うようになった。どうしてる？　少しは眠れるようになってきた？　食欲は？　昨夜も揺れたね。大丈夫だった？

五月が過ぎようという頃には、芭子は自分でもはっきりと感じるようになっていた。彼からの連絡を待っている。いつの頃からか、心のささえにしている。今の自分に必要だと思い始めている。いつ何をしていても、彼のことが頭から離れないのだ。それに、どうやら南くんの方でも、少しは気にかけてくれているらしいことが感じられて、それも嬉《うれ》しくてならなかった。取り立てて約束などしていなくても、彼は必ず電話やメールをくれる。二日か三日にいっぺんずつでも、「元気?」と聞いてくれる。そうしてお互いの無事を確かめられる相手が出来たという、それだけで、まったく無反応になっていた心が、少しずつ柔らかさを取り戻していくようだった。胸の奥の奥から、ゆっくり温かいものが湧《わ》き上がってくるような気がした。

いつ大きな余震がくるかも知れないと思うから、三月からこっちは出来るだけ人混みに出たくないと思ってきた。それでも六月に入ってからは彼に誘われて、初めて寄《よ》席《せ》に行った。芭子は、その日のために安物だけれど新しい服と外出用の靴を買い、それから口紅も買った。

「つまり、その南祐三郎くんていう人と、つきあい始めたってこと?」

綾香に寄席に行ってきたと言うと、その時ばかりは表情を輝かせて、彼女は身を乗り出してきた。

「ちょっと、ついにやったじゃないよ、芭子ちゃん!」

「まだ、まだだってば。もしかしたらっていうだけなんだから、まだ」

この町で暮らすようになってからの数年間というもの、どうにかして好きな人を見つけろ、恋をしろと言い続けてきた綾香のことだ。ようやく訪れた芭子の出逢《であ》いを喜んでくれないはずがなかった。実際、「どんな人」と身を乗り出してきたときの彼女は、以前の綾香とまったく変わっていなかった。だが、何しろタイミングが悪かった。当時、もう綾香の東北通いは始まっていたし、ひとことで言えば「心ここにあらず」の状態が続いている彼女にしてみれば、とてもではないが、芭子の恋愛話に真剣に耳を傾けている余裕など、あるはずもなかったのだ。

綾香は、何よりもまず自分の故郷が被災したことに大きな衝撃を受けたらしかった。ことに地震の後十日あまりは、家族の安否を確かめる術《すべ》もなく、その間の不安と焦燥といったら、見ている方が辛くなるくらいのものだった。それに加えて震災当日、芭子が一人で仙台に行っていたことも追い打ちをかけていた。芭子が仙台に行った、その理由というのが、綾香の一人息子の居所を探すためだったからだ。東京に帰り着いてまず最初に、芭子がそのことを打ち明けたとき、彼女は表情を強《こわ》ばらせ、虚《うつ》ろな目を宙に漂わせたままで、驚くどころか怒ることも、ましてや礼を言うことさえ思いつかない様子だった。ただ一点を見つめて、ため息とも深呼吸ともつかないものを繰り返していた。

――そんなことのために行って、もしものことがあったら。私はあんたのご両親に死んでお詫《わ》びしても足りなかったよ。

綾香が洩《も》らした言葉が、芭子は今も忘れられない。これまでの芭子たちは、互いの肉親のことについては極力話題に上らせずに過ごしてきた。まるで生まれたときから天涯孤独だったかのように、ただ二人きりで生きているつもりにも、なっていたかも知れない。だが実際は芭子にも、そして綾香にも、両親がいて弟妹がいる。そのことを、今度という今度はつくづく思い知らされた。

もともと芭子と綾香とは「刑務所《あそこ》」で知り合った、要するに「刑務所《ム》仲間《シヨ》」だ。綾香の両親や二人の妹が今も仙台で暮らしているという話は、「あそこ」にいた当時から聞いていた。彼女はもう二度と仙台へ戻ることはないと言っていた。

綾香は自分の夫を殺害していた。その夫の身内も、同じ仙台にいる。いくら大都会といっても東京に比べれば狭い土地だ。どこで誰に見られるかも分からない。そんな場所へ、おいそれと帰れるはずがない。ところが、地震が起きた。決心だの意地だのと言っている場合ではなくなった。直接会うことはかなわないにせよ、せめて肉親の安否だけでも知りたいというのは当然の、いや、無理もない思いだった。

「それに、べつに芭子ちゃんを疑うわけじゃないけど、朋樹《ともき》のこと、ちゃんと確かめたいんだよね。自分の目で。本当に、もう日本にいないっていうんなら、それはそれでいいよ。だけど、もしもまだ仙台にいて、今度のことで津波にでも呑まれてたとしたら——」

自分は我が子の最期《さいご》さえ知らないことになる、と綾香は唇を噛《か》んだ。そして、震災から十日ほどして、ようやく実の妹と連絡をとることが出来た途端に、飛ぶように仙台に向かった。

「——みんな、無事だって。妹とは会わなかったけどね、でも、『お姉ちゃんは元気なの』って、言ってくれた。私の声、全然変わってないって」

東京に戻ってきて、いかにも照れくさそうな顔つきで言う綾香に、芭子は胸が熱くなり、同時に自分自身が仙台から実家へ電話したときのことを思い出した。あの日は地震の直後から携帯電話はすっかり使えなくなっていたが、たまたま立ち寄った仙台市内の区役所で、緑色の公衆電話を借りることが出来たのだ。そこで綾香に電話したつもりが、無意識のうちに実家の電話番号をプッシュしていた。「もしもし」と鼓膜を震わせたのが母の声だと気がついて、初めて家に電話したのだと知ったくらいだ。ほんの二言三言のやり取りだったが、とにかく母は無事だと言っていた。それを聞いただけで、あのときの芭子自身がどれほど救われた気持ちになったか分からない。

「それで、朋樹くんは？」

「――芭子ちゃんが調べてくれた通りみたいだった。全部、向こうの家がやったことだから、妹たちも詳しいことは聞いてないって言ってたけど」

そして、綾香は再び仙台に向かったのだった。どうしても自力で息子の居所を確かめたいというのが、その目的だった。芭子が仙台に行ったときに目星をつけておいた児童養護施設は、建物の一階部分が津波にやられており、電話も通じなくなっていた。綾香は再三にわたってそこを訪ね、ようやく施設の関係者を探し出したらしい。その結果は芭子が調べた通りだった。暴力を振るい続ける夫の手から、その生命を守る代わりに手放すことになった彼女の一人息子は、綾香が逮捕された後は、夫の両親に育てられ、その後は児童養護施設に預けられることになり、ついに養子縁組されて海外に渡ったのだという。

「――本当に、行っちゃってたよ」

その日、芭子の家の玄関口に腰を下ろし、こちらにリュックサックの背中を向けたままで、綾香は呟《つぶや》いた。

「よかったよ――地震や津波なんかで、怖い思いをしないで済んでね――世界中のどこにいたって、健康で、幸せで、新しい親のところで可愛がってもらえれば、それでいいんだ」

それまでは、決して子どものことを口にしない人だった。芭子から話を向けられることさえ嫌がった。朋樹という名を聞き出すだけでも、相当にしつこく食い下がらなければならなかったほどだ。

「そうか――朋樹はもう、名前も変わっちゃったんだろうな」

それからだった。綾香の被災地通いが始まった。まるで自分に新しい罰でも下したか、またはいるはずのない息子を捜しにいくかのように、彼女はひたすらパンを焼き続け、東北に通い続けている。

――生きてるっていうことは。

こんな目にも遭うということだ。

綾香だけではない。ごく普通の、当たり前の人生を歩んでいる人たちに比べたら、芭子だって、かなり特殊な経験をしてきていると思う。

たとえば少しばかり馬鹿な恋をして、男にだまされる女なら珍しくも何ともないだろう。だが、惚《ほ》れた相手が単なる金銭目的のホストで、しかも、そんな男のために親の財布やカードにまで手を出し、挙げ句の果てに昏酔《こんすい》強盗までしでかして、手が後ろに回るような、そこまでする愚かな女となると、この広い世の中にも、そうそういるものではない。

だが、それもこれも、すべては過去になった。恋の代償はあまりにも大きかったけれど、それでも芭子は生きており、こうして三十歳を過ぎた。出所した当時は米一つまともに炊《た》けなかったものが、綾香に一から教えてもらい、今では彼女の食事まで用意出来るほどになった。おっかなびっくりではあるが、それなりにやりがいのある仕事を見つけることも出来て、これからは自分らしい道を歩んでいこう、綾香と支え合いながら、きっとやっていかれるとまで、考えられるようになりつつあった。そんな矢先の、あの大震災だった。

「本当に何が起きるか分からない」

それにしてもパンを焼くためには何とたくさんの道具がいることだろう。たとえば綾香が鮨《すし》職人になりたいとでも思ってくれたのなら、包丁一本でさぞかし楽だっただろうに。

――それでも、いつかお店を出せますように。小さくて、可愛いお店を。

今の芭子の夢は、祖母の遺したこの小さな家を改築して、一階の半分を自分のアトリエに、もう半分を綾香のパン店にすることだ。そのためには資金も必要だし、何よりも芭子たちがお互いに一人前にならなければならない。震災で遠回りすることになっても、その夢は捨てたくないと思っている。

少し動いただけでも首筋を汗が伝い、全身が汗ばんで、Tシャツは肌にくっついてくる。この頃では、家にいる間は斜向《はすむ》かいの大石のお婆《ばあ》ちゃんからもらった「ひんやりタオル」が欠かせない。水を含ませて首に巻いておくと、清涼感が持続するという商品だ。一度、水を含ませれば数時間はもつから重宝している。

七月に入って、政府はついに東京電力、東北電力管内での企業や公的機関に大幅な電気の使用制限を課した。罰則規定こそないものの、個人や小口需要家だって似たようなものだ。寝ても覚めても節電、省エネ。テレビをつければ毎日のように、今日は何人倒れた、どこの誰が死亡したと、熱中症の話題ばかりが続いている。この家にはもともとエアコンがないから、そういう意味では身体も慣れているはずだし、風呂《ふろ》の残り湯を使ってこまめに打ち水などもしているのだが、それにしてもこの夏は、ことさらに暑く感じる。

すべてが片づいたのは午後十一時半すぎのことだ。家の風呂にはシャワーがない。ぬるめに沸かしておいた湯を浴びて汗を流すのが精一杯だった。

「ぽっち、おやすみ。今夜は揺れないといいねえ」

家中の戸締まりを確かめて、火の元も見て、以前はそこまでしなかったのに電気のコードも抜き、最後に鳥かごのセキセイインコに声をかけて、茶の間の電気を消したところで、携帯電話がメールの着信を知らせた。

〈まだ起きてたかな？〉

南くんからだった。

3

待ち合わせの場所には南くんが先に着いていた。人々が往《い》き来する地下鉄外苑前《がいえんまえ》の改札口で、この暑いのにネクタイを締めているばかりでなく、きっちり背広まで着込んでいる彼を発見して、芭子は、仕事とはいえご苦労なことだとつい微笑《ほほえ》みそうになり、ふと彼の胸元に目を留めた。

——そのバッジ。

芭子が立ち止まったのと、彼が芭子に気づいたのとが、ほぼ同時だった。南くんの口元が微かにほころんで、彼の片手が軽く上がった。一瞬、逃げ出したいような衝動に駆られ、それでも後ろから来た人に軽く押されるような格好で、芭子は急にぎこちなく、そろりと足を前に出した。

「無事に着いたね。そんなにかからなかっただろう?」

「ああ——うん」

「じゃあ行こうか。ちょうど七時を回ったところだから、今は三回か、それくらいかな——どうしたの」

「え——あ。ちょっと、頭が」

誤魔化すように髪を耳にかける仕草をしてみせる。南くんは怪訝《けげん》そうな表情になって、芭子の顔を覗《のぞ》き込んできた。

「頭が、どうしたの。痛いのか? へん?」

「へんじゃないよ。へんじゃない。平気」

慌《あわ》てて首を左右に振り、それから芭子は思わず一つ、深呼吸をした。

「ちょっと、びっくりしただけ。その——平日に会うのは初めてだから、南くんのスーツ姿なんて見たことなかったし。それに、その——」

言いながら、どうしても視線が南くんの背広の胸元に行ってしまう。ひまわりの花を象《かたど》り、その中心に天秤《てんびん》。何回も間近で見たことがあるから、よく知っている。間違いなく弁護士のバッジだ。芭子の視線に気づいた南くんは「ああ」と、素早く背広を脱いでしまった。

「手に持って歩く方が、べたべたして面倒だから、着てたんだ」

「南くん——弁護士さん、だったんだ」

「まあ、そうなんだけどね。取りあえず歩こうよ」

昨日の晩、南くんは芭子をプロ野球観戦に誘ってくれた。神宮球場のチケットをもらったのだという。ヤクルト－中日戦だそうだ。それも明日だということだったから、芭子は最初、その誘いは受けられそうにないと考えた。何しろ、綾香が疲れ果てて帰ってくる。まずは、さっぱりと汗も流させて、せめて冷たいビールもどきでも呑ませて、ゆっくりさせてあげたかったからだ。そのことを伝えると、南くんは、野球など何も最初から見なくても構わないのだから、都合のいい時間から行こうと言った。どうせ、特に贔屓《ひいき》にしているチームの試合というわけでもない。ただ、いい席の招待券をもらったし、夏の夜の神宮球場はさぞ気持ちがいいだろうと思うから、ぜひ気分転換に行ってみようということだった。

「友だち——綾さんだっけ？　無事に戻ってきた？　何時頃？」

「ああ——うん。四時ちょっと前くらい」

「それで、一緒に飯を食ってきたの？」

「それはね——うん。私は、軽く」

「今日、野球観《み》に行くって話した？」

「──話さなかった。すごく疲れてるみたいだったし、ご飯食べる前から、もう眠そうにしてたから」

実際、話をするのも億劫《おっくう》に見えるほどだった。芭子の家の風呂を使い、芭子の支度しておいた食事に箸《はし》をつける間も、綾香は表情は硬く、言葉数も少なくて、何度もため息をついていた。

「改めて言葉にする気にもなれないくらいに、向こうの状況がひどかったんだって。特に暑くなってきてからは、臭《にお》いとか、ハエとかもすごいし。避難所の人の話を聞いても、言ってあげられる言葉もなかったって」

「そうみたいだね。そういう場所に毎週行ってるんだから、肉体的にもそうだけど、精神的にだってかなり参ってるはずだよ。すごい人だなあ、その友だちは」

「だって、いくら言っても聞かないんだもの、綾さんは」

地上への階段を上り、生まれて初めて行く神宮球場への道を歩きながら、頭の中では全然ちがうことがくるくると回っている。

南くんは弁護士だったのか。

これを、どう捉《とら》えるべきなんだろうか。悲しむべきか、喜ぶべきか──だが、とにかく弁護士を相手に嘘《うそ》はつけない。そんな気がする。隠し事も出来ないだろう。見破られるに違いないと思う。まさか、今の段階で芭子の過去まで調べているとは思えないが、その気になれば簡単に出来るに違いない。警察官ではなくても、過去の公判記録を見ることくらいは可能なのではないだろうか。それより何より、法律の専門家から見て、芭子のような存在は、どう映っているんだろうか。

「……、だと思うんだよな」

「——うん」

「それとも、遅くなっても平気とか?」

「うん」

「本当に? そりゃ、いいこと聞いたな」

「え——ええ?」

慌てて横を向くと、芭子と大して変わらない高さにある南くんの目が、眼鏡の奥からまじまじとこちらを見ている。

「小森谷さん、本当にそれでいいの?」

「——もちろん、ていうか——何が?」

「だからさ。野球って意外と長いんだよ。ゲームが終わると、大抵は九時半過ぎるはずだから、それから晩飯にすると、やっぱり結構、遅くなっちゃうっていう話」

野球を見ながら、球場で売られている焼きそばやホットドッグなどを食べて、帰りには軽くお茶を飲む程度にするのはどうだろうかと南くんは説明する。芭子は、ただ彼の声を聞き流しながら、適当に頷《うなず》いていた。

——弁護士なんだ。この人は。

きっと頭がいいのだろう。たくさん勉強もしたのだろうし、家族の間では自慢の息子に違いない。そういう息子が、芭子のような嫁をもらいたいと言い出したら、彼の家族はどうするか。いや、それ以前に、芭子の過去を知ったとき、南くん自身はどんな顔をするだろう。

生まれて初めて足を踏み入れた神宮球場は、驚くほど芝の緑が鮮やかで、気持ちのいい風が吹き抜ける、目映《まばゆ》いばかりの空間だった。観客のどよめきが、まるで波のように湧き起こっては、風と一緒に流れていく。そのどよめきに包まれて、昼間の明るさとも他の照明とも異なる、きらきらと輝くような白い光を浴びながら、ユニフォーム姿の選手たちが打ったり走ったりする姿に、芭子は、しばし陶然となった。

内野の、かなり前の方の席だった。座席に腰掛けると、南くんは早速ネクタイを外してワイシャツの袖《そで》をまくり上げ、ビールを売り歩いている女の子に手を振った。紙コップに注がれた生ビールで乾杯してからも、彼は何度も席を立ち、芭子のために枝豆などを買ってくる。普段着の時とはまるで印象の違う、白いワイシャツ姿が、まばゆい照明の中で余計に眩《まぶ》しく見えた。

「ああ、うまいなあ、こういうときのビールは」

南くんは、いかにも気持ちよさそうに紙コップを傾け、目を細めてゲームを観戦している。ルールはほとんど分からないが、選手が打って走れば歓声が沸き、セーフになってもアウトになっても、球場のあちこちから声援や楽器の鳴る音が響いた。誰もが笑っている。この時間を楽しんでいる。まるで映画のワンシーンのようだ。けれど、楽しげに笑っている南くんの隣で、芭子一人が泣きたいような気持ちになっていた。

こうして隣にいるだけで、余計に強く感じるのだ。やっと会えたことが、こんなにも嬉しくてならない。出来ることなら、ずっとこうしていたいと思う。これからも、ずっと。だが、一緒にいる時間が長くなればなるほど、本当のことは打ち明けづらくなるに違いない。そして、彼を失いたくない思いが強くなるにつれて、同時に彼をだましている気持ちになっていくのだ。南くんの身になって考えれば、なおさらだ。今のまま、あと三カ月、半年とつき合った挙げ句に本当のことを知ったら、さらにまた、芭子の口からではなく、たとえば他の人の口から聞かされたら、それこそ彼の受ける衝撃は計り知れないに違いない。傷つくだけでなく、きっと怒る。いや、怒るとか怒らないとかでなく、芭子を恨むかも知れない。それだけは嫌だった。

――この人を傷つけたくない。

ビールを呑んでいるのか、涙を呑み下しているのか分からなくなってきた。歓声がどよめきに変わる。滲《にじ》んだ視界の中を、ユニフォーム姿の選手たちがベンチに向かって走って来る。どうやらスリーアウトになったようだ。周りにいた観客たちが、ばらばらと立ち上がった。

「面白いもんだなあ。こっち側に座ってると、やっぱりヤクルトの応援をしたくなるもんね」

ちょうどハンカチの隅っこで目からこぼれそうになった涙を押さえたとき、南くんの声が聞こえた。芭子は彼の方を見ないままで「うん、うん」と頷いた。

「僕も、ここに来るのは本当に久しぶりなんだ。ひょっとしたら大学の時以来じゃないかな。それも、あれはプロ野球じゃなくてさ、六大学だったしね」

「うん」

「とにかく、やたら忙しかったもんなあ、この何年かは」

「うん」

「今日だって本当はね、奇跡みたいな偶然だったんだ。たまたま、事務所の先輩が行かれなくなったからってさ――」

うん、と頷きかけたところで、突然二の腕を突かれた。慌てて隣を見ると、南くんが今度こそ眉《まゆ》をひそめてこちらを見ていた。

「ねえ、本当に。どうしたの」

「な――何かねえ、さっき風が吹いてきたとき、ゴミかな、入ったみたいで」

「小森谷さん――」

「ごめんね、ちょっと化粧室行って、鏡、見てくるね」

慌てて顔を背けて立ち上がった。駄目だ。このまま一緒にいたら、本当に泣くところを見られてしまう。スタンドの観客席から小走りに外に出て、とにかく気持ちを落ち着けるつもりだったのに、いざ化粧室に飛び込んだら、口元を押さえなければならないほど顔が歪《ゆが》んで、泣けて泣けてどうしようもなくなった。

――私は幸せになれない。なっちゃいけない。なろうと思ってもいけない。

「あそこ」から出た当初、毎日毎日、念仏のように繰り返していた言葉が、久しぶりに蘇《よみがえ》ってきた。逮捕されて、刑務所に入ってからというもの、後悔しなかった日はない。犯した罪そのものもさることながら、自分の浅はかさ、弱さ、愚かさ、何もかもを悔いて悔いて、悔やみ続けて来た。どれほど泣いたか分からないし、身を捩《よじ》るほど苦しんできた。それでも、今の比ではなかった。今が、一番苦しい気がする。自分という人間は、やっと出逢えた人のことも幸せには出来ないのだと、改めて思い知った。自分の犯した罪から、今こそ本当の意味で罰を与えられているのだと思う。

——駄目だ。言えるはずない。

綾香には、あんなに偉そうなことを言っておきながら、いざとなったらそんな勇気など出るはずがないのだ。自分がどれほど情けなくて、意気地も根性もない中途半端《はんぱ》な人間か、それなりに承知しているつもりだったのに。何を脳天気なことを考えていたのだろうか。一体どんな顔をして打ち明ければいいというのだ。私は前科《マエ》持ちです、刑務所《ムシヨ》帰りの女ですなどと。しかも、弁護士に。

こんな場所で泣き続けているわけにもいかなかった。芭子は深呼吸を繰り返して、やっとのことで気持ちを落ち着かせ、化粧室を出た。球場の歓声が伝わってくる。野球場のグラウンドというものが、あんなに綺麗だとは思わなかった。けれど、もう戻れない。

そのまま雑踏をすり抜けて、出口に向かおうとしたところで、ふいに目の前の人とぶつかりそうになった。すみません、と言いかけて顔を上げると、そこに南くんの顔があった。

「具合が悪いの？」

「――あ、あの、そうじゃないんだけど」

「じゃあ、どうしたの」

「あ、でも――具合が悪くて」

自分でも何を言っているのか分からなかった。またもや視界が滲んでくる。その時、南くんの手が芭子の腕を摑《つか》んだ。そのままぐいぐいと歩いて出口に向かうようだ。

「痛いよ――どこ行くの」

「いいから」

「あの、南くんは、野球見ていけば――」

「馬鹿《ばか》なこと言うなよ」

「でも、せっかく来たのに――」

いっそ、この手を振り切って「放っておいて」とでも言えたら格好がつくのにという思いが、ちらりと頭を過《よ》ぎる。だが、南くんの力は思っていた以上に強くて、まず芭子から抗《あらが》う気持ちを奪ってしまった。それに、本当はこうしていたいのだ。一緒にいたいと思う。こんな状況になっても。

球場の外には真夏の闇がべったりと広がっていた。この夏は、いつまでたってもセミが鳴かないねと隣近所でも話し合っていたのに、いるところにはいるらしい。神宮の森は夜になってもセミの声があちこちから聞こえている。人々の歓声も目映いライトも、すべてが夢のようにかき消えた中を、芭子はただ南くんに連れられて歩いた。いつの間にか手をつなぐ格好になっている。その手の感触だけで、もう胸が痛い。ものたとえではなくて、本当に痛い。病気みたいに痛かった。そうして並木道の途中まできたところで、彼はようやく立ち止まった。

「座って」

目の前のベンチを示される。芭子は黙って従った。隣に南くんが座る。そのましばらく、互いに無言のままで時間が過ぎた。芭子は、胸の痛みと闘いながら、どうにかしてこの場から逃げ出すことは出来ないものかということばかり考えていた。上手にごまかせる方法はないものだろうか。どうしたらいいんだろう。

「前にもさ」

どれくらいたった頃か、南くんがぽつりと言った。

「こうやって座ってたんだよ」

「――」

「あの日。あの日の朝」

三月十一日のことを言っているのだと、すぐに分かった。あの日、仙台に向かう新幹線の中で、芭子は初めて南くんに会った。正確に言えば、会ったらしい。彼の方では芭子を記憶していたが、芭子は彼を見もしなかったから、分からないのだ。ただ、上野駅から東北新幹線に乗り込んだ時点で、隣席にはすでに男性客が座っていたことだけを覚えている。

「その人と、また会ったんだもんなあ。あんなことのあった日の、その日のうちに」

あの日の夜、一時避難させてもらったホテルの光景を思い出す。非常用電源を使った弱々しい光だけを頼りに、見知らぬもの同士が立派なシャンデリアの下がるホテルの宴会場で大きな丸テーブルを囲み、激しい余震に怯《おび》えながら時を過ごした。あのオレンジ色の光が生み出していた、現実味の乏しい夢の世界のような雰囲気を、今もはっきりと思い出す。余震が来る度に頭上を見上げた。シャンデリアが細かく震えた。寒さに耐えて、人々はホテルが用意してくれたテーブルクロスまでまとい、実に静かに過ごしていた。そこで声をかけられたのだ。南くんに。それからの数カ月は、まるで夢のようだった。

――だけど、それももう終わる。

また涙がこみ上げて来た。ハンカチを取り出すと動きでばれると思うから、ひたすら息を殺して、そっと涙をこぼしていたが、つい、鼻をすすってしまった。それを合図のように、南くんの手が芭子の髪を柔らかく撫《な》でた。その、優しい重みと感触が余計につらい。

「こんなこと言うと笑われるかな」

「――」

「小森谷さんはどう思ったか分からないけど、あのとき僕は感じたんだ」

「――」

「あ、この子だって。僕は、きっとこの人とつき合うことになるって」

「――馬鹿なこと、言わないで」

「なんで？　馬鹿なことかな？」

本当は、声を上げてわんわん泣きたいくらいなのに、押さえつけて押さえつけて、どうしても溢《あふ》れ出る分だけで泣いているから、息が苦しくて仕方がなかった。芭子は何度も震える息を吐き、息を詰まらせながら、今日また、生まれて何度目かの絶望を経験するのだと自分に言い聞かせていた。

――終わるんだ。これで。

それでも、きっと大丈夫だ。きっと生きていける。これまでだって、生きてきたのだから。嘘をつき続けて、この人をだまし続ける方が、きっと苦しいだろうと思うから——だからどうしても、今ここで覚悟しなければならなかった。

4

その晩、家に帰り着いたのが何時頃だったのか、ほとんど覚えていない。あんまり泣きすぎたのと、まるで嵐《あらし》に遭ったように気持ちが揺さぶられすぎたせいで、とにかく疲労困憊《こんぱい》していた。

——喋《しゃべ》っちゃった。

熱でもあるようだった。よろよろと靴を脱ぎ、這《は》うようにして家に上がり込むと、何はともあれ汗ばんだチュニックとジーパンを脱ぎ捨てて冷たい水で顔を洗い、そのまま二階へ上がる気力もなくて、芭子は、下着のまま惚《ほう》けたように茶の間にへたり込んだ。

——喋っちゃった。

夏場は中が蒸れてはいけないと思うから、鳥かごにカバーをかけずにいる。ぽっちがすぐに目を覚まして、ピチュ、クチュと声を立て始めた。自分が木偶《でく》にでもなった気分で、のろのろと首だけを巡らせて籠《かご》のなかのセキセイインコを眺めると、ぽっちの方もクチュと言いながら、何か言いたげに小首を傾《かし》げてこちらを見ている。

「ねえ、ぽっち。私、喋っちゃった——南くんに。全部」

今思い出しても、どこからどんな言葉で語り始めたのか判然としないくらいだ。とにかく、もう駄目なの、もうおしまいなのとばかり繰り返しながら散々泣いている間に、気がついたらキスされていて、好きだと言われて、余計に混乱して、それで口走ってしまった。

——私のことなんか、何も知らないくせに。

自分には人を好きになる資格がない、人を好きになるのが怖いと、同じような台詞《せりふ》を何度も繰り返して、南くんから「落ち着いて」と言われ、慰められて、励まされた。やっとのことで自分には過去があると呟くと、彼は「過去のない人はいない」と答え、大変な失敗を経験しているのだと言えば、「僕にもあるさ」と返された。そんなやり取りの挙げ句、結局、言わないわけにいかなくなった。

——私の失敗は、簡単に片づけられるものじゃない。ただ、心に傷があるとか、そんな生やさしいことじゃないの。私は、そのことで家族全員に迷惑をかけて、人生そのものを台無しにして、二度と消せない傷を残したの。

言いながら、怖くて怖くて、とてもではないが南くんの顔など見られるはずもなかった。相変わらず東京の夜は暑いままのはずなのに、身体《からだ》は細かく震えてしまって、声もかすれた。

「つき合ってた相手との間に、何かがあったの？」

ずい分時間がたってから、南くんが静かに言った。

「――どうして」

「さっき、僕が弁護士だって分かったときに、ものすごく慌てたように見えたから」

よかったら話してくれないか、という声を聞いたときに、芭子は、ああ、この人は弁護士なのだと感じた。自分は今、弁護士の南祐三郎に話をするのだと、そんな気持ちになったのかも知れない。

「彼との間に、直接にあったわけじゃなくて――結局、彼がそのきっかけになっただけなんだけど」

「つまり、その彼を傷つけたとか、そういうことじゃあないんだね？」

途中からは、ほとんど南くんの質問に答える格好になっていたと思う。そうじゃないの。でも彼のためにお金が欲しかった。どうしてって――だって彼はホストで、すごく格好良く見えて、私に優しくしてくれて——後から考えれば、それは全部、ただ売り上げを伸ばすためだって分かったし、その人は裁判に呼ばれたときにも、私のことなんか単なる客としか思ってなかったって証言してたけど、でもあの頃の私は、そんなことまるで分からなくて、とにかく、ものすごく夢中になっちゃって、他のことなんか何も見えなくなっちゃって——どんなことをしても彼をナンバーワンにしてあげたかった。でもまだ学生だったし、そんなにお金を持ってるはずがないし、だから、最初のうちは親のお財布からお金を抜いたりして、そのうちに——。

こんな風に、あの頃のことを洗いざらい打ち明けるのは初めてのことだった。無論、綾香とは「あの頃」や「あそこ」での話をする。だが、それは二人の間では当たり前のことになってしまっているし、発端からの何から何までを、こんな風に話すということはなかった。

「それで、何年の判決だったの」

「——七年」

「七年かあ——それで、何年で出て来たの」

「ほとんど満期で」

「どうして。それくらいの罪状で、しかも初犯っていうんなら——」

「——身元を引き受けてくれる場所も人も、いなかったから」

そのあたりから、さすがの南くんの口調も重たくなった。芭子の方では緊張と興奮のし過ぎでくたびれてきたこともあり、半分はもう開き直った気分になっていて、乱暴なくらいぶっきらぼうに「どうせ、こんな大馬鹿娘だもん」と、大きく息を吐いて、星も見えない空を仰いだ。

「親だって弟だって、もう呆《あき》れ返っちゃって、さじを投げるしかなかったんだ。その証拠に、私が『あそこ』に入ってる間だって、ただの一度も面会に来てくれたこともなければ、手紙だって一通も来なかった。私からは何度も『ごめんなさい』って書いて送ったんだけどなあ」

「それで——それきり？　今も？」

「すごぉくね、徹底してるんだ、うちの親って。それきりどころか戸籍だって、分けられちゃったんだから。弟の結婚が決まったときに、こんな姉がいるって分かったら何かと差し障《さわ》りがあるからって。後から相続の問題が出て来たときにも、権利を主張されたりすると迷惑だし。どう？　すごいでしょう？　だから、あの家の人たちにとっては、私っていう人間は、とっくに過去の存在なわけ。もうね——死んだ人なの」

泣いて、喋って、また泣いて、を繰り返すうちに声も嗄《か》れた。涙なのか汗なのか分からないもので顔も髪もぐしゃぐしゃになり、暑いのか寒いのかも分からなくなった。そうして疲れ果てて、タクシーで帰ってきた。南くんは家まで送ると言ったが、それは芭子が断った。

「また連絡するよ」

別れ際《ぎわ》、彼はそう言った。芭子は、彼の顔をまともに見ることも出来ないまま、タクシーに乗り込んだ。もう二度と、連絡などないに決まっている。終わったのだ。

ボーン、と柱時計が鳴って、はっと我に返った。

三時半だ。

綾香はもう起きているだろうか。電話してみようか。またはメールでもしてみようか。考えて、すぐに諦《あきら》めた。彼女が疲れていることは分かりきっている。起きるのだって、やっとかも知れない。ただでさえ今の綾香には、芭子の問題まで引き受ける余裕は残っていない。第一これは、あくまでも芭子の問題だ。芭子が自分で解決しなければならない問題に違いなかった。

ユニクロの「涼しい」という触れ込みのキャミソール一枚で、こうしてじっとしていても汗が滲んでくることに変わりはない。スイッチを入れた扇風機が、生温《なまぬる》い空気を緩くかき回し、その風が肌に触れるときだけ、やっと微《かす》かに呼吸出来るようだ。

大丈夫。きっと、やっていかれる。

ちゃんと息も出来ている。もう少しして明るくなれば、空腹だって感じるだろう。朝は無理でも昼、昼が無理でも夜には。たとえ味なんか分からなくても何か食べられる。そうやってまた、一日一日を積み重ねていけばいいだけのことだ。

手のひらには、今も南くんの手の感触が残っているけれど。髪にも、二の腕にも、頰にも、唇にも。

——あ、この子だって。僕は、きっとこの人とつき合うことになるって。

耳の底に残っている南くんの声を繰り返し思い出すうち、また涙が出て来た。目の奥がキリキリと痛むし、頭だって鉛でも詰め込まれたように重たいのに、この上まだ泣けるものだろうかと自分でも不思議だった。とにかく雨戸だけ開けて、空が白むのを待つつもりで、芭子は部屋の電気を消し、その場にころりと寝転がり、そっと目を閉じた。

どこか意識の遠くから音がする。それが次第に大きくなり、玄関のチャイムの音だと気がついて、はっと飛び起きた。自分の置かれている状況がすぐには吞《の》み込めなくて、芭子はぼんやりと茶の間を見回した。磨《す》りガラスの窓の外はとっくに明るい。眠ってたんだ。

口の中が粘ついて気持ちが悪かった。それに瞼《まぶた》が重たくて、明らかに腫《は》れていることが感じられる。ああ、とため息をつきかけたとき、またチャイムが鳴った。「はい」と声を上げようとして声が嗄れていることに気づき、ついでに自分が下着姿であることを思い出して、芭子は、深々とため息をついた。

チャイムが鳴る。柱時計は七時過ぎをさしていた。一体全体、誰がこんな時間からしつこく鳴らすのだろうか。居留守を使いたいところなのに。

「小森谷さぁん。芭子さぁん。おはようございます！」

今度はコンコンとドアをノックする音に続いて、聞き覚えのある声が響いてきた。まだ半分以上は寝ぼけた頭で声の主を考えて、芭子は思わず天を仰ぐようにして目を閉じた。

「芭子さぁん」

例の、あの男だ。この近くの交番に勤務している若い警察官。

「小森谷さぁん。おーい」

ピンポン、ピンポン。チャイムが鳴る。

「しつっこいなあ。もう」

仕方がなかった。芭子はのろのろと重たい身体を起こして、足音を忍ばせ気味に玄関まで行った。

「──どちらさま」

「あ、いた！　芭子さんですか」

「──どなたですか」

「交番のものです」

交番のものだって。何なの、そんなに気取った言い方をして──廊下の奥には昨晩脱ぎ捨てたままのチュニックとジーパンがくしゃくしゃにとぐろを巻いている。あれをもう一度着るつもりにはなれないし──。

「あれ、芭子さん？　起きてます？」

「──寝てました」

ドア越しに「そうか」という呟きが聞こえた。それから、「実はですね」と、今度はドアに口を近づけているらしいくぐもった声が聞こえてきた。

「ちょっと、来てほしいんですけど」

「──どこへですか」

「実は、騒ぎになってて。あの、芭子さんのお友だちが」

「友だち──綾さん？　綾さんが、どうかしました？」

今度こそ頭が働き始めた。とにかく何か着て、髪を梳《と》かして、目が腫れているのを確かめなければと考えている芭子の耳に、「喧嘩《けんか》している」という声が届いた。

「ち——ちょっと待ってて下さい。すぐ支度しますから」

言うなりバタバタと二階へ駆け上がり、洗い立てのTシャツに首を突っ込みながら、また階段を駆け下り、洗面所に飛び込む。

ああ、何ていう顔！

まるっきり、お岩さんのようではないか。とても人前に出られる顔ではなかった。芭子は、思わず地団駄を踏みそうになりながら、はっと思いついて今度は茶の間のタンスに駆け寄った。確か小引き出しに、学生の頃に買ったサングラスが入っていることを思い出したのだ。ずっと以前に弟が、芭子の持ち物をひとまとめにして送りつけてきたとき、一緒に入っていたものだった。

朝からサングラスをかけているなんて、変だと思われるに決まっているが、この際そんなことは言っていられなかった。デザインが古いか新しいかも関係ない。とにかくサングラスをかけて、もう一度鏡の前に立ってみる。

——ないよりまし。

ジーパンを穿《は》き、もう一度手ぐしで髪を整えて、鏡の向こうのサングラス姿の顔に、無理矢理のように「にっ」と笑いかけてから、バタバタと玄関に向かう。去年から履いているクロックスを引っかけて、勢い良く玄関のドアを開けたところで、息を呑んだ。高木巡査の向こうに南くんがいたからだ。

「おはようございます。朝からすいませんね、芭子さん」

高木巡査が制帽の庇《ひさし》に手を添えながら、ほっとしたような笑顔になっている。その顔を一瞥《いちべつ》する間もなく、芭子の目は、吸い寄せられるように南くんの方に向いてしまった。

「綾さんがね、喧嘩しちゃってるんですよ。店の前で」

「――綾さんが？」

「もう、えらい剣幕でね、店の前に人だかりが出来るくらいの。ちょっと手がつけられない感じだったもんで、芭子さんなら何とか出来るんじゃないかと思って。まあ、少し時間がたっちゃったから、もう収まったかも知れないけど。とにかく、来てもらえませんか」

斜め上から聞こえてくる警察官の言葉を聞きながらも、その向こうで心配そうにしている南くんから、目が離せない。なぜ、あなたがここにいるの。いつからそうして立ってたの。

「このますぐ、行けますか」

「あ、はい」

やっと警察官を見上げて、慌てて頷いた。慌ただしく戸締まりをして、そのまま警察官と並んで歩き出す。気がつくと、すぐ隣に南くんも並んで歩き出している。芭子を挟んで反対側にいた警察官が、初めて南くんに気がついたらしく、芭子の頭上から「お宅は？」という声がした。

「知り合いです」

「綾さんの？」

「いや、この人の」

ちらりと見上げると、高木巡査は怪訝そうな顔のまま、今度は改めて芭子の方を見ている。

「で、芭子さん、どうしたんです、そのサングラス」

取り繕うようにサングラスに手を添えながら、芭子は俯《うつむ》きがちに「まぶしくて」と呟いた。すると高木巡査は、ふうん、と、さらに首を傾げて、わざわざ芭子の顔を覗き込むようにしながら、「いいじゃないスか」と笑った。

「かっけぇ。なかなか似合ってるじゃないスか、まじ」

「――どうも」

もう一度泣きたいような、いっそ笑い出してしまいたいような、またはこのまま一気に駆け出してしまいたいような、妙にふわふわと落ち着かない気分になる。

――何なんだろう。何が起きようとしてるんだろう。

心の奥がざわざわして仕方がなかった。制服の警察官と南くんとに挟まれた格好で、芭子は建物の影が長く落ちている路地を歩いた。

5

綾香が勤めるパン店の前には、ちょっとした人だかりが出来ていた。みんなが店の中を覗き込んでいる。

「あれ、さすがに外で騒ぐのはやめたみたいだけど、まだ中で何かやってんのかな」

高木巡査が野次馬をかき分けていく。彼に手招きされて、芭子も後をついていった。ガラスの自動ドアを通って冷房の効いた店内に入ると、香ばしいパンの香りがする。さほど広い店ではなかったが、正面のガラスケースの他、左右の壁際と店の中央にも陳列台が置かれていて、そこに段差をつけてトレーやバスケットが並び、普段は何種類ものパンが並べられているのだが、開店時間にはまだ早いせいか、パンの種類は揃《そろ》っていなかったし、その上、今日に限っては商品になるはずのパンが、床のあちこちに転がっていた。

「こんちはぁ——もう落ち着きました？　そんじゃあ、よかった」

「あらまあ、すいませんねえ、つまんないことで、もう」

「一応ね、彼女のお友だちにも、頼んで来てもらったんですが——」

高木巡査が店の奥に声をかけている間に、芭子はちらりと背後を振り向いた。南くんは店の外に立っている。その時、初めて気がついた。彼は昨日と同じスーツのままだ。全体に白っぽい普段着姿の野次馬たちの中で、その姿は一際目立って見える。帰らなかったんだろうか。昨夜。

「そんな大げさなことでもないのに」

「いや、大げさとは思ってないですけど」

「ほら、もう、綾さんも。ちゃんと謝んなさいよ。つまんないことで、あんたが朝っぱらから騒ぐから——」

だとしたら、あの時間から今まで、どこで何をしていたんだろう。つい気持ちがそちらに向きそうになったとき、警察官と奥さんとの会話を遮るように、「ちょっと待って下さい！」という鋭い声が聞こえて、反射的に、びくんと身体が弾んだ。芭子は、慌てて身体の向きを変えた。奥の厨房《ちゅうぼう》に綾香が見える。その綾香と向き合う格好で、店の主人夫婦と、それから綾香の先輩格に当たる若い職人の姿が見えた。

「それが許せないって言ってるんです！」

「もう。だから、何が許せないっていうのよ」

「一体、何がつまんないことなんですかっ！」

　重苦しい空気を震わせて、綾香がさらに声を上げた。

「だからさあ、ちょっとした言葉のあやでしょうが、ええ？　そんなに目くじら立ててカリカリするような——」

「要するに、奥さんも、そういう考えなんですね」

「私？　私が、何だって言うの」

「そうじゃないですか。いくら自分たちとは直接関係ないからって、どうしてそんな風に笑っていられるんです？　つまんないことなんて、言えるんです？　さっきだって『本当よねえ』とか言って、調子合わせちゃって。他のこととは違うんですよっ」

　両頬のあたりをぞくぞくとする感覚が駆け上がった。こんな風に朗々と声を張り上げ、また相手に畳みかけるように話す綾香を、初めて見た。芭子は思わず、隣に立っている巡査の腕を肘《ひじ》で突っついた。

「きっかけは、何なんですか」

小声で尋ねると、巡査もわずかに身を屈《かが》めて芭子の耳元に顔を寄せてきた。

「最初は、出入りの業者が何か言ったらしいんですよね。それに、キレたんだって」

「綾さんが？　何て言われたんですか」

「さあ。とにかく急に『侮辱だ』とか、『人を馬鹿にするのか！』って怒り出したらしいんスよ」

それを聞いた瞬間、芭子は隣の警察官から飛び退きそうになった。

まさか。

あのことを、誰かに知られたのではないだろうか。自分たちの過去を。どうして、どんな風に？　ひょっとして、二人の関係も？　あれこれ考え始めた時、「じゃあ、言わせてもらうけど」という奥さんの声が聞こえてきた。

「ねえ、綾さん。あなたはさあ、どう思ってるわけ。この何カ月かのこと」

「何がですか」

「だって、そうでしょう。うちは食べ物商売なわけよ。ねえ？　手作りを看板にしてる、地元密着の店じゃない？　こういう商売で、最近じゃあ、みんなただでさえ原材料にだって何だって神経質になってるときに、店の職人にそうしょっちゅう、あっちに行かれてたら、どう思われる？」

「──どう思われるっていうんですか」

綾香の声がぐっと低くなった。重苦しい空気が店中に広がっている。

「私が毎週あっちに行ってることで、お店が何か言われてるっていうんですか」

「あったりめえだっつうの」

さっきから一人で苛々《いらいら》した様子だった男の職人が舌打ちに続けて吐き捨てるように言った。先輩といったって、歳《とし》は綾香どころか芭子よりも若い、まだ二十代の男だ。綾香自身は何も言ったことはないが、彼がことあるごとに綾香に辛《つら》く当たったり恫喝《どうかつ》したりして、日々小馬鹿にしたりしていることを、芭子は知っている。

「考えてもみなよ。仙台に行くっつうことは、必ず福島を通るってことだろう？」

「──それが、何なの」

「何なのってか？　なあ、そんなことも分かんねえのかよ、おばさん」

高木巡査の背中越しに見える大柄な職人は、その口元ににやにやと薄笑いを浮かべている。

「どんなにちょびっとだって、放射能が、くっつくんじゃねえのかよって、は、な、し。それを、おばさんは毎週毎週、ここまで持って帰ってきてんじゃねえのってさ」

呆れてものが言えなかった。新聞やインターネットなどで風評被害という文字を見かけるし、実際に、福島ナンバーの車が落書きをされる、避難先で差別を受けるなどという話を見聞きはしていたが、まさか、こんな無知で無神経な男が、本当に存在するとは。

「ダンナさんたちだって、口じゃ言わねえけどさあ、気にしてるわけさ。なあ？　何しろ放射能っていうのは、見えねえし匂《にお》わねえし味もしねえんだからさあ、考えてみりゃあ最強の毒薬だもんなあ」

こんなガキを相手に、綾香はこれまで、どれほどの我慢を重ねてきたことだろうか。今さらながら腹立たしさと悔しさで、聞いている方が何か言い返したいくらいだ。

「親切ぶって、休みのたんびに行ってよお、その分、放射能持って帰って、その上、職場でむっつりされてたんじゃあ、こっちだってやりにくくてしょうがねえって、ダンナさんたちだって――」

芭子の中で、何かが大きく膨らみかけた。そのとき、小柄で丸っこい綾香の身体が、ふわりと揺れたように見えた。次の瞬間、ぱちん、という音がして、隣から「あ、やっちゃった」という巡査の呟《つぶや》きが聞こえた。

「てっ——何すんだよぉっ！」

「いい加減にしなさいっ！　言っていいことと悪いことがあんのよ！」

自分の頬に手を当てて、びっくりした顔をしている若造の声をかき消すように綾香の声が響いた。

「あんたねえ、一体どの頭でそういうこと言うのっ！　このオカラ頭！」

「何だよぉ、オカラ頭って——」

「スカスカだって言ってんの！　絞りかす程度しか残ってないって！」

うまいことを言う。こんな場面なのに、つい笑いそうになってしまった。もともと、カラオケが大好きな綾香の声は朗々としていて張りがあり、気持ちがいいくらいだ。もっと怒れ。言いたいことを言ってやれ。気がつけば握り拳《こぶし》を作って、芭子は身を乗り出していた。

「よく聞きなさいよ、このデクノボウ！　今、どれだけの人が、その放射能の噂《うわさ》で苦しんでると思ってるの、ええ？　実際に被害に遭ってる人は、どんな思いでいると思うのよっ！　それなのに、高速バスで福島を通っただけで、つけて帰ってくる？　まったくもう、呆れてものが言えないわ。じゃあ、災害派遣で高速道路を往き来してる人たちは全員、どんどん被曝《ひばく》するのかっ。自衛隊もボランティアグループも、物資を運ぶ人たちも！」

若い職人は、すっかり気圧《けお》されたように綾香を見つめている。

「大体ねえ、あんた、何さまなのよ。私は確かにあんたより後から店に入ったよ。物覚えだって悪いし、不器用だよ。失敗ばっかりしてると思う。だけどさあ、そのたんびに、馬鹿だの間抜けだの、クソババアだの、言われ続ける身にもなれっていうの。本当は、あんたの方がずっと馬鹿だって分かってるのに！」

「なんだよぉ――」

「そういう、人の気持ちをまるっきり考えられない、馬鹿丸出しのことを平気で言うヤツが、どうして本当に美味《おい》しいパンなんか焼けるんだよっ。心を込められると思うんだっ！　あんたみたいなヤツがいるから、傷つく人が増えんだよっ、余計に泣かなきゃならない人がいるんだ、分かんないのか、このオカラ野郎！」

「つ――つけてないって保証なんか、ねえだろう、が――」

「じゃあ、毎週東北に通ってる私は、要するに毎週、高速バスで福島も通過してるんだから、放射能もかぶってて、それを、ここで作るパンにもうつしてるっていうわけ？　ここのパンにも、放射能が混ざり込むって？」

「もう、いい加減にしてくれよ」

それまで沈黙を守っていたらしい店主が、苛立った声を上げた。

「いつまでも言ってたってきりがないじゃないか。綾さんだって、今日に限ってどうしたっていうんだよ」

「そうよ。大体、もとはといえばたかだか配達の人が軽い気持ちで言ったことでしょう？　そんなひと言に血相変えるなんて、いつもの綾さんらしくないじゃないのよ」

綾香がわずかに身体の向きを変えた。その時になって、初めて芭子の存在に気づいたように、彼女の表情がわずかに変わった。血の気の失《う》せた丸くて白い顔の、その瞳《ひとみ》が、真《ま》っ直《す》ぐにこちらに向いた。芭子は、その瞳にはっきりと頷《うなず》いて見せた。

言っちゃえ。もう我慢しなくていいから。言いたいこと、全部。

綾香の瞳がわずかに揺れたように思う。彼女は大きく息を吸い込んで、改めて店主たちの方を向いた。

「軽い気持ちで言うから、余計に腹が立ったんです」

「だから、何も悪気があって――」

「大体、ただの一度もあそこを見たことのない人たちに、何が言えるんですか。あの空気を吸ったこともなくて、肌で感じたこともない人たちが」

「だからそれは――」

「耳かき一本まで、なくしたんですよ。使いかけの消しゴムから、箸《はし》から、明日食べようと思ってたチョコレートから、お店の割引券から、ご先祖の位牌《いはい》まで、何もかも――テレビでだって、さんざんやってるじゃないですか。それで、どうして『東京じゃなくてよかった』なんて言えるんです！」

「だから、山ちゃんだって悪気はなかったって、言ってたじゃないかよ、なあ。ちゃんと謝ってってたろう？」

「いつだって配達に来る度に、あんたたち、軽口たたき合ってる仲じゃないの。まさか、綾さんが向こうの出身だなんて思わないから、ほんの軽い気持ちで言っただけでしょう？」

「東北の出身者がいなかったら、何を言ってもいいんですか！　その上、放射能ですって？」

「つるせえババアだなあ」

「オカラ頭は黙ってろっ！」

今度こそ、店の中がしん、となった。次の瞬間、綾香はくるりとこちらを向いて、すたすたと芭子の前までやってきた。

「芭子ちゃん、悪いんだけどさ、その辺に落ちたパン、拾っておいてくれる？」

「わかった」

頷くが早いか、店の入口に重ねてあるトレーをとって、床に散らばっていたパンを拾い始める。高木巡査も一緒になって腰を屈めた。二人で全部のパンを拾い集めて立ち上がったときには、綾香は既に白い作業服を脱いで、Tシャツ姿で主人夫婦と向き合っていた。

「今日まで長い間、お世話になりました」

身体の前で手を揃え、綾香は深々と頭を下げている。その様子が馬鹿に薄暗くしか見えなくて、つい目をこすろうとしたところで、芭子は自分がサングラスをしたままなのに気づいた。思わず店の外を見る。既に野次馬たちの姿は消え去っていた。ただ一人、スーツ姿の南くんだけが、夏の陽射《ひざ》しを浴びてそこに立っている。

「あんた――そんな、綾さん。短気起こさないでさ――」

狼狽《ろうばい》した様子の主人の声。「そうよ」と取りなす奥さんの声。

「今日までお世話になったご恩は、本当に一生、忘れません。だけど、私がいることで店の評判に傷がつくようでも困りますし、私も、そういう目で見られながら働くのは、ちょっと厳しいんで」

「まあまあ、まあ、いつもの綾さんらしくないじゃないか。なあ、やっと一人前になってきたんだから、よく考えてみてくれよ」

「今、急にいなくなられちゃ、どれだけ困るか、綾さんにだって分かるでしょう？

──ほらっ、ちょっと、あんたも謝んなさいっ」

「なんで、俺が──」

「奥さん。これまで、私がどれだけこの子に馬鹿だのボケだの言われたって、ただの一度も注意してくれたこと、なかったですよね。この子に押しつけられて、本当は一日おきの約束なのに、毎朝毎朝、三時半過ぎに店に入って仕込みをしてたことだって、ずっと見て見ぬ振り、してたんじゃないですか。私も、出来るだけ馬鹿になって我慢したつもりです。無理して雇っていただいて、仕込んでいただいたこと、心の底から感謝してましたから」

背中で綾香の声を聞きながら、芭子はガラスの向こうの南くんを見ていた。中で何が話し合われているかなんて、聞こえているはずもない。それでも夏の強烈な陽射しを浴びて、彼は身じろぎ一つせず、じっとこちらを見ている。さぞ暑いだろうに。辛抱強く。

──始まるんだ。次の章が。

数分後にこの店を一歩出るときには、綾香は綾香で、新しい道を探し始めなければならない。そして、芭子はもう一度、南くんと向き合うことになるだろう。それから先に何が待っているのかは、まったく分からない。それでもどうやら今が、その時らしかった。こんな風にして、前に押し出される時がくるのだ。

近くでピーピーピーピーという音がした。トレーを持ったままの高木巡査が、急いでイヤホーンを耳に当てている。

「じゃ、俺はこれで行きますから。まあ、あとは丸く収めて下さいよね。よろしく頼んますよ」

ガラスのショーケースの上にトレーをのせて、若い警察官は「お先に」と店の出口に向かいかけ、思い出したように振り返った。

「あ、芭子さん、俺ね」

「——はい」

「近いうちに、しばらく東北に派遣されそうなんスよね。復興支援で」

制帽の下の顔が、いつになく真面目《まじめ》そうに見えた。芭子は、その顔をじっと見上げて「ご苦労様です」と頭を下げた。

「気をつけて、行ってきてくださいね」

若い警察官は少しの間、何か言いたげに芭子を見ていたが、やがて「にっ」と笑い、小さく敬礼をして、慌《あわ》ただしく店の外に出て行った。窓ガラスの向こうには南くんが立っている。自動ドアが開いたとき、昨日までは聞こえなかったはずのセミの声が一つだけ、ジーワジーワと聞こえてきた。

こころの振り子

1

既にとっぷりと日も暮れて、そろそろ店じまいの時刻らしい八百屋の前を通りかかったとき、白熱灯に照らされた店先に「ゆず湯」の三文字を見つけた。今日は午後から木枯らしが吹いて、ことに風が冷たい。このままひと息に家まで自転車をこぎ続けるつもりでいたのに、その文字が目に飛び込んできた瞬間、はっとなった。

そうか。

かなり行き過ぎたところで、小森谷《こもりや》芭子《はこ》は思わず自転車のブレーキを握った。

そうだった。今日は、冬至だ。

顔の下半分が埋もれるくらいにマフラーを巻いた格好で、芭子は自転車を降りて回れ右をした。商店街全体、どの店もわずかずつ閉店時間が早くなっているせいもあってか、辺りは既に閑散としている。本当ならクリスマス間近のこの季節、日が暮れればあちらこちらにキラキラとイルミネーションが瞬《またた》いて、昼間とは違う雰囲気になり、それを楽しむ人々がもっと歩いていてもよさそうなものだ。けれど、どうやら今年は、このまま年を越しそうな気配だった。

芭子自身にしても彼と迎える初めてのクリスマスを心待ちにしているつもりなのに、一方では「何がクリスマスだ」という思いが拭《ぬぐ》いきれずにいる。もちろん、綺麗《きれい》な飾りつけをした空間でキャンドルの灯でも見つめながら二人きりで過ごす、そんなロマンチックなクリスマスへの憧《あこが》れがないと言えば嘘《うそ》になる。そして、今年は本当に生まれて初めて、そのチャンスがあるとも思っている。だが、期待が膨らめば膨らむほど、どうしても「そんなことをしている場合か」という気持ちも大きくなってしまうのだ。もともとキリスト教の信者でもないのに、そんなときだけ単にプレゼントを贈りあったりケーキを食べたりして騒ぐ必要なんて、ありはしないではないか、と。

――だけど、冬至はべつ。

クリスマスとは意味合いそのものがまるで違う。思えば「あそこ」にいたときだって、この日だけは浴槽にいくつかの柚子《ゆず》がぷかぷかと浮かべられて、無機的な空間にもほんのりといい香りが漂ったものだし、食事にも必ずカボチャの煮付けが出された。あんな殺風景な空間にいてさえ、いや、あんな場所だったからこそ余計に、一年で一番日が短くなる日は大切にされていた。

冬至は古くから「生まれ変わり」の日と考えられてきたのだということだった。この日を境に、再び日一日と昼間の時間が長くなっていく。つまり太陽が生まれ変わって、また新しい一年を築き始めるという考え方があるのだそうだ。だからこそ冬至には、これから新たに運が向きますようにと願いをこめる。今でこそ柚子の効能、カボチャの効能などが言われるが、昔の人はそんな科学的な根拠など知るはずもない。経験として身体《からだ》にいいことくらいは分かってはいたのだろうが、ゆず湯に入るのは「冬至」と「湯治」とを掛け合わせたことからだというし、カボチャは「なんきん」ともいうことから「ん＝運」がたくさんつくようにという、やはりこちらも語呂《ごろ》合わせで食べるようになったと、そんなことを「あそこ」で教わった。

「すみません。この、ゆず湯用の柚子を」

八百屋の店先まで戻って声をかけると、奥の石油ストーブの前に立って所在なげにしていたおじちゃんが「はいよ」と出て来てくれた。

「冷えるねえ、今日はまた馬鹿《ばか》に。ゆず湯でさ、ちゃんとあったまってよね」

「おじさんも、ずっと立ってると冷えるでしょう」

「まあ、もう終《しま》いの時間だからさ。よし、こっちもおまけしちゃうか、なあ。カアチャンには内緒でさ」

おじちゃんは、荒れて皮のむけている厚い唇の間から黄色い歯をのぞかせながら、かごに盛られた柚子を、もう一かご分、手提げ袋に入れてくれた。

「風呂用ったって、べつに悪いもんじゃないからさ。多少ボケボケしてっかも知んねえけど傷《いた》んでるわけでもないし、ほら、こういう綺麗な皮んとこ、料理に使ってもらって構わないからね」

明るい柚子の色が、そのまま心の中に明かりを灯《とも》したようだ。芭子は、おじちゃんに丁寧に頭を下げて、自転車のハンドルに柚子の袋をぶら下げた。前かごには他の荷物が入っている。背中で「毎度ね」という声を聞き、再びペダルをこぎ始めたところで、スピードに乗る前に冷たい横風が吹いてきた。ハンドルを取られて、自転車がぐらりと揺れる。

「おっと」

その時ちょうど、芭子の横を通りかかった自転車から追い抜きざまに声がした。黒い革製のコートを着て制帽を被《かぶ》った警察官が、細くて嫌な目つきでこちらを振り返る。

「駄目だよ」

薄暗がりの中でも、芭子よりもずい分と若いと分かる警察官だった。彼は、小憎らしい口調で「気ぃつけてもらわなきゃ」と言って、そのまま行ってしまった。荷台に白い箱のついている白い自転車と、がに股《また》の後ろ姿を眺めて、芭子はマフラーの下でつい小さく「何よ」と呟《つぶや》いた。

「青二才のくせに。いやな感じ」

目くじらを立てるほどのこともないが、それにしたって少しばかり愛想がなさ過ぎる。地域に溶け込んで市民から頼りにされたいと思うなら、もう少し可愛《かわい》げのある話し方というものを考えた方がいいのではないだろうか。上司は、そういう指導はしないのか。

「少しは見習えっていうの。アイツを」

言ってしまってから、マフラーに埋まった口元がつい小さくほころんだ。まさか、こんな風にあの警察官を思い出すことがあるなんて。会うたびに馴《な》れ馴《な》れしく芭子の名を呼んだり、呼び止めて立ち話をしたり、うるさいくらいに人なつこい警察官だった。彼は今ごろ、どこでどうしているだろう。被災地に派遣されることになったという話だったけれど、もうこの町に戻ってくることはないのだろうか。もともと警察官なんて大嫌いだし、絶対に関わりたくないと思っているくせに、もう二度と会うこともないのかと思うと、何となく懐《なつ》かしい。

いくつかの角を曲がって、自宅のある路地に入ったところで幼い子の泣き声が聞こえてきた。好岡《よしおか》さんの下の子に違いない。お父さんが小学校の先生をやっているお宅は、今夜はカレーらしい。香りに刺激されて、芭子の胃袋もきゅうっと空腹を感じた。すると、今度はどこからともなくサンマを焼く匂《にお》いが漂ってきた。さらに胃袋が刺激される。

だけど今日は、うちはあり合わせだけ。

仕方がないのだ。今日の納品を済ませてしまうまで、ずっと忙しかった。帰ったらまず、一昨日《おととい》から食べ続けている煮物を火にかけて温め直し、その間に部屋着に着替え、あとはフリーザーに何か残っていただろうかなどと頭の中で段取りを組み立て始めたとき、薄暗い路地の先にいる人影に気がついた。リュックサックを背負った丸っこいシルエットが、確かに芭子の家の前辺りで、街灯の明かりに浮かび上がっている。芭子が気づいたのとほぼ同時に、向こうの方でも芭子に気づいたらしく、ぴょんぴょんと飛び跳ねるようにしながら、「芭子ちゃんっ」と手を振る姿が見えた。芭子はペダルを漕《こ》ぐのをやめてシルエットに近づき、彼女の目の前で自転車のブレーキをかけた。江口綾香《えぐちあやか》が「お帰り」と笑っている。

「なあに、今日、帰るなんて言ってなかったじゃない」

「あっ、冷たい言い方。お邪魔だった？　もしかして、今日は彼が来る日だとか？」

思わず「何言ってんのよ」と顔をしかめながら芭子は自転車から下り、それからハンドルに引っかけてあった柚子の袋を取り上げて、「ほら」と中が見えるように綾香に差し出した。

「ちょうどよかった。今日、冬至だから」

綾香も「それそれ」と頷《うなず》いた。

「実は、私もそれで思い出したんだわ。ほら、私たちってさ、そういえば『あそこ』にいたときも——」

「綾さんっ」

「——え、あっ」

「そこから先は家に入ってから」

まったく。この癖だけはいつまでたっても直らない。芭子は、小さく舌を出して「えへへ」と笑っている綾香を軽く睨《にら》む真似《まね》をしながら、ポケットから家の鍵《かぎ》を取り出した。扉を開けて、芭子がドアノブから鍵を引き抜いている間に、綾香はいかにも勝手が分かっているというようにさっさと家に入り、スニーカーを脱ぐのと同時にリュックも下ろして、もうパタパタと廊下を進んでいる。

「ぽっちゃぁ、おばちゃんが来ましたよぉ。ぽっちぃ」

芭子の飼っているセキセイインコの名を呼びながら、あっという間に茶の間に消えた綾香に向かって、芭子は「もう」と唇を尖《とが》らせた。

「来るんなら来るって、電話でもメールでもくれればいいじゃない」

「そうも思ったんだけどさ、来ちゃった方が早いから」

「どれくらい待った？　寒かったでしょう」

「ぜーんぜん、平気、平気！　ねえ、ぽっちぃ」

いかにも呑気《のんき》に聞こえる返事を聞きながら、まずは廊下の明かりを灯し、それから自転車の前かごに入れてあった荷物を運び入れて、芭子は玄関に脱ぎ捨てられた綾香のスニーカーに目を落とした。安物だが、もとはピンク色の可愛いスニーカーだったはずだ。買い換えてからだって、さほどたっているわけではない。それが、すっかり黒ずんで汚れきり、見る影もなくなっていた。そのスニーカーが、彼女が過ごしている日々と、疲れ具合を象徴しているように見えて、芭子は思わずため息をついた。

「ぽっちゃ、あんたは幸せな子だねえ。こんな立派なお家《うち》もあるしさあ、雨露もしのげて、食べるものにも困らなくて、寒い思いもしなくてすんで。こりゃ。ねえ」

綾香に話しかけられて、ピュチュチュ、クチュピピと声を出していたぽっちが、ふいに「綾さんってば、綾さんってば」と繰り返し始めた。

「あらあ、何ていい子なんだろう！　ちょっと芭子ちゃん、大したもんだわねえ。この子ちゃんと私を覚えてるじゃないのよ」

茶の間の入口に立ち、ゆっくりとマフラーを外しながら、芭子は「まさか」と苦笑した。覚えていることは覚えているかも知れないが、そうは言っても相手はセキセイインコだ。何も、相手が綾香だときちんと認識して名前を呼んでいるわけではない。

「綾さんが来るって分かってたら、ちゃんと買い物してきたのに。今日、ろくなものがないのよ」

「いいよ、あり合わせで」

「あり合わせっていうほどもないもん。いっそ、コンビニ弁当か何かで済ませようかと思ってたくらいなんだから。どうしようかなあ——あ」

ダウンジャンパーを脱ぎかけて、思いついた。

「そうだ。久しぶりに、『おりょう』に行かない？」

すると、鳥かごの隙間《すきま》からぽっちに向けて指を差し入れたままの格好で、綾香は戸惑った顔つきでこちらを見上げてきた。目の下に疲れが溜《た》まって見える。彼女が言いたいことくらい分かっていた。外食なんて、もったいないじゃない。そんな贅沢《ぜいたく》出来る身分じゃないんだからね。何なら私がこれから作ろうか——そんなに疲れた顔をして。冗談ではなかった。

「そうしようよ、ね？　今日、たまたま納品でね、ついでに集金もしてきたんだ。だから懐《ふところ》ほっかほか」

「そんなこと言ったって、私の懐が温かいわけじゃないし――」

「いいでしょ。それより、今度は何日くらい、いられるの？」

「――明日には戻らなきゃ。もう明後日がクリスマス・イブじゃない？　ささやかでもね、一応ちょっとした用意はしようっていうことになってるし」

「そう――じゃあ、年内は？　お正月は帰ってこられる？」

「そういうわけにもいかないと思う――クリスマスが済んだら、今度はおせち料理作ったり、それを配ったりさ」

綾香が自分から望んでやっていることだ。それを、芭子が「やめて」と言うことは出来なかった。たとえ綾香の健康を気遣って言っていても、彼女は聞く耳を持たない。そういう不毛なやり取りをするのにも、もういい加減に疲れ果てたというのが正直なところだ。

「じゃあ、年内は今日が最後っていうことだね？　だったら、やっぱり忘年会くらい、しようよ。それくらいしたって罰は当たらないし、それで、帰ったらお風呂沸かして、ゆず湯でゆっくり温まって」

まだ迷うような顔つきをしている綾香に歩み寄って、これもまたずい分と埃《ほこり》っぽく、また古ぼけてしまった感じのジャンパーの袖《そで》を引っ張る。

「ほら、ねえ、行こうってば」

「でもさあ——それならコンビニで適当に買ってくるのだって私は構わないんだし」

「もしかして、あそこまで歩くのも億劫《おっくう》なくらい疲れてる？　もう、家から出たくない？」

「まさか」

「だったら、生ビール飲んで、美味《おい》しいお刺身とか、温かいお鍋《なべ》とか、栄養のあるもの食べて。ねえ」

芭子がそこまで言ってようやく、綾香は「分かった」と頷いた。それから彼女は、全身から力を抜くように、ほうっと大きく息をつきながら、ゆっくり芭子の家の茶の間を見回している。

「何かさあ——ほっとするねえ、この家は。帰ってきたなあって感じ、するわ」

言った後で、またも彼女はぺろりと舌を出す。

「——って、自分の家でもないのにね。何が『帰ってきた』んだか。荷物まで預かってもらってて」

「今さら何、言ってんのよ。さあ、行こう行こう！」

自分の家が、こうして綾香を待ち、迎え入れられる場所になっているのなら、こんなに嬉《うれ》しいことはなかった。今の芭子に出来ることといったら、これだけだ。脱いだばかりのスニーカーを再び履いて、今度は綾香と並んで夜道を歩く。

「寒くなったねえ」

「うん。寒くなった」

「向こうは、もっと？」

「うん。もっと」

冷たい風にさらされながら、それでも芭子は、綾香と二人並んで、こんな風に話しながら歩ける嬉しさを改めて感じていた。何年間も、こうして一緒に過ごすのが当たり前になっていた。それが、気がつけば今では滅多に並んで歩けないどころか、顔さえ見られなくなってしまった。

「今も、この前と同じところにいるの？」

「またね、移った」

「教えてくれなかったじゃない」

「だって、つい昨日だもん。移ったの」

「また、お寺？」

「神社。今度は」

「ちゃんとしたところ？　暖房とか、お風呂とか」

「石油ストーブはあるんだけど、部屋が広すぎてほとんど効かないかなあ。でも、まあまあってとこ」

「ご飯は？　ちゃんと食べさせてもらってるんでしょうね？」

「それはね、大丈夫。近所の人たちが、色々と気をつかって、入れ替わり立ち替わり差し入れとか持ってきてくれるし」

　この夏、綾香はこの近所で勤めていた製パン店を辞めた。少しでも早く一人前のパン職人になりたい一心で、どんなに辛《つら》いことがあっても文句も愚痴も言わずにひたすら笑顔で我慢してきた彼女にしては、その終わり方はあまりに呆気《あつけ》なかった。だが、その場面に居合わせた芭子は、驚きつつも、そんな彼女を止めようとは思わなかった。要するに綾香という人は「そういう人」なのだということを強烈に感じたからだ。耐えるだけ耐えて、挙げ句、限界を迎えると、ぱちんと弾《はじ》け飛んでしまう。それが綾香という人なのではないかと。

辞めることになったきっかけそのものは、些細《ささい》なことだったと思う。だが、共に過ごしてきた年月の中で、あのときほど彼女が厳しい表情になり、朗々と響く大きな声ではっきりと自己主張する場面を見たことはなかった。あのときの綾香には、迷いも揺るぎも、何もなかったと思う。おそらく「あそこ」に行く前も、彼女はそうなったのだ。我慢して我慢して、最後にぱちんと何かが弾け飛んだのに違いない。そうして彼女は自らの手で人を殺《あや》めた。生まれて間もない我が子を守るために。自分の人生のすべてを棒に振ってでも。しかも相手は、一度は愛したはずの夫だった。そうして入ることになった「刑務所《あそこ》」で、芭子たちは出会った。それが、芭子と綾香との関係だ。とはいうものの、芭子の方は昏酔《こんすい》強盗罪という、どちらかというとシケた罪での服役だったが。

2

「それで、芭子ちゃんの方は？」

「私？　特に変わらないよ」

「仕事も？　彼とも？　どっちも順調なんだね？」

夜道を並んで歩きながら、芭子は「うーん」と小首を傾《かし》げた。特段、不調という感じもしないから、きっと順調なのだ。

「まあまあ、かな。お洋服の方も、また少しずつ注文が増えてきてるし」

「南くんとは？」

「ええと、最後に会ったのが――先々週」

「先々週かあ。先生は忙しいんだわね、相変わらず」

「また。先生なんて」

「だって、弁護士先生でしょうが」

数年前に、前後して「あそこ」を出てからというもの、芭子と綾香とは、ずっとこの谷中根津の界隈《かいわい》で暮らしてきた。綾香は最初からパン職人を目指して働き始めたが、芭子の方は当座の生活費に困らなかったせいもあり、何よりも自分の過去を世間に知られるのではないかという恐怖心が常につきまとって、半分引きこもりのような暮らしをしていた。その上、いくら綾香に尻《しり》を叩《たた》かれても、なかなか目標が見つからなくて、アルバイトをしたり、すぐに辞めたり、ふらふらと過ごした時期も長かった。祖母が遺《のこ》してくれた古い家を改築して、いつか自分の店を持つことを夢に描けるようになってきたのは、つい最近のことだ。

「あそこ」に入っている間、縫製工場でミシンをかけたり編み物の仕事をしていたことが、こんな形で役に立とうとは思わなかった。たまたま偶然が重なったこともあって、今、芭子は小型犬などのペット服を自分でデザインし、縫製してショップに卸す仕事をしている。注文があればドレスやタキシードなどのオーダーも受ける。それが意外に好評で、少しずつ商品を置いてくれる店も増え、ようやく細々とでも暮らしが成り立つようになりつつあった。だから、仕事が順調になるに従って、いつかはショップを兼ねた小さなアトリエを持ち、その隣で綾香がパン屋を始められたら、どんなにいいだろうかと考えるようになったのは当然の成り行きとも言える。それは決して実現不可能ではない夢のはずだった。

「ボタンじいさんは、どうしてる？」

「この間から座骨神経痛が出たんだって。ねえ、『電気をかける』って、どういうことだろう？」

「ああ、電気ねえ。よく言ってるよね」

綾香は、芭子の家の斜向《はすむ》かいに住む老人の近況を聞き、その他にもこの界隈で見知っている様々な人や商店の名前を出して、それぞれの様子を知りたがった。

この春を境に、芭子の夢の描き方は変わってしまった。生活も、それどころか綾香との関係そのものが、もう以前とは違う。二〇一一年三月十一日。あの日、東北地方を中心に起きた東日本大震災が、少なからぬ影響を及ぼした。

芭子自身は、たまたま一人で、しかも日帰りの予定で仙台に出かけて、あの地震に遭遇するという憂《う》き目に遭ったが、幸運なことに翌日には無事に帰ってこられた。ところがその後、自分でも意外なほどに精神的なダメージを受けたことが分かった。その後遺症とも思える症状は、実は今も続いている。

だが、その一方では信じられないような出逢《であ》いも経験した。南くんという、ことあろうに弁護士を生業《なりわい》としている男性と、行きの新幹線の席で隣り合わせ、地震後に身を寄せたホテルで再会して、そのまま一緒に東京まで帰ってくることになったのだ。そして、もう一生そんなことはないだろうと思っていたのに、彼に恋をした。まさか、弁護士にと思ったけれど。こんな、前科《マエ》持ちの自分が。

「夕やけだんだんの商店街も、どんどん変わってきてるよ」

「どんな風に？」

「観光地みたいになってきた。小さいお土産屋さんとかが増えて」

「ふうん。人は来てるんだ」

「テレビでもよく映るしね」

綾香の方はといえば、あの地震をきっかけに、故郷である仙台に足を向けることになった。そして、自分が事件を起こして以来、関わりを断っていた家族の無事は確かめられたものの、命がけで守った我が子がもはや日本にいないことも知った。以来、何をどう考えて、どんな心境の変化があったのか分からないが、彼女はまるで人が変わったようになってしまった。思い詰めた顔つきになり、まるで何かに追い立てられるかのようにボランティアに通い続け、ことに仕事を辞めてからというものは、ついにアパートまで引き払って、被災地の寺院や神社などに寝泊まりしながら、ほとんど無償で働き続けているのだ。芭子が何度、そこまでしなければならない理由を尋ねても、彼女ははっきりとは答えてくれない。

——ただね、いてもたってもいられないっていうだけ。

生命や家族や住む家を失った人たちに比べれば、芭子たちの受けた影響など、蚊に刺された程度のことに過ぎないとは思っている。だが明らかに、人生は変わった。つまりあの地震は、ことの大小にかかわらず、多かれ少なかれ、この世の中の人を大きくいくつかに分けてしまったのかも知れないと、最近になって芭子は考える。

直接的にせよ間接的にせよ、被害に遭った人と遭わなかった人という分け方はもちろんのこと、福島第一原発の事故をはじめとする一連の出来事を通して、自分たちの未来を考えるようになった人とそうでない人。これから先の生き方を考えるようになった人と、そうでない人。この国の有り様を考えるようになった人と、そうでない人。

他人への思いやりや人とのつながりを大切に思うようになった人と、特段何が変わるということもない人。人が受けた傷の深さや大きさに思いをいたすことの出来る人と自分の感覚でしか計れない人。簡単に忘れてしまえる人と、刻まれた記憶や傷を、ずっと抱え続けていく人——。

三崎坂《さんさきざか》を上った途中の路地を曲がったところにある「おりょう」は、何年も前から芭子と綾香とが、たまの贅沢と称しては月に何度か足を運んでいた、「土佐料理」と看板にうたっている居酒屋だった。暖簾《のれん》をくぐると、以前は指定席のようにしていた席には他の客がいて、違うテーブル席になった。

「おっ、いらっしゃいませ」

久しぶりにもかかわらず、芭子たちを覚えてくれていた店主たちに軽く挨拶《あいさつ》をして、芭子は何かしら晴れがましい席にでも加わるような、ふわふわとした気持ちで席についた。外の暗さに比べて店内の明るさが眩《まぶ》しかったせいもあるだろうし、湯気の立ちこめる暖かさがいつになく優しく、自分たちを包み込むように感じられたからかも知れない。自分で食事の支度をせずに済む上に、誰かと一緒に食卓に向かえる嬉しさもあるだろう。それに、こんな和風の居酒屋ではあったけれど、レジの横に置かれた小さなクリスマスツリーがLEDらしいランプを瞬かせているのを発見したときには、思っていた以上に嬉しさがこみ上げた。

「やっぱり、少しくらいは年の瀬らしい雰囲気だって味わいたいもんね」

「そりゃ、そうだよ。特にこういう年はね、いつも以上に盛り上がったっていいはずなんだ。どうにかこうにか、ここまで来たんだから」

熱いおしぼりでかじかんだ手を温める間に、綾香の表情も和んでいくようだ。二人で品書きを覗《のぞ》き込み、刺身や煮物、和《あ》え物などを注文して、まずは生ビールで乾杯をする。

「おかえり」

「ただいま」

軽くジョッキを触れ合わせ、冷たいビールを一口飲んで、二人同時にほうっとため息が出た。こうしていると、以前と何一つ変わっていないような気がする一方で、ああ、何て久しぶりなのだろうとも思う。

今、綾香はおよそ月に一度か二度の割合で東京に戻ってきては、また被災地に向かうという生活を続けている。しかも、行っている先は彼女の故郷である仙台ではない。

「いいんだよ、どこだって。私がやってるのと同じことを、仙台でやってくれてる人もきっといるんだから」

綾香はそう言って、どこか諦《あきら》めたように笑っていたことがある。仙台では綾香の過去を知っている誰かに会う可能性がある。中でも、彼女が生命を奪った相手の家族——つまり、夫の身内に会うことだけは避けなければならない。だから、帰りたくても帰れない。

「瓦礫《がれき》はもう、ずい分片づいたんでしょう？　今は、どんなことしてるの？」

「片づいたとも言い切れないけど、やっぱりああいう仕事は男の人とか、若い人じゃないとキツいんだよね。私らくらいの世代になると、まあ、いわゆる生活支援っていうか。色んな人たちの話し相手になったり、普段の生活の中で不便だと思うことの手伝いとか」

「避難所で？」

「仮設住宅。避難所は、多分年内には全部、整理されるはずだって」

「やっと、そこまできたんだ」

「そう、やっとね。二次避難所になってたホテルから、最後の人たちが、仮設に移ることになったっていう話だった」

「そうか――ずい分かかったねえ」

「よく我慢してたと思うよ、本当に。べつに何一つ、悪いこともしてない人たちが、『あそこ』よりよっぽど苦労が多いような――」

言ってから、綾香はまたも、はっとした顔になっている。芭子は「私たちとちがってね」と小声で呟いて、わざと上目遣いに睨む真似をして見せた。綾香は「にひひ」と言うような声を出して、肩をすくめている。久しぶりに見る悪戯《いたずら》っぽい笑顔だった。

「やっぱり、帰ってきたなあと思うよね。芭子ちゃんとこういう話するとさ」

「そりゃあ、二人でいるときでなきゃ、こんな話は出来ないんだもの」

互いの小皿に醬油《しょうゆ》をたらし、運ばれてきた刺身に箸《はし》を伸ばしながら、何となく笑いあっているときに、芭子の携帯電話が鳴った。見ると、南くんからのメールだ。

〈腹減った！　今夜も遅くなりそうだぁ！〉

芭子は思わず口元をほころばせた。最近の南くんからのメールは、こんなものばかりだ。忙しくて、長いメールを打つ暇もないらしいことが感じられる。それでも、ことあるごとに芭子を思い出してくれているらしいことが感じられるだけで嬉しかった。

「彼から？」

綾香が悪戯っぽい顔でこちらを見ている。うん、と頷きながら、さて、どう返事をしたものかと思った。今、綾香と一緒にいることを正直に伝えていいものかどうか。もちろん別段、隠すようなことではないと分かっている。それでも芭子は何となく感じていた。南くんも、そして実は綾香の方でも、正直なところ互いにあまり深く関わり合いたくないと思っているらしい。

二人の性格とか相性とかの問題ではない。要するに、かたや元殺人犯、かたや弁護士という、あまりにも対照的な立場の違いが問題なのだ。無論、綾香が罪を犯さなければならなかった理由も何もかも、芭子なりに説明はしてある。南くんも理解してくれていると思う。それでも、だからといって彼が何のわだかまりもなく、綾香を芭子の友人として受け入れられるかどうかまでは、正直なところ分からなかった。それくらいは、彼を見ていて感じないはずがない。

でも、嘘《うそ》はつかない。

彼に対してはどんな嘘もつかないと心に決めている。芭子自身が「あそこ」に行った過去を持つこと、その理由も何もかもを打ち明けてしまったときに、芭子は自分自身にそう誓った。こんな自分を受け入れようとしてくれた南くんへの、それが一番の誠意の示し方だと思ったからだ。

〈綾さんが帰ってきたの。今、一緒に外でご飯食べてます。今年は今日が最後らしい

から、忘年会〉

簡単に返事を打つ間、目の前の綾香はおとなしく箸を動かしている。その表情が、芭子の思いをすべて読み取っているような気がして、何となく気が引けた。そうして芭子がメールを打ち終えると、彼女は「それで」と口を開いた。

「彼とは、ちゃんと、うまくいってんだろうね？　この間、喧嘩《けんか》したって言ってたの、あれどうした？」

「――ちゃんと仲直りしたよ。向こうが謝ってくれたから」

「向こうが？　ちょっと芭子ちゃん、相手を誰だと思ってんのよ。弁護士先生だよ」

綾香は、小さな目を精一杯に見開いてこちらに顎《あご》を突き出してくる。そういうときの表情は、以前とまるで変わらなかった。

「分かってる？　あんたと彼との出逢いは、まさしく奇跡なんだから。どんなことしたって離しちゃなんない、大切にしなきゃなんない人なんだわよ、いい？」

ふた言目にはそれを言う。芭子と南くんに関して。出逢いも奇跡。巡り合わせも奇跡。芭子の過去を承知しながら、それでもつき合いたいと言ってもらったことも奇跡。それは、芭子だって分かっている。確かに奇跡だろうと思う。まさか、ああいう人と出逢えるとは思わなかった。しかも、こんな自分が受け入れられるとも。

「それを、向こうに謝らせるなんて」

とんでもないと言うように首を振って、頬まで震わせている綾香は、だが、自分からは決して南くんに会おうとはしなかった。それもまた、綾香なりの気の遣い方なのだと分かっている。それどころか、もしかすると芭子と南くんとのことを気遣って、綾香は東北に行きっぱなしになってしまっているのではないかという気さえすることがあった。自分の過去を打ち明けたとき、芭子は、綾香のことも南くんに打ち明けないわけにいかなかった。「喋《しゃべ》っちゃった」と報告したときの、綾香の暗然とした表情を、芭子は今でもはっきりと覚えている。

――そっか。あんた、芭子ちゃん。すごい勇気出したじゃない。

口ではそう言ってくれた。だが、これまでの年月、綾香以上に自分たちの過去を知られまいと神経を尖らせてきたはずの芭子が、自分だけでなく綾香の過去までも、知り合ってさほど経《た》たない相手に語ったことが、ショックでないはずはなかった。

――大した男だわね、その南くんって。

綾香はそうも言っていた。確かにそうだ。芭子の過去を知って、ショックを受けなかったはずがない。それなのに彼は、つき合いたいと言ってくれた。今の、そしてこれからの芭子を見ていきたいとも言った。弁護士という職業上、いわゆる「犯罪者」

と向き合うことは決して珍しくないにしても、まさか前科を持つ人間と普通に出逢い、心惹《ひ》かれることがあろうとは、彼自身も思っていなかったに違いない。

——まったく混乱してないって言ったら、嘘になる。だから、出来るだけ時間をかけたいと思ってる。僕自身のためにも、小森谷さんのためにも。

最初に互いの気持ちを確かめ合ったとき、南くんはそう言った。弁護士である彼がそう言うと、余計に現実の重たさが感じられた。「何だ、そんなことか」と一笑に付せるような、そんな類《たぐい》のものでもないから、と言ったときの彼は、芭子の方が見ていて気の毒に感じるほど、苦しげだった。

——でも、だからって、二度とやり直しのきかないものだとも、僕は思ってない。

彼は、そうも言った。ホストを相手に恋愛ごっこを楽しむには、当時まだ女子大生だった芭子は、あまりにも幼稚すぎ、純粋すぎ、思慮が足りなすぎたのだろうとも言われた。もっと自分を大切にしなきゃ駄目じゃないかと言われて、芭子は幼い子のように泣きじゃくった。

それから二人は、互いに合い言葉のように言い合っている。

慌《あわ》てずに。ゆっくり。

お互いを理解し合い、本当に信頼し合い、心を寄り添わせるには、それなりの時間が必要だ。一時の感情で突っ走っては、結局お互いを傷つけ合うことにもなりかねない。南くんの言葉は、よく理解出来た。だから芭子は忠実にその言葉を守ろうと、毎日のように自分に「ゆっくり」と言い聞かせている。会いたくて会いたくてたまらないと思うときでも、決してそのままを口にはしない。失うよりは待つ方がいいと思うからだ。以前あんなにも手痛い失敗をしている自分は、人より余計に「待つ」ことを学ばなければならないとも思っている。

〈羨《うらや》ましい。美味しいもの食べてるんだろうな。僕は今夜も牛丼《ぎゅうどん》になりそう〉

またも南くんからのメールだ。芭子は〈お疲れ様〉とだけ、返事を送った。南くんが意識しているのと同様に、今、目の前で箸を動かしている綾香の方でも南くんを意識していると分かっているからだ。

「ああ、美味しいなあ」

芭子があれこれ考えている間に、綾香の方は何ごともなかったかのように、運ばれてきた料理を端から頬張り、その都度「んまっ」などと目を細めている。

「こんなこと言うとアレだけどさ、産地のことも何も心配しないで食べられるって、やっぱりありがたいことだわよ」

震災、というよりも福島第一原発の事故以来、芭子でさえ食品を買うときに産地を気にするようになってしまった。この近所に古くからある寿司《すし》店の中には、仕入れる魚の水揚げ地を答えられなかったために出前の注文が激減して、閉店に追い込まれたところもあるほどだ。野菜でも精肉でも、震災前はさほど几帳面《きちょうめん》に産地表示などしていなかったと思うのに、今は「国産」というだけでは駄目なのだという話だった。

「私なんか、これから子どもを産むわけでもないから構わないけど、芭子ちゃんはこれから結婚して、子どもを産む可能性があるんだから」

当初は無頓着《むとんちゃく》だった芭子に対して、綾香は震災直後から「気をつけるに越したことはない」と繰り返した。福島の人たちこそ気の毒だ。元気づけてあげたいし、生きる望みを奪ってはならないのは分かっている。それでも、放射能の影響がどこまで及ぶか分からない現状では、ことに成長期の子どもたちや妊産婦、これから子どもを産む若い人たちは注意を怠るべきではないという意見は、テレビでも新聞でも繰り返し聞かれた。

「最近、うちの店の前は通ったりしてる?」

また話題が変わった。限られた時間の中で、あれもこれも聞きたいと思うのだろう。

綾香の質問は常に矢継ぎ早で慌ただしかった。

「旦那《だんな》さんたち、元気かな」

「そういえば、あの子、いなくなったみたいよ」
「あの子って?」
「あの図体《ずうたい》の大きい。綾さんに威張り散らしてた」
するとと綾香は「えっ」と小さな目を精一杯に見開いて、途端に眉《まゆ》をひそめた。
「どうしちゃったんだろう。じゃあ、今は夫婦二人でやってる感じ?」
「だと、思う。心配なら、明日にでも覗いてみれば? また雇ってもらえるかもよ」
試すように言ってみたが、綾香は「まさか」と軽く横を向いただけだった。そして
またビールのジョッキを傾ける。
「言うでしょう、『覆水盆に返らず』って」
聞いたことはあるが、正直なところ、意味はよく分からない。芭子は曖昧《あいまい》に小首を
傾げて、綾香を見ていた。
「向こうにいるとつくづく思うよ。どんなことでもね、元通りにするっていうのは、
無理なんだって。時計は逆回りは出来ないんだなあって——これまでだって、さんざ
ん思い知らされてきたつもりだけど」
口調は淡々としていたが、その顔には年齢相応か、またはそれ以上の疲れが滲《にじ》んで
いるように見えた。被災地で、綾香は日々どんな光景を目にしているのだろう。どん

な人々と接し、どんな思いを受け止めようとしているのだろうか。

今、目の前にいる人は、芭子よりもずっと重たい過去を背負っているのだと感じるのは、こんなときだ。芭子よりもちょうど一回り年上で、結婚も出産も経験していて、その上で今は何一つ、帰るべき我が家さえも持たずにいる人。それが綾香だ。

「でもさ、自分でそれに気づくまでは、身動きなんか出来っこないんだよね。いくら人から親切そうに『前向きに』なんて言われて、闇雲《やみくも》に進んでるつもりだって、実際はどっちが前かだって分からないっていうのが、正直なところなんだ」

ふうん、と頷きながら、芭子は、以前の綾香なら、こんなことは言わなかったのにと思っていた。誰よりも前向きに日々を生き、そして、芭子に対しても「前向きに」と言い続けていたのは、彼女自身ではなかっただろうか。

何だろう、この感じ。

出会ったときから、生い立ちも性格も違っていながら何となくウマが合った。本来なら刑務所仲間との出所後のつきあいは厳禁と言われていながら、密《ひそ》かに再会を約束し、この町で何年も一緒に生きてきた。懲役七年の刑を受けた芭子は、逮捕直後にはもう肉親に見放されていたし、出所後には籍からも抜かれただけに、文字通り綾香だけが唯一《ゆいいつ》の頼りだった。彼女が常に傍にいて、笑わせてくれ、励ましてくれ、ひたむきに生きる姿を見せてくれていたからこそ、芭子は時間はかかったものの、少しずつ前向きになることが出来たのだ。人と会うことさえ恐ろしかったのに、少しずつ家から出られるようになり、やがて仕事を探し、目標を持ち、夢を抱けるまでになった。それが今、何となく少しずつ歯車が狂い始めているような感じがしてならない。物理的に離れているというだけでなく、綾香が、ひどく遠く感じられた。

3

その晩は、交替でゆず湯に入ってたっぷりと温まり、翌日の午後、綾香は芭子がクリスマスプレゼントにと予《あらかじ》め編んで用意しておいた真新しいマフラーを首に巻いて、再び被災地へと戻っていった。

「よいお年をね」

「綾さんも。風邪ひかないでね」

いつものリュックサックを背負い、路地の途中で何度か振り返っては、手を振っていく綾香の姿は何だかひどくちっぽけに見えた。

「ぽっち。綾さん、もう行っちゃった」

一人の茶の間に戻って、青い小鳥に話しかける。ぽっちは、ピチュ、と小首を傾げていたかと思うと、やおら「昔々あるところに」と話し始めた。

「おじーいさんと、おばーあさんが。クチュ。ピ」

「いました。でしょ。お爺《じい》さんと、お婆《ばあ》さんが、いました。お爺さんは山に柴刈《しば》りに、お婆さんは川に洗濯に」

最近、少しずつ教えこんでいる「桃太郎」の話を繰り返しながら、思い立って南くんにメールを打つことにする。

〈今さっき、綾さんが帰っていきました。たったひと晩じゃ疲れも取れなかったと思うけど、でも、私があげたマフラーを喜んでくれて、巻いていきました。南くんによろしくって〉

そこまで書いたところで、なぜだか大きなため息が出た。本当は、綾香は「よろしく」なんて言わなかった。芭子に向かっては「彼を大事にしなさい」とくどいほど繰り返しながらも、だからといって彼女自身が南くんとの距離を縮めようとするようなことは一切、口にはしていない。

〈明日はクリスマス・イブだから、仮設住宅の人たちとパーティーをするんだそうです。綾さんは、その腕を生かしてシュトーレンを焼くことにしているんだと張り切っ

ていました〉

そういえば、彼女が勤めていた店で焼いたシュトーレンを持ち帰って、一緒にここでクリスマスを祝ったのは、つい昨年のことだ。あのときは、まさか一年後の自分たちの暮らし向きが、こんな風に変わっていようなどとは考えもしなかった。

本当に、人生は分からない。

芭子でさえそう思う。被災地にいて、家や家族を失った人たちは、どんな思いでこの年の瀬を迎えていることだろうか。本来なら一年で一番賑《にぎ》やかになるはずの年末年始を、どう乗り越えなければならないのだろうか。それを考えると、人ごととはいえ、いたたまれない気持ちになった。何とも言えず切ない後ろめたさがこみ上げる。すみません、こんなところでのうのうと暮らしていて。すみません、傷ついたような顔をして——そんな思いに苛《さいな》まれる。

〈ごめん！　急な出張が入っちゃった。これから支度して、すぐに出ることになりました。帰りは来週になりそう。クリスマス、一緒にいられません〉

しばらくして南くんから来た返事には、綾香のことは一切触れられておらず、ただそれだけが書かれていた。

〈そっか——仕事なら仕方ないね〉

〈向こうからまた連絡するよ！　ごめんね！〉

〈気をつけて〉

〈了解！〉

本当は、「どうして」と怒りたかった。あんまりじゃないと駄々をこねたかった。けれど、出来ない。相手が忙しいことは十分に承知している。もう、大好きになってしまったホストに会いたいからと、見境もなく他人の財布にまで手を伸ばしていたような、そんな子どもではなかった。

その夜、綾香からは「無事に戻った」とメールが来た。

〈いつもいつも、奢《おご》ってもらってばっかりでごめんね！　何もかも落ち着いたら、その時には恩返しするからね〜。メリー・クリスマス！〉

芭子は、「戻った」という文字を、何とも切ない思いで眺めた。綾香にとっては、もはや向こうの方が「戻る」という感覚になっているのだろうか。

正直なところ、芭子だってせめて一度や二度くらいは被災地まで行って、綾香と共に誰かの手伝いをしたいという気持ちはあった。ところが、いざ東北へ向かおうと考えただけで意味もなく緊張感が高まり、息苦しくなってしまうのだ。震災から九カ月が過ぎた今でも、夜は一時間に一度ずつ目が覚める有様だし、時々、耳鳴りや動悸《どうき》がする。携帯電話が緊急地震速報を伝える度にびくんとなり、ことに人混みにいるときには不安で汗びっしょりになる。

芭子だけではなかった。あの日、仙台から三台のタクシーを乗り継いで、真っ暗闇の中を夜通し走り続けて一緒に東京まで帰ってきた南くんも、実は原因不明の皮膚病のような症状が出ている。手の甲や首筋などにポツポツが出て来て、日によっては真っ赤になって広がる。日によってはひどく痒《かゆ》いときもあるようだ。何軒かの皮膚科を回ったが、どこに行っても原因は分からないと言われた。極端な環境や食生活の変化でもない限りは、ストレス以外には考えられないと言われたらしい。それが、おそらく震災の日から抱え込むことになった、芭子と南くんにしか分からないストレスなのに違いなかった。

仙台で被災した。

だが、津波にも火災にも遭っていない。

激しい揺れに、地面になぎ倒された。

それでも、怪我《けが》も何もしていない。

行き場を失い、寒さの中で途方に暮れた。

とはいえ、その晩のうちにタクシーを見つけて東京に向かうことが出来た。

すべての情報から閉ざされ、自分たちがどこにいるのかも分からない状態で見知らぬ土地をさまよわなければならなかった。

そんな中でもパニックに遭うこともなく、最終的には清潔で安全な場所に身を寄せることが出来た。

結局、表面上はもっとも安全かつスムーズに危険を回避できたのだし、幸運なことこの上もなかったということになる。実際、その通りなのだ。だから、あの長かった一日の恐怖や緊張と、自分たちだけが逃げ帰ってきたような後ろめたさ、孤独と不安——どれ一つとっても、被災地の人たちにも、そして東京の人たちにも、理解されないに違いなかった。同じ経験をした、つまり南くんと芭子の間でしか分からないものが、あのときに出来上がった。

「——駄目だわ。余計なことは考えないで、仕事をしよう。ねえ、ぽっち。他に出来ることなんか、ないんだものね」

気持ちを切り替えて、毛糸玉や編みかけのものが入っているバスケットを引き寄せる。コタツに足を入れて、芭子は編み棒を動かし始めた。そうだ。結局は今、自分に出来ることをするしかない。被災地とは無関係であろうと、誰の、何の役に立つか分からないことであろうと、それまで続けて来た暮らしを紡《つむ》ぎ続けていくより他にない。

それが、この数カ月の間に芭子なりに出した結論だった。余計なことを考えず、集中して仕事にでも何にでも打ち込んでいれば、それだけ早く時間が流れる。時が流れれば、どうしようもないと思っていた心持ちも、少しずつ変わっていく。被災地も、原発の状況にしても徐々に変わるだろう。それを、ただ待つより他にない。

クリスマス・イブは土曜日だった。何だかんだ言いながら、実のところ密かな期待を抱いていたのに、結局はイブも、クリスマス当日も、芭子は古ぼけた家で一人で過ごすことになった。年の瀬に向けての大掃除も、綾香がいた時のように家中の窓を開け放って張り切ってするつもりにもなれず、正月飾りさえ億劫《おっくう》に思えて、いつもと同じ程度の掃除をする以外は、窓ガラスを拭《ふ》く程度で終わらせた。おせち料理と呼べるほどのものも用意せず、大晦日《おおみそか》にはカップ麺《めん》を食べて、そうして芭子の一年は終わった。

正月三が日のうち一日だけは南くんと過ごすことが出来たが、それが過ぎてしまうと、芭子の毎日はまたほとんど大きな変化もなく過ぎていった。彼からは一日に一回はメールが届いたし、綾香からもメールや電話はある。けれど、家にこもって一日中ミシンを踏んだり編み物をして過ごす日などは、気がつけばぽっち以外の誰とも何も話さずに終わってしまうこともあった。

「よかった、ぽっちがいてくれて。そうじゃなかったら、私、声の出し方を忘れちゃうところだったかも知れない」

仕事の合間や茶の間で過ごすとき、芭子は鳥かごからぽっちを出してやり、鮮やかなブルーの小鳥を相手に喋った。芭子が端布《はぎれ》でつくってやったおもちゃを喜び、小さなはしごを飽きもせずに右へ左へと渡ったり、お気に入りの鏡を覗き込んでは、その周辺をクルクルと歩き回るのが大好きらしいぽっちは、時折、何の脈絡もなく「おじーいさんと、おばーあさんが、ドンブラコッコ、ドンブラコ」などと喋り始めて芭子を笑わせた。

二月に入ってすぐに芭子は大風邪をひいた。咳《せき》が止まらず、高熱も続いて、さすがにこのときばかりは南くんにSOSを出した。普段は忙しい南くんが、仕事の合間を縫ってせっせとプリンや果物などを買ってきて、不器用そうにではあるものの、お粥《かゆ》を作ってくれたときには嬉しかった。

「何よ、どうして私に言わないの」

ところが、ようやく熱が引いた頃にボランティア先から帰ってきた綾香にその話をすると、綾香は途端に口を大きくへの字に曲げて、いかにも不愉快そうに芭子を睨《にら》みつけた。

「だって、綾さんだって寒いところで大変な思いしてるんだし——」

「だからって、ちょっと水臭いじゃないのよ。芭子ちゃんが高熱出してうんうん唸《うな》ってるって知って、私が放っておくとでも思ったわけ？　それとも、彼氏がいるからいいやと思った？」

「やめてよ、そんな言い方するの。私は私で気を遣ったんだから」

さすがに少しばかりムッとして言い返していた。すると、綾香はさらに苛立《いらだ》った険しい顔つきになった。

「だから、そんなに気を遣うこと、ないじゃないよ。私は家財道具から何から芭子ちゃんに押しつけて、好き勝手に東北に行ったっきりになってるだけなんだから」

思わず言葉を失いそうになった。芭子は口ごもりそうになりながら、綾香を見た。

「綾さん、何もそんな言い方——」

「要するに私なんか、単なる住所不定無職のおばさんなんだから。それも、立派な前科持ちと来てるもんね」

「綾さん——」

どうしてそんな言い方をするのだろうか。自分の何がいけなくて、こんなにも彼女を怒らせたのだろう。混乱する頭に突如として、この人を本気で怒らせてはいけないという思いが、閃《ひらめ》くように降ってきた。

「——ごめんなさい」

「何で、芭子ちゃんが謝んのよ」

「だって——何か——気に障《さわ》ったみたいだから」

「謝んなきゃいけないのは、私の方だって言ってるんじゃないっ」

一体どうしてしまったのだろうか。芭子は、あらためてまじまじと綾香を見つめた。こんなに疲れた顔をして。肌だって荒れているし、しばらくちゃんと手入れもしていないから、白髪だって目立ってきているではないか。そんなにまでして自分をすり減らして、彼女は一体、被災地で何を得ようとしているのだろう。

「——ねえ、どうしちゃったの」

かすれかけた声が、自分でも驚くほど震えていた。柱時計の音が、いつになく大きく、かっつん、こっつんと響いて聞こえる。茶の間のコタツに入って互いに向き合い、どんどん冷めているに違いない湯飲み茶碗《ぢゃわん》を見つめたまま、芭子は、何だか急に泣きたい気持ちになってきた。

かっつん、こっつん。

この茶の間で、いつでもこうして向き合って、さんざん泣いたり笑ったり、二人で過ごしてきたのではないか。何があったときでも、包み隠さずに話してきた。

——違う。

話してきたのは芭子だけなのかも知れないと気がついた。綾香は、本当の自分の心を、ほとんど話したことはなかったのかも知れない。

かっつん、こっつん。

ここで、思い切って笑い飛ばしてしまえば、それで済むのだろうか。「気を取り直して」とでも言えば、綾香は再び笑顔を向けてくれるだろうか。芭子は、目まぐるしく考えた。考えながら、心の中で南くんを呼んでいた。

助けて、南くん。綾さんがおかしいよ。綾さんが、知らない人みたいに見える。どうしよう、南くん——。

「——ごめん。今日は私、これで行くわ」

どれくらい時間がたったか、綾香がふいに顔を上げた。

「ちょっと——来たばっかりで、何言ってるの？」

「こんな調子じゃあ、芭子ちゃんにも不愉快な思いをさせるだけだし」

「やめてよ、綾さん。せめてひと晩だけでも泊まって——」

芭子が言い終わらないうちに、綾香はもうコタツに手をついて立ち上がろうとしている。芭子は、こみ上げる涙を飲み込みながら、為《な》す術《すべ》を失っていた。

玄関口で、綾香は例によって汚れたままのスニーカーを履いた後、「ごめんね」と呟いた。

「芭子ちゃんは、何も悪くないんだからね。気にしないで」

「綾さん――」

どうしても溢《あふ》れてくる涙を手の甲で拭《ぬぐ》っている間に、綾香はもう出て行ってしまっていた。そして、それきりになった。

4

二〇一一年三月十一日。

日曜日だったこともあって、芭子は前々から約束していた通りに、午前中から南くんと二人で、芭子の家で過ごすことにした。とはいえ、南くんは仕事の資料らしきものを持ってきていて、少しでも目を通したい様子だったから、その邪魔をしてはならないと、芭子は昼までは二階に上がって自分の仕事をして過ごした。そうしながらも時計ばかり見て、そして、一年前の今ごろは何をしていただろうかと考えた。

昼食はパスタとサラダにした。南くんは「うまい」と喜んでくれ、そのまま二人でお喋りをして過ごすうちに柱時計が二時を打った。南くんがテレビのスイッチを入れると、ほとんどのチャンネルが、特別番組を流している。最近では、震災のことも福島第一原発のことも、すっかり忘れ果てたような雰囲気だったのに、この数日に限って、やたらと「風化させるな」「忘れるな」という言葉が目立っている。

「言えば言うほど、白々しいね」

「本当だなあ。この一年で一番変わったのは、もしかするとテレビや新聞に対する見方かも知れない」

ぽつり、ぽつりと言葉を交わすうち、二時四十六分を迎えた。

芭子と南くんは、揃《そろ》ってコタツから立ち上がり、黙禱《もくとう》を捧《ささ》げた。やはり、息が苦しくなって、どうしても涙がこみ上げる。何という一年間だったことだろうか。

家族や住む家、仕事を失った人たち。

ふる里を失った人たち。

命がけで働いてきた人たち。

どれほど多くの生命を奪い、人生を変えてしまったことか。

それを思う一方で、地の底から蹴《け》り上げられるような衝撃を受けた、あの一瞬のことも蘇《よみがえ》った。寒空を鳥が舞っているのかと思ったら、ビルの外壁タイルやネジなどが降ってくるのだった。なぎ倒されて手をついた地面に亀裂《きれつ》が走った。自分自身も地面にしがみついているような状態だったから、すぐ隣で転んでいる初老の女性を、助けてあげることが出来なかった。揺れの合間に走って逃げ出し、再び大きな揺れに見舞われたときには、見も知らぬ人と抱き合って空を見上げた。

寒い日だった。

ついさっき渡ったばかりの横断歩道の信号機は折れ曲がり、角に建つ家の塀も崩れ落ちていた。激しい地鳴りと、人々の悲鳴が、今も耳の底にこびりついている。ビルの窓ガラスが、まるで寒天か何かで出来ているようにブルブルと揺れて見えた。道路の継ぎ目に大きな段差や隙間《すきま》が生まれ、寸断された水道管からは、水が漏れ出していた。あのとき芭子は、確かに「この世の終わり」を感じたものだ。

それでも今も生きている。取りあえず一応は健康で、家族とは会えないまでも無事であることは確かめられたし、さらにこうして、あの日出逢《であ》った南くんと共にこの瞬間を迎えることが出来ている。この幸運を、誰に感謝すればいいのだろうか。

これからも、こうやって生きていく。

出来ることなら南くんと。

来年も、再来年も、一緒にこの日を迎えたい。

考え始めるときりがない。幾筋か涙が落ちて、ようやく目を開くと、南くんがじっとこちらを見ていた。

「一年、たったね」

うん、と頷《うなず》いて、また涙が出る。多くの人が、あまりにも多くのものを失った日が、芭子にとってはかけがえのないものを得た日でもある。この先何があっても、この日のことは忘れないだろう。

「コーヒーでも、飲もうか」

やれやれ、と言うように再びコタツに足を入れて、南くんが笑う。芭子も小さく頷いて台所に立った。

「去年の今ごろは、私まだ泉中央の駅にいたんだ」

「僕も歩いてる真っ最中だった」

「冗談かと思った。あんな風に、なぎ倒されても、地下鉄が止まったって聞いても、まさか、こんな世の中になるなんて思いもしなかった」

湯が沸くまでの間、廊下に立って引き戸に寄りかかりながら、芭子はあの日の光景を思い浮かべていた。それからふと茶の間を眺めて、何とも言えず不思議な気分になった。

以前は綾香が座っていた場所に、今は南くんがいる。当たり前のような顔をして、コタツの上に仕事道具を広げて、まるで昔からそこにいたように、妙に馴染《なじ》んで見えるのだ。

「なに、どしたの」

つい小さく笑っていると、南くんが不思議そうにこちらを見上げてきた。

「昔から、この家の人だったみたいに見えるから」

すると南くんは自分も小さく微笑《ほほえ》みながら、満更でもなさそうな表情になって辺りを見回している。

「居心地がいいもんな、この部屋」

「そう？」

「畳の部屋だからかも知れないし、古いからかも知れないけど、何となく懐《なつ》かしい感じがしてさ」

「綾さんも、そう言ってた」

話している間に湯が沸いた。二人分のコーヒーを淹《い》れたカップを運んで、芭子は改めて南くんと向かい合った。両手でマグカップを包み込み、ふう、ふうと湯気を吹く。今ごろ綾香は、どこで誰と過ごしているのだろう。今日の日を、どんな思いで迎えているのだろうか。

「綾さんから、連絡はないの」

コーヒーに目を落としたままで、「あることは、あるよ」と答える。そう、あることはある。けれど先月、あんな風に別れてしまって以来、綾香はどこで何をしているかも教えてくれず、今度いつ帰るかも言ってこない。ただ「元気だから心配しないで」と繰り返すばかりだった。

「電話してみれば、いいんじゃない？」

「してるのよ、何回か。でも、なかなか出てくれなかったり、出ても何か迷惑そうだなあって感じたり」

ふうん、と言ったきり、南くんも黙ってしまう。先月あんなことがあった直後に、南くんは言っていた。仕方がないんじゃないかな、と。

——どういう縁でつながってたにせよ、まったく歩調を合わせて、どこまでも一緒の人生なんて、歩めるもんじゃないし。

綾香には綾香の考えがあるのだろう。それほどまでに被災地にい続けるからには、芭子には言っていない別の理由があるのかも知れないとも、彼は言った。

——たとえば？

——たとえば向こうに、誰か好きな人が出来たとか。

南くんの言葉に、あのとき芭子は「まさか」と大げさなくらいの声を上げてしまったものだ。だが、改めて考えてみれば、そんなことだってあり得るのかも知れない。綾香という人は、冗談交じりの思いつきなら明るく口にして、何でも笑い飛ばすようなところがあるくせに、本気で考えていることほど誰にも明かさない部分がある。つまり、誰が好きとか、彼に惚《ほ》れたなどと言っているうちは冗談半分ということだ。もしも本気になったら、彼女は芭子以上に苦しむに違いない。そして、そんな思いは誰にも言わないだろう。

「誰か、出来たのかなあ、好きな人でも」

それならそれで祝福したいと思う。だが、たとえメールででも、そんなことを尋ねられる雰囲気ではなかった。もしかすると、本当にこのまま綾香との縁が切れてしまうのではないかと考えて、ついため息をついたとき、玄関のチャイムが鳴った。お向かいのお婆ちゃんでも来たのかと、軽い気持ちで「はあい」と玄関を開けて、芭子は思わず自分の口元を押さえてしまった。

「綾さん」

「こん、にち、は」

「――いらっ、しゃい」

そのまま玄関に足を踏み入れかけて、綾香は男物の靴に気がついたようだった。

「彼？」

芭子は、ゆっくり大きく頷いた。

「でも、遠慮しないで。せっかく来てくれたんだから」

それでも帰ると言われたら、引き留めようがないと思ったのだが、意外なことに綾香は「うん」と頷いた。

「ごめんね、電話もしないで来ちゃったから」

「気にしないで。今日、ほら、十一日だから」

おずおずと入ってくる綾香の肩からリュックサックを下ろすのを手伝ってやり、スリッパを揃えて、芭子はそれから茶の間を覗《のぞ》いた。

「綾さん」

南くんは、さして驚いた様子も見せずに、やはりただ頷いただけだった。

綾香が南くんに挨拶《あいさつ》しながら茶の間の、いつもとは違う場所に腰を下ろすのを確かめ、もう一度、湯を沸かすために台所に立ちながら、芭子は自分の神経がピリピリと逆立ってくるのを感じていた。茶の間のことが気になってならない。

「あ、あの、南くんは、コーヒーのおかわりは？」

ついに耐えかねて声を張り上げる。

「ああ、もらおうかな」

南くんの声はいつもと変わらなかった。だが、綾香との会話が弾んでいる様子もない。気になって覗いてみると、落ち着いた様子の南くんに対して、普段は自分が座っていたはずの席を南くんに譲った格好で、ぽっちの鳥かごの横に座った綾香は、何とも窮屈そうに見えた。

「綾さん、ジャンパー脱いだら？　そんなに寒くないでしょう？」

「ああ——うん」

「もう少しでお湯が沸くから、待っててね」

二人は初対面というわけではない。綾香がパン屋を辞めた日には、たまたま南くんもその場に居合わせたし、その後も一度、会っている。だが二人は、いずれの時も大人らしい態度で、淡々と挨拶を交わした程度だった。こんな風に芭子の家で、一緒にコタツを囲むこと自体が初めてだった。

「それにしてもすごいタイミング。ついさっきも南くんと話してたところなんだよ。『綾さんは、どうしてるかね』って。ほら、今日はこういう日だし、さっき私たちも、ここで黙禱してね――」

もう一度台所から、わざと明るい声を張り上げてみた。それでも「そう」という、いつになく低い声が返ってくるばかりだ。ああ、こういうときに限って、どうしてこうも湯の沸きが遅いのだろうか。芭子は、半ば苛立ち、緊張しながら、とにかくコーヒーの支度をした。

――一年。

一年前の今ごろは、芭子はまだ仙台郊外の町にいて、仙台行きのバスを待っていた。ひっきりなしに余震が襲ってくる中で、同じようにバスを待つ人たちが「大津波警報が出たらしいよ」と言っていた。晴れたかと思えば雪が降りつけてくる、妙な天気の日だった。

やっと湯が沸いた。自分の分も含めて新たに三杯分のコーヒーを淹れて、芭子はやっと茶の間に戻り、三人でコタツを囲んだ。

かっつん。こっつん。

柱時計の振り子の音だけが響く。

「ずい分と」

どれくらい時間が過ぎただろうか。南くんが口を開いた。

「熱心に、行ってるんですね。ボランティア」

わずかに俯《うつむ》きがちに、芭子は綾香の様子を盗み見た。両手をコタツに入れて、丸っこい背を余計に丸めるような格好をしていた綾香が「そうでもないです」と無表情に答える。それからコーヒーをひと口すすり、片方の口の端だけを微《かす》かに歪《ゆが》めた。

「——私なんか、他に何が出来るってわけでもないですしね。勤めも辞めちゃいましたから」

「それでも、手に職があるわけじゃないですか」

「職なんていえるようなものじゃないですから。まるっきり、中途半端《はんぱ》で」

「それも、もうひと頑張り、なんじゃないんですか」

「どうですか——私なんかが作ったものを、喜んで食べる人がいるものだかどうか」

芭子は、思わず南くんの顔を見てしまった。南くんも、一瞬だけ芭子に視線を寄越し、わずかに姿勢を変えた。何を食べているわけでもないのに、微かに口をもぐもぐさせている。これは、つき合うようになってから知った、南くんの癖の一つだ。もぐもぐというのか、唇をもぞもぞというのか、とにかく何か考え事をしているとき、彼の口元は微かに動く。彼は、そうやって何かしら考えをまとめようとしているらしかった。芭子も、この二人に挟まれた窮屈な状況で、一体何を言えばいいのだろうかと、必死で考えようとした。

「でも、ずっとボランティアだけ続けていくっていうわけにも、いかないですよね」

「それは、そうですけど」

「あちらのご出身だそうだから、色々と考えることもあるんだろうけど」

「――」

「芭子さんも、心配してますよ」

「それは――分かってます」

「夏前だって、休みの度に行ってたんでしょう？　つまり、ほぼ一年、ずっと向こうのことだけ考えてきたことになりますよね」

綾香は、それには答えなかった。

かっつん。こっつん。

また沈黙。

ちら、ちら、と柱時計を見上げては、芭子はハラハラする一方で、去年の今ごろのことを思っていた。もうバスには乗れた頃だったろうか。本当は、既に大津波が繰り返し沿岸部を襲っていたのに、そんなことは何一つ知らないまま、曇った窓ガラスを手で拭って、沿道の風景に目を凝らしていた頃だろうか。

かっつん。こっつん。

綾香がコーヒーカップをコタツに戻す音が、こと、と響いた。すうっと息を吸い込んだかと思うと、彼女はまったく無表情のままで南くんを見た。

「先生は、私のことも全部、知ってるんですよね」

「聞いてます」

「私みたいなものの弁護、やったこと、ありますか」

「いえ、今のところはまだ」

「だったら、いいことを教えてあげましょうか」

不敵とも思える顔つきで、綾香は一点を見据えている。芭子は、二の腕から両頬にかけて、ぞくぞくとした感覚が駆け上がるのを感じた。

「いつかは、役に立つかも知れませんから」

5

綾香が、ふうっと一つ息を吐く。それから彼女は、静かに芭子の方を見た。綾さん、と呼びかけようとして、芭子は、喉《のど》が貼《は》りつくような感覚に陥った。何という目をしているのだろうか。何と哀《かな》しげで、何と静かな。綾香はそのままの表情で、視線を落とし、「殺人犯に」と呟《つぶや》いた。

「殺人犯には、懲役刑は、合いません」

南くんが「え」と小さな声を出した。

「死刑にするほどじゃない、それなら刑務所に入れておこうっていうんなら、誰とも喋《しゃべ》れないような独居房に入れるか、禁固刑にでもしなきゃ、駄目だと思います」

綾香の短い喉首が、ごくりと動いた。いきなり何を言い出すのだと、芭子は、ただ彼女を見つめていることしか出来なかった。

「それが無理だっていうんなら、刑務所みたいな安全で三食昼寝つきのところなんかに入れておかないで、一人ずつに寝袋でも何でも背負わせて、今度みたいな被災地に派遣するとか、そういうのでなきゃ、駄目でしょうね」

「綾さん、いきなり何、言ってるの」

わずかに身を乗り出して、綾香の顔を見つめてみる。それでも、綾香の表情は変わらなかった。

「芭子ちゃん」

「――うん」

「私とあんたとは、決定的に違うんだよ」

「――何が」

「犯した罪が。そりゃ、同じところに入ったし、受けた懲役の方は芭子ちゃんの方が長かったよ。そこのところは、どういう理屈か分からないけど、とにかく寝起きも一緒、食べるものも一緒、そうやって、ずっと一緒に過ごしてきた」

「そうよ。だから――」

「だからね、私も、つい勘違いしてたんだと思う。ねえ、先生なら分かりますよね。私たちが、決定的に違うっていうこと」

ドキドキするのを通り越して、胸が痛くなってきた。地震の直後のような息苦しさが襲ってきそうだ。耳の奥がきーんとなる。芭子は懸命に呼吸を整えようとした。綾香は静かに俯いて、「違うんですよね」と繰り返す。

「人の生命《いのち》を奪うっていうことは。他の、どんな罪とも」

また、ぞくぞくしてきた。こんな日に、こんな話は聞きたくないと思う。だが、その一方では聞かなければならないとも思った。今日という日だからこそ、綾香は話をしにきたのに違いないのだ。

「そのことを、私、あっちに行って初めて真剣に考えたのかも知れないんです。『あそこ』にいる間なんて、ろくに考えてもいなかった。もちろん、刑期を終えて、出て来てからも。だって、そんなこと考えなくたって毎日は過ぎていくんですから。芭子ちゃんみたいな素直で可愛《かわい》い話し相手がいて、何かと私を頼ってくれて、そういう子の世話をしながら、出来るだけ賑やかに過ごしていれば、一年でも二年でも過ぎていくんです」

何を言っているのだろうか。よく分からない。要するに綾香は、芭子の面倒を見ることで気を紛らして、適当に暮らしていたと言いたいのだろうか。

「だけど、綾さん。私だって、綾さんだって、ちゃんと罪は償ったんじゃないの。第一、私は自分が浅はかで馬鹿《ばか》だったから、ああいうことになったんだけど、綾さんの場合は――」

「それでもさ、芭子ちゃん」

綾香が首を横に振った。

「違うんだよ。生命を奪うっていうことは。本当に取り返しがつかないんだよ――何も殺すことはなかったんだって、やっと分かったんだよね」

じぃっ、というような音が聞こえたかと思ったら、柱時計がボーンと鳴った。四時半だ。ああ、去年の今ごろは、どこにいただろう。もう、青葉区役所には着いていただろうか。あそこで公衆電話の列に並んだのは、何時頃だったろう。

「あっちに行って、つくづく感じさせられた。あの地震一発で、どれだけの生命がなくなった？　どれほどの人生がめちゃくちゃにされた？　そりゃあ、人間だもの。誰だって喧嘩《けんか》したり、人の悪口言ったり、嘘《うそ》ついたりね、色んなことはしてたと思うよ。不倫したり、人のこと裏切ったり、場合によっては暴力だって振るってたかも知れないと思う。でも、だからって、あんな死に方をしなきゃいけないなんていうことはなかった」

今だって、被災して惨《みじ》めな暮らしに追い込まれている人たちのすべてが、ただ善良なばかりではないと綾香は言った。ごく当たり前の人間たちだ。狡《ずる》さもあれば悪賢さもある。欲望がある。エゴがある。ことに人々が避難所暮らしだったときには、盗みや喧嘩、レイプやぼや騒ぎなどなど、報道されないトラブルは数え切れないほどだったという。

「自分たちは被災者だ、可哀想《かわいそう》なんだ、だからもう少しものを寄越せ、大切にしろって、そういう権利ばっかり主張する連中だって、いっぱいいるよね。正直、頭にくることもある。その反対にさ、『ボランティアです』って言いながら、頼んでもないのに歌をうたいに来たり朗読劇したりダンス見せに来たり、いかにも人気取りっていうのが見え見えの奴《やつ》らも後を絶たない。うんざりするくらい、そういうのを見るよ。だけどそれは全部、生きてるから出来ることなんだよ」

そんな人々、そんな出来事を見ながら、何一つ言わずに今日まで過ごしてきたのか。芭子は、ひたすら綾香を見つめていた。綾香は、それからも自分が見聞きし、感じてきた被災地のことを堰《せき》を切ったように語り続けた。そうして、柱時計が五つ鳴ったとき、初めて我に返ったように口を噤《つぐ》んだ。

かっつん。こっつん。

「——それで、考えたんですか」

芭子と同様に、ずっと口を噤んでいた南くんが、ようやく口を開いた。

「結論は、どうでした」

綾香は初めて思い出したように「だから」と、南くんを見た。わずかに頬が上気して、その分だけ元気を取り戻したように見える。

「つまり私は——初めて後悔したっていうことです。そういう人たちを見て、死んでも死にきれない気持ちに違いない、赤ん坊からお年寄りまでの、あまりにもたくさんの仏さんたちを見てるうちに、ああ、何も殺すことはなかったんじゃないかって。私が逃げ出せばよかったんです。警察にでもどこにでも駆け込んで、周りに助けを求めて。生命だけは——奪っちゃいけなかったって」

そういうことか。

「あそこ」に入って来た当初から、綾香は繰り返し言っていたのだ。後悔はしていないと。やらなければ、やられていた。自分の身くらいは守れても、一歳にも満たない息子まで守りきれるか分からなかった。だから、仕方がなかったのだと。

もう殺してしまったのだから、二度と再会する心配もない。だから清々していると も言っていた。芭子自身、そういう感想を聞いて「そういうものか」と思ったものだ。

芭子にしてみれば殺人などという行為は想像もつかないほど恐ろしいものだが、「清々した」とまで言うからには、綾香はよほど酷《ひど》い目に遭っていたのに違いないとも、気の毒に感じていた。

「私には息子がいるんです」

「聞いてます。海外に養子に出されたって」

綾香の表情が、初めて大きく歪《ゆが》んだ。

「何よりも、あの子に申し訳ないことをしました。せっかく生まれてきたのに、親の身勝手で、どんな人生を歩むことになったか。芭子ちゃんのお蔭《かげ》で、たまたま偶然にしろ、芭子ちゃんが、怖い思いまでしてあの子の居場所を探してくれたことで、私は初めて、あの子の人生も考えたのかも知れません」

可哀想なことをしました、という綾香の声は震え、かすれていた。そして彼女は、肩を震わせて顔を覆《おお》った。そんな風に泣く綾香を、初めて見た。

かっつん。こっつん。

柱時計の音がする。南くんは、天を仰ぐような格好で、ずっと腕組みをしたままだ。芭子はどうしたらいいのか分からないまま、ただうなだれていた。

「懲役刑なんて、何の役にも立ちゃしない」

どれくらい時間がたったか、綾香が手の甲で濡《ぬ》れた頰を拭いながら呟いた。芭子は慌てて、部屋の隅に置いてあったティッシュの箱を差し出した。綾香は、そのティッシュで景気よく洟《はな》をかみ、それから、どこか開き直ったような顔つきになった。

「それよりも、今日までの一年間の方が、私にとってはずっときつかった」

「綾さん――」

彼女から「あんたには分からない」と言われる度に、疎外感《そがいかん》とも孤独感とも異なる、何とも言えない淋《さび》しさを感じていたことを思い出す。あのとき芭子は、綾香が仙台の出身だから、そんな言い方をしているのだと思っていた。被災地に身内を残してきているものの気持ちなど分からないと、そう言われているのだとばかり思っていた。

「それは、芭子ちゃんを見ていて感じたことでもあるんです。芭子ちゃんは、この一年で変わったもんね」

今度はティッシュで目元を拭いながら、綾香は再び口を開いた。

「南先生と出会って、彼女はすごく変わりました」

「どんな風に」

南くんは組んでいた腕を解《ほど》き、コタツの天板の上で両手を組み合わせている。その姿勢が、いかにも弁護士らしく見えた。芭子は、彼がいわゆる平凡なサラリーマンでないことに、初めて感謝した。もしも普通の勤め人だったなら、綾香もこんな話はしなかったろうし、もし話されたとしても、南くんだって受け止めきれなかっただろう。

「もともと、この子は何一つ自分に自信が持てなくて、いつも後ろ向きで、泣いてばっかりいたんです。育ちだっていいし、苦労知らずで育った分、おっとりして性格だっていいし、こんなに魅力的なのに、つまらない恋愛で人より大きく躓《つまず》いて、傷ついただけの子です。こんなタイプは、ムショになんか、そうはいません。だから、特に私と会う前は、ずい分と苛《いじ》められたんじゃないかと思います」

自分のことをそんな風に言われるとは思わなかった。芭子は急に恥ずかしくなって、下を向いてしまった。その視界が、なぜだか涙で歪んでいく。耳の辺りがかっかと熱くなるのを感じた。

「甘えん坊で、ご両親にだってまだまだ甘えたかったはずなのに、本当に、見事なくらいにすっぱり縁を切られても、この子は家族を怨《うら》みませんでした。ここに住むようになった当時は、お米もとげなければ洗濯の柔軟仕上げ剤の使い方も知らないような子でした。その上、自分たちのことを周りに知られまいとして、いつも神経をピリピリさせて、怯《おび》えてばっかりで。もう、本当に、捨て猫みたいだったんです」

去年の今ごろを思う。それから、その前の年のことも思った。その前の、さらに前の今ごろのことも。こうして年月を過ごしてきたのだ。ひな祭りが過ぎたばかりの、まだまだ寒いこの季節に、桜が咲く日を楽しみにして。芭子の傍には常に綾香がいてくれた。厳しい倹約も楽しんで、色々なことを工夫して、味気ない暮らしの中でも何とか笑えることを探そうとしてきた。

「綾さん——」

「そんな子が、あの日あなたに出逢って、それから、自分のことを全部話したって聞いたとき、ああ、この子はいつの間にか、私よりもずっと強くなったんだと思いました。それからの芭子ちゃんはどんどん落ち着いて、大人になって、輝いてきた——見ていて、羨《うらや》ましかった。同じ臭い飯を食った仲だけど、私と芭子ちゃんとは全然違う。私も、しでかしたことが、せめて芭子ちゃん程度だったら、人の生命まで奪ったわけでなかったらって、どれほど思ったか知れません」

喉に涙のかたまりが引っかかっていた。芭子は、何度もそれを飲み下そうとしては、自分の視界にぽたり、ぽたりと雫《しずく》が落ちていくのを見ていた。言われてみれば、こんな風に泣くことさえ久しぶりだ。特にここ最近の芭子は、不思議なほど落ち着いていた。ゆっくり、ゆっくりと念じながら。南くんを思って。

「確かに僕も」

南くんの声がしてきた。

「芭子さんのしたことと、江口さんの犯した罪は根本的に違うと思っています。その証拠に、たとえば芭子さんにどんなに惹《ひ》かれたとしても、彼女が殺人を犯したことがあると言われたら——さすがにつきあえなかったと思います」

かっつん。こっつん。

南くん、お願いだから綾さんを傷つけないでと言いたかった。たとえ人殺しでも、取り返しのつかないことをした人でも、それでも芭子にとって、綾香は綾香なのだ。世界でただ一人の、かけがえのない人だった。

「だけど、江口さんのお気持ちも、よく分かりました。どんな思いで、被災地にいたのかも——よく頑張ったと思います。僕は、そのう——尊敬します」

かっつん。こっつん。

「だから、江口さんももう一度、今度こそ、前向きになって欲しいと思います。償いは一生涯、終わらないんだろうけど」

ああ、何という日になったのだろう。

今日は、祈りと鎮魂の日。

あまりにも多くの生命が失われた日。

そして今もう一度、希望を探そうという日なのだろうか。

かっつん。こっつん。

それからしばらくしても、部屋には時計の振り子の音と、時折、素《す》っ頓狂《とんきょう》な声で喋り出すぽっちの声だけが響いていた。

6

昨年の桜がどんなだったか、芭子は自分でも不思議に思うほど、何も覚えていない。今年の桜が咲いて谷中墓地界隈《かいわい》でも上野でも、かなりの花見客が出たというが、やはり芭子は今ひとつ、愛《め》でる気になれなかった。それでも桜が終わればツツジが咲き、藤《ふじ》が咲き、やがて菖蒲《あやめ》や紫陽花《あじさい》が咲いて、季節ばかりが巡っていく。

芭子の毎日は、基本的には変わらない。ただし前よりも頻繁に、南くんと喧嘩をするようになった。何しろ相手は弁護士だ。舌は滑らかだし理屈っぽいし、一度、喋り出したら止まらない。それに、芭子が苛立《いらだ》つ。かんしゃく玉を破裂させる。すると南くんが「女らしくない」とか「粗暴犯だ」などと言うから、余計に喧嘩になる。最後には大抵、芭子が泣き出し、南くんが謝るというのがパターンだった。そして、その度に芭子は綾香にメールをした。ただし、喧嘩したとは書かない。ただ、暑いだの寒いだの、そんな雑談をして気持ちを紛らすだけだ。

町を歩いていれば飼い主と散歩する小型犬が目に留まる。頭の中では、常に新しい服のデザインを考えている。納期や顧客の反応が気にかかる。ひとまず最低限の生活費は確保出来そうだと分かった月には、ほっとして気分も軽くなるが、自分が力を入れて作ったつもりの商品が、思ったほどいい売れ行きを見せないと分かった時は気持ちが沈んだ。

以前なら、そういう気分の浮き沈みも、いつでも逐一、綾香に聞いてもらっては慰められていたことを思い出す。メールの内容によっては、綾香は時としてアパートから駆けつけてきて、芭子の話を聞いてくれた。そうやって二人で生きてきた。

〈そっちはどう？〉

〈暑いのなんのって。何なの、今年のこの暑さは〉

〈そっちも？　こっちも暑いよ。灼熱《しやくねつ》地獄〉

九月に入っても暑さがおさまらない頃には、芭子と綾香とは、そんなやり取りばかりをしていた。芭子の家には相変わらずエアコンがない。針仕事をしようにも、汗で滑って針が持ちづらいときがあるほどだ。だが、一日中オーブンの前にいる綾香に比べれば、どうということもないだろうと自分に言い聞かせて乗り切った。

綾香が、気仙沼でもう一度パン作りの修業を始めることにすると言い出したのは、あの三月十一日、芭子と共にさんざん泣いた直後のことだ。津波で流された地元の老舗《しにせ》ベーカリーが、被災後一年たってようやく新店舗を構える目処《めど》がつき、ついては一緒に働いてくれないかと誘われたのだという。

「じゃあ、またパンを焼くのね？　続けるのね？」

あまりにも絶望的な気分になる告白を聞かされた後だけに、芭子は信じられない気持ちで綾香を見た。

「そこも、本当は跡継ぎに考えてた息子さん夫婦と、お孫さんが亡《な》くなっててね。職人たちが戻ってくるかも分からないし、結局は六十過ぎのご主人夫婦だけになったんだよね。たまたま避難所で知り合ったんだけど、近所でも評判の、美味《おい》しいパンだったんだって」

言いたいことを言ってすっきりしたのか、綾香は、意外なほど晴れやかな、そして落ち着いた表情に戻っていた。地味で穏やかな、いかにも素朴な夫婦なのだそうだ。息子夫婦に四歳と六歳の孫を喪《うしな》って、彼らは未《いま》だに現実が受け入れられないまま、毎日のように店の建っていたところまで行き、何時間でも過ごしているという。

「あの人たちにとっては、店も、子どもと一緒だったんだと思うんだよね。息子さんたちは戻らないけど、店なら何とか取り戻せる――私なんかが、おこがましい言い方は出来ないけど、あの人たちに、もう一度、少しでも生きる希望を持ってもらえたらって」

そう決心したときに、綾香は自分も死ぬ覚悟で、過去を打ち明けたのだという。隠していては、またいつか逃げ出さなければならなくなる。嘘は嘘を呼ぶ。受け入れてもらえない場合は、仕方がない。気仙沼から去るだけのことだ。すると、主人夫婦は綾香のために涙を流したのだそうだ。そこまでするからには、よっぽどのことがあったのだろう、よく打ち明けてくれたと背中をさすられ、肩に手を置かれて、綾香は事件を起こして以来、初めて肌の温《ぬく》もりに触れたと感じたのだそうだ。心持ちというものは、こんなに軽くもなるのかと思ったのだと言った。

そして今度こそ、綾香は行ってしまった。けれど芭子は、まだ彼女の荷物を預かったままでいる。綾香自身は「適当に処分して」と言っていたが、人生は何があるか分からない。再びどういうきっかけで、また同じ町で暮らせるようになるかも分からないではないか。だから、可能な限りは預かっていようと思っている。

それにしても暑い夏だった。そのお蔭もあってか、ペット服はいつまでたっても夏物が売れた。秋冬のデザインも考えて、既に生地なども仕入れてあるのに、一体いつになったら切り替えられるのだろうかと思っていたら、十月に入る頃、ようやく東京にも秋風が立つようになった。

年々歳々、遅くなっていくように感じられるキンモクセイの香りがようやく町に漂い、そこからは急速に秋が深まった。芭子は、やはり時々は南くんと喧嘩をしつつ、綾香と銀杏《ぎんなん》拾いしたことや、木枯らしの中を自転車で突っ切ったことなどを思い出しながら、「ゆっくり、ゆっくり」と自分に言い聞かせて毎日を過ごした。いつの間にか、頭の片隅では、ちらちらとクリスマスのことが気になる季節になりつつある。カレンダーを見ると、今年のクリスマス・イブは月曜日だが、有り難いことに振替休日だ。うまくすれば、今度こそ南くんと二人で過ごせるかも知れない。その日を指折り数えて待ちたかった。

十二月に入って間もなく、綾香から荷物が届いた。見た目に比べてみっちり重たく感じる箱を開けてみると、中から真っ白い砂糖をかぶったシュトーレンが現れた。

「毎日スライスして、クリスマスまで楽しむのが正しい食べ方だよ！　私が焼いたシュトーレンを、誰よりも大切なハコちゃんに、一番に届けます！」

可愛らしいクリスマスカードには、丸っこい文字が並んでいた。

かっつん。こっつん。

柱時計の振り子が揺れる茶の間で、芭子は飽きることなくその文字を眺めた。また一年が過ぎるのだ。そして、新しい年がやってくる。けれど、どこにいても綾香はこうして傍にいる。それが、こんなにも感じられる。

「こうしちゃ、いられない。私も早くセーターの続きを編まなきゃね」

今年は綾香のためにセーターを編むつもりだ。気仙沼は、東京よりよほど寒いに違いない。だから奮発して、ちょっと高級な毛糸を選んだ。この毛糸を見つけた南くんは、「僕には？」とちょっとつまらなそうな顔をしていたけれど、実は南くんの分だって、ちゃんと別の毛糸を用意してある。内緒だけれど。

「むかーしむかーしあるところに。ピッ。クチュチュッ。おっじーいさんと、おっばーあさんが、クチュッ」

ぽっちが妙な節回しで桃太郎を喋り始めた。芭子は、思わず口元をほころばせながら、せっせと編み針を動かした。

あとがき

二〇一一年三月十一日。私は早朝から新幹線で仙台に向かった。二〇〇五年から小説誌に発表し始めて、『いつか陽のあたる場所で』『すれ違う背中を』というタイトルで刊行して来たこの連作短編シリーズの日帰り取材のためだ。仙台は、主人公・小《こ》森《もり》谷《や》芭《は》子《こ》と共に物語の中核にいる江《え》口《ぐち》綾香《あやか》の出身地として、執筆当初から設定されていた土地だった。

小森谷芭子と江口綾香には、共に前科《マエ》持ちという事情がある。罪を犯した代償として人生を大きく狂わせ、多くのものを失った彼女たちにとっては「取り立てて大きなことの起こらない日常」こそが貴重であり、かけがえのないものに違いない。それに、大きな事件など起きなくても、日常というものは、細々とした実に様々な出来事が積み上がって出来るものだ。同じ日は二度と来ない。私は、このシリーズでそんな彼女たちの日常を書いていきたいと思っていた。ささやかな日常を積み上げていくことで、物語スタート当初はひたすら自分を恥じ、世間の目に怯《おび》えて、まったく希望の抱けなかった主人公の芭子が次第に成長し、新たに生きていく希望を持てるようになってくれれば一番嬉《うれ》しいと思っていた。だから、「あえて何も起こらない話」にしようと思っていた。

書き始めてから足かけ七年を迎え、私の中ではこの物語もそろそろ終わりにさしかかってきているという感じがあった。だが、きちんと締めくくるためには、芭子以上に実は複雑な内面を抱えている江口綾香の、本当の心に触れないわけにはいかない。そこで、私が彼女の「代わり」として一度仙台に赴いて、きっかけになるような何かを探してみたいと思いついた。日程をやりくりしたところ、三月十一日しか動ける日がなかったのだ。

早朝の東京駅で編集者と落ち合い、新幹線に乗り込んですぐに、彼が「あっ」と小さく声を出した。仙台のタウンガイドを買ってきたつもりが、盛岡あたりのものを買ってしまったのだという。普段の彼なら考えられないことだったが、私は笑ってやり過ごした。ちょうどその前日に新しいスマートフォンに買い換えたばかりの私は、そっちに気をとられていて、新幹線の中でもずっとスマホをいじっていた。

昼前に仙台に着き、まずは牛タン屋で腹ごしらえをしようということになった。とところが、目指す牛タン屋がありながら、どうしてもたどり着けない。私も編集者も方向音痴ではないのに、どうしたことか、いくら歩いても見つけられなかった。仕方がないので二番目か三番目の候補だった牛タン屋に落ち着いて、食事前に、私はまず都内の実家に電話をかけた。その日は奇《く》しくも叔母の誕生日で、お祝いの電話を入れておこうと思ったのだ。

「具合が悪くて休んでる」

ところが電話口に出た母は、叔母の代わりにそう言った。へえ、誕生日なのに。珍しいこともあるものだと思った。

牛タン定食で満腹になり、店の外に出た頃には、さっきから舞っていた雪が、さらにひどくなったようだった。こんなことならもう少し厚着をしてくるんだったねと話し合いながら、私たちは地下鉄に揺られて仙台の郊外を目指した。そのあたりが新興住宅地だと聞いていたし、綾香が家庭生活を送っていたと設定して一番、無理がないだろうと予《あらかじ》め目星をつけてあったからだ。

雪が舞ったかと思えば薄陽が射《さ》し、また寒風が灰色の雲を呼ぶ天気の日だった。見知らぬ町を歩き回るのは、いつでも興味が尽きないものだが、いかんせん寒い。物語の世界と現実の世界を行ったり来たりするような気分で、寒さを堪《こら》えながら歩き回り、ふと気がつくと片方のイヤリングを落としていた。

「イヤリングがない！」

慌《あわ》てて足もとを見回したものの、さんざん歩き回った挙げ句のことで、いつどこで落としたかも分かるはずがなかった。大好きなデザインだったのに何という残念なことかと思ったが、諦《あきら》めるしかなかった。

「まあ、こういうときは身代わりになってくれたんだと思うより、ね」

今にして思えば、何もかもが少しずつ調子外れだった。ガイドブックを買い間違えることなど滅多にない編集者と同様、私もほとんど落とし物などしないのだ。そして、方向音痴でもない二人が、どういうわけだか見知らぬ町の同じ道ばかりをぐるぐると歩き回り、迷っているのかいないのかも分からない状態で数時間を過ごした。身体《からだ》も芯《しん》から冷え切って、ではそろそろこの町ともお別れしようかと地下鉄の駅に向かって横断歩道を渡り、スロープを上り始めたときだった。編集者のポケットの中で、携帯電話が「ウー、ウー、ウー」とけたたましい音を立てた。

「緊急地震速報だって」

驚いた顔をしている彼の携帯電話を一緒に覗《のぞ》き込んだときだった。午後二時四十六分、私たちは突然の巨大地震に見舞われた。

その瞬間から翌日、東京に帰り着くまでの出来事は、ほぼ忠実に、芭子の体験したこととしてこの物語に盛り込んである。病人が出たと分かって、私はどうしても早く東京に帰らなければならなかった。当初は、これまでのテイスト通りにあくまでも静かに、穏やかに進めようかと考えなかったわけではない。だが、あれほどの巨大地震を震源地近くで体験したこと、その時、何を見、何を感じ、その後、どういう思いにとらわれてどんな心持ちで過ごすことになったかを、きちんと書いておいた方がいいだろうと思った。

今回の地震は津波による被害があまりにも大きいために、津波に遭わなかった地域のことはほとんど報じられることもなく、忘れ去られた格好になっている。沿岸部の被災者の苦しみを思えば、自分たちは口を噤《つぐ》むより他にないと思っている人々も多いに違いない。福島第一原発の事故に関しても同様だ。危うく避難を免れたからと言って、笑っていられる人はいない。今回のことでは誰も彼もが、それぞれの環境にいて心に傷を負ったのだと思う。被災した人も、被災を免れた人も、情報として知るだけだった人も、あらゆるところの、あらゆる人が傷ついたのだ。それが二〇一一年三月十一日以降の私たちの姿だ。そこから目を背けるわけにはいかなかった。

「まさか、こんなことになるなんて」

正直なところ、肉体的にも精神的にも、原稿など書いていられる状態ではなかった。それでも、私は書いた。書くために数え切れないほどあの日を思い出す作業は相当な苦痛を伴ったが、それでも昇華させる部分は昇華させ、追体験を繰り返し、簡潔な言葉を探し続けた。私たち同様に「いま」を生きている設定の芭子と綾香も、あの体験を自分のものにして、さらに乗り越えていかなければならなかったからだ。

現実生活では、地震が発生した直後の締切を何とかクリアした翌日の深夜、あの日から病床にあった叔母が呼吸をしていないという電話で、私は二時間ほどの睡眠からたたき起こされた。彼女の葬儀の日に、東京の桜は満開になった。斎場では、被災地で対応しきれないご遺体を受け入れているとかで、分刻みの忙しさだった。各宗教、全宗派の僧侶《そうりょ》が待機し、可能な限り迅速に荼毘《だび》に付されるのを待つご遺体の流れに混ざって、私の叔母も骨になった。その後も仏事に追われ、気がつけばまた次の締切が来ているという具合だった。

この物語が、まさかこういう終わり方をするとは、私自身もまったく予測していなかった。だが、生き残ったものは生き続けなければならない。体験したことを決して忘れることなく、胸に刻みつつ、それでも諦めずに。芭子と綾香とは、既に新たなステップに踏み出している。私がこのシリーズを終えた後も、彼女たちはさらにあらたな道を探して、歩んでくれるものと信じている。

最後に、震災で亡《な》くなられた方々のご冥福《めいふく》と、あの日以来人生が変わらざるを得なくなった多くの皆さんが、それでも生き続けて下さることを心から祈っております。

そして、私と編集者とが震災当日、深夜近くまで身を寄せさせていただいたホテル「法華《ほっけ》クラブ」の皆さん、東京まで運んで下さった三台のタクシーのドライバー各氏に、お礼を申し上げます。

二〇一二年　師走《しわす》

乃南アサ

解説

佐久間文子

芭子《はこ》と綾香《あやか》。人に言えない過去を秘めた二人の女が、古い家並みの残る根津の街で暮らして、いくつ季節がめぐっただろう。

女子大生と主婦。犯罪とは縁遠いところにいたはずの二人が、ふとしたことで罪を犯し、収監された刑務所で知り合った。家族から見捨てられ、亡《な》き祖母の家と当座の金をあてがわれて先にひっそりと暮し始めたのは芭子で、三カ月遅れて出所した綾香が近所のアパートに部屋を借りた。出所したらきっと訪ねてと、受刑者どうしの出所後のつきあいは禁じられているのに、二人は刑務所で約束をかわしていたのだ。

再会してからは、苦しいことも悲しいことも、将来がまるで見えない不安も、すべてを打ち明けられるかけがえのないただひとりの相手として、肩を寄せ合い暮らしてきた。

芭子はペットのための服作り、綾香はパン職人見習いと、自分のやりたい仕事を見つけることもできた。無駄遣いはせず、切り詰めた暮らしの中で綾香が貯《た》めた虎の子の七十万円を詐欺師《さぎし》にだましとられる災難に遭いながらも（「唇さむし」『いつか陽のあたる場所で』所収）、おおむね平穏な毎日を送ってきた。

連作短篇の一篇一篇が、そのできことが起きた季節の記憶と密接に結びついている。芭子が住む築五十年の古い家にはエアコンがないから、暑い夏の日は、ペットの服を縫う指も汗ばみ、針がすべってしまうことも知っている。節約に努める二人の外出はいつも歩くか自転車に限られるから寒暖の差は肌で感じられるし、キンモクセイやジンチョウゲの香り、緑の濃さのちょっとした変化や空の色にも目が留まる。

二人きりで囲む食卓の、薬味を添えたそうめん、菜の花と油揚げの煮浸しなど、質素だがいかにもおいしそうなひと皿、公園で拾う銀杏《ぎんなん》、ささやかなぜいたくとして自分たちに許した近くの土佐料理の店「おりょう」でのたまの外食や、向かいに住む大石家のお婆ちゃんから届くおすそわけにも、季節の移ろいが感じられる。

古い街といっても根津から上野までは歩いていけるほどの距離で、じつは大都会の真ん中に彼女たちは住んでいる。喧騒《けんそう》も人ごみもすぐそばにあるはずなのに、二人のいる一角はそこだけほっとひと息つきたくなるような静けさに包まれている。

一つひとつの季節を数えあげたくなるのは、『いつか陽のあたる場所で』『すれ違う背中を』と二人を主人公にしたシリーズを読み継ぐうちに、彼女たちの日々の無事を願う気持ちがしだいに強くなっていくからだろう。

私服警官の存在や他人の殺気を敏感に感じとるなど、「過去」を窺《うかが》わせる場面は要所要所で描かれているものの、二人が営むつましい暮しは、彼女たちの人間としてのまっとうさを際立《きわだ》たせる。

人づきあいを避けたいところなのに、家の前で近所の人が集まっているところを見れば、芭子はわざわざ自転車を降りて挨拶《あいさつ》するし、ペット服を依頼してきた和菓子屋の新妻にいきなりコーラを出されて面くらい苦笑する。綾香は綾香で、熱中症で倒れた大石のおじいちゃん(怒りのスイッチが入るボタンがあって、押されると瞬間的に怒りだすようだ、というので通称「ボタン」)を助けて入院中も面倒を見たり、スーパーで万引き犯を捕まえたり、頼まれてゴミ屋敷のゴミを出しに行ったりもする。

まっとうな面を知れば知るほど、「どうしてこの人が」とつい思ってしまう。ホストを好きになり、昏酔《こんすい》強盗に手を染めてしまった芭子は、好きな相手に向けるひたむきさが人より少し強すぎたのかもしれない。暴力をふるう夫を殺してしまった綾香は、がまんにがまんを重ねたせいで、ため込んだエネルギーがある瞬間、殺意に反転したのかもしれない。いくら考えてもその問いへの答えは見つからないし、過去にさかのぼって彼女たちの罪をなかったことにすることもできない。

出所してしばらくは世間の目に脅え、ひきこもるようにして泣いてばかりいた芭子も、なんということのない穏やかな日々を送るなかで、その年齢に見合う明るさを少しずつ取り戻してきた。

若く未熟な芭子を、年の離れた姉のように優しく見守ってきたのが綾香だった。生活能力のまるでなかった芭子にひととおりの家事を教え、まだ若いのだからあなたには将来があると、ことあるごとに励ましてきた。そんな日々を積み重ねて、二十代だった芭子は三十代になり、一回り上の綾香も同じだけ年を重ねてきた。

生い立ちも性格も年齢も、何ひとつ同じところがない。つらい記憶を思い出させる相手でもあるのに、すべてを失った二人がお互いの幸せを思いあう気持ちは、はためにもうらやましいものに映る。そんなかけがえのない関係が、シリーズ三作目にあたる本書で転機を迎える。

同じように前科を持つ二人の女を主人公にしたこのシリーズは、あくまで芭子の視点で語られる物語だった。本書を読むうちに、改めてそのことに気づかされる。陽気であけっぴろげで、「あそこにいたとき」の話を不用意に口にしてたびたび芭子に叱《しか》られる綾香だが、じつは作者は、綾香に自分の心の内を語らせるのをそれまで慎重に避けてきた。事件について「後悔してない」という綾香のせりふも、彼女がそう言うのを聞いたと、芭子の口から言わせている。

丸っこい肩をすくめて「ぐっひひひ」「にひひひ」と笑ってばかりいる綾香の心は、目に見えない透明な鎧《よろい》のようなもので覆《おお》われている。そんな彼女の本心を芭子が初めて垣間見《かいまみ》るのは、綾香がゴミ屋敷に住む通称「耳おじさん」に求婚され、彼の母親から喫茶店に呼び出されてきっぱり断りをいう場面だ。

「私のような人間は、一人で生きて、一人で死んでいくべきだと思っています」

偶然いあわせ、綾香がそう言うのを聞いた芭子はショックを受ける。芭子自身は、祖母の家を改装し、自分のアトリエと綾香のパン屋を開くという夢を描き始めていたのだから。芭子は、明るく前向きな綾香のうちに、ぞっとするほどの淋《さび》しさが横たわっていることに気づく。

そして、二〇一一年三月十一日に起きた東日本大震災が、二人の進む道を決定的に分かつ。

与えてもらう一方だった芭子が綾香のために何かしたくて、綾香が手にかけた夫の両親に預けられているはずの彼女の息子の居場所を探して仙台まで足を伸ばす。綾香の故郷が仙台だというのはシリーズの初めから明らかにされていた。だからこその地に向かうのだが、仙台で芭子は東日本大震災に遭遇する。

乃南さん自身が本書のあとがきに書かれていることなのでくわしいことは省くが、芭子が目にしたものは、その日、取材のために仙台にいた作者自身が見たものだ。

震災をきっかけに綾香は被災地でのボランティアにのめりこみ、二人の日常はすれ違うようになる。芭子の家でひさしぶりに顔を合わせたとき、はじめて綾香は自分の思いを率直に語るのだ。

同じ前科もち、と言いながら、芭子の罪と綾香の罪は同じではない。向き合うには大きすぎる自分の罪に綾香を対峙《たいじ》させたのは、たとえ傷つくことになっても人生に新しい一歩を踏み出そうとするつよさを身につけはじめた芭子の変貌《へんぼう》を身近に見たことと、なによりも多くの人が不慮の死に見舞われた被災地の現状を見たことが影響している。

女性刑余者を主人公にした異色作ながら、上戸《うえと》彩《あや》と飯島直子《いいじまなおこ》の主演でＮＨＫのドラマにもなったこの人気シリーズに、それまで自分について語らなかった綾香が二人の犯した罪の重さの違いについて語り始める瞬間は、どうしても必要だったといまさらながら思う。作者自身、予期しなかった自然の大きな力が主人公の行動や物語の結末を導いたともいえるだろう。

弱さから罪を犯した彼女たちは、罪を償い、生き直す力を身につけた。自分の過去とともに生きていく力を。

いつまでも続いていってほしいと願った芭子と綾香の物語は、残念ながらいったんここで終わる。根津と気仙沼、生活の場は別々になっても、二人がこの先も元気で暮らしてほしいと願わずにはいられない。

（平成二十七年一月、ライター）

この作品は平成二十五年一月新潮社より刊行された。

乃南アサ著
幸福な朝食
日本推理サスペンス大賞優秀作受賞
なぜ忘れていたのだろう。あの夏から、私は妊娠しているのだ。そう、何年も、何年も……。直木賞作家のデビュー作、待望の文庫化。

乃南アサ著
しゃぼん玉
通り魔を繰り返す卑劣な青年が山村に逃げ込んだ。正体を知らぬ村人達は彼を歓待するが。涙なくしては読めぬ心理サスペンスの傑作。

乃南アサ著
凍える牙
女刑事音道貴子
直木賞受賞
凶悪な獣の牙——。警視庁機動捜査隊員・音道貴子が連続殺人事件に挑む。女性刑事の孤独な闘いが圧倒的共感を集めた超ベストセラー。

乃南アサ著
花散る頃の殺人
女刑事音道貴子
32歳、バツイチの独身、趣味はバイク。かっこいいけど悩みも多い女性刑事・貴子さんの短編集。滝沢刑事と著者の架空対談付き！

乃南アサ著
未練
女刑事音道貴子
監禁・猟奇殺人・幼児虐待——初動捜査を受け持つ音道を苛立たせる、人々の底知れぬ憎悪。彼女は立ち直れるか？　短編集第二弾！

乃南アサ著
嗤う闇
女刑事音道貴子
下町の温かい人情が、孤独な都市生活者の心の闇の犠牲になっていく。隅田川東署に異動した音道貴子の活躍を描く傑作警察小説四編。

乃南アサ著

女刑事音道貴子
風の墓碑銘《エピタフ》（上・下）

民家解体現場で白骨死体が発見されてほどなく、家主の老人が殺害された。難事件に『凍える牙』の名コンビが挑む傑作ミステリー。

乃南アサ著

6月19日の花嫁

結婚式を一週間後に控えた千尋は、事故で記憶喪失に陥る。やがて見えてきた、自分の意外な過去――。ロマンティック・サスペンス。

乃南アサ著

5年目の魔女

魔性を秘めたOL、貴世美。彼女を抱いた男は人生を狂わせ、彼女に関わった女は……。女という性の深い闇を抉る長編サスペンス。

乃南アサ著

結婚詐欺師（上・下）

偶然かかわった結婚詐欺の捜査で、刑事の阿久津は昔の恋人が被害者だったことを知る。大胆な手口と揺れる女心を描くサスペンス！

乃南アサ著

女刑事音道貴子
鎖（上・下）

占い師夫婦殺害の裏に潜む現金奪取の巧妙な罠。その捜査中に音道貴子刑事が突然、犯人らに拉致された！　傑作『凍える牙』の続編。

乃南アサ著

涙（上・下）

東京五輪直前、結婚間近の刑事が殺人事件に巻込まれ失踪した。行方を追う婚約者が知った慟哭の真実。一途な愛を描くミステリー！

いちばん長《なが》い夜《よる》に

新潮文庫　の－8－63

平成二十七年三月一日発行

著者　乃《の》南《なみ》アサ

発行者　佐藤隆信

発行所　株式会社新潮社

郵便番号　一六二―八七一一
東京都新宿区矢来町七一
電話　編集部(〇三)三二六六―五四四〇
　　　読者係(〇三)三二六六―五一一一
http://www.shinchosha.co.jp

価格はカバーに表示してあります。

印刷・大日本印刷株式会社　製本・憲専堂製本株式会社

ISBN978-4-10-142553-5 C0193